徳 間 文 庫

迷宮警視正

最後の秘境

戸 梶 圭 太

徳 間 書 店

このシリーズを本作品から読み始める人のために

警視庁にはドラキュラと呼ばれ、恐れられている一人の警視正がいる。彼の名は**星乃神《ほしのがみ》光道《みつみち》**。年齢不詳だが、かつて彼を毎晩棺桶《かんおけ》で寝て四百年ほど生きていそうだと言った者もいるほど、年齢不詳にして日本人離れした風貌《ふうぼう》と尋常ならざる威厳を備えた男で、ダンディと呼ぶには妖気《ようき》が漂いすぎている。

星乃神は警察官僚であるにもかかわらずなぜか俗世間の一般人が引き起こす荒んだ事件に関心を示し、心の琴線に触れる事件があると所轄《しょかつ》から捜査権限を奪ってまで事件を担当し、心ゆくまで超絶我流で捜査する。それで必ず解決できるかというと、そうでもないところが警察内に多くの敵がいる原因でもある。

前回は定時制高校の生徒が殺害された事件を担当し、なりゆきで所轄の汚職刑事グループを敵に回し、部下たちにも裏切られ、星乃神が東欧の狂信カルトの構成員であることを疑わない本庁刑事部捜査第一課長の大俵《おおたわら》警視正の策略によって事件関係者の未成年を誘拐した罪を着せられて追われる身となったが、どこまでも忠実な部下の間中《まなか》警部補と逃亡中に出会った臓器移植コーディネーターの唯比《ゆい》に助けられ、なんとか犯人を逮捕、事件を解決し誘拐犯の汚名を晴らした。

星乃神は次に自分の興味を引く事件が起きるまで恋人となった唯比と休暇を楽しむと宣

言し、間中に暇を出し、今に至る。

時は二〇一一年の春と夏の真ん中あたり。


【注意】

本作品は過激な暴力及び性描写などがございます。

個人の判断によりお読みください。

なお、登場人物の思考発言は作者ならびに徳間書店の思想立場を代弁するものではありません。

戸梶圭太
徳間書店

第一章

「唯比」

「わっ！」

湯気の中で鏡を見ていた全裸の唯比は、胸の真ん中を押さえて振り返って言った。

「びっくりした。あたしの湯上りの裸を見に来たの？」

「湯上りの君は格別だからね」星乃神は真顔で言った。「私にとって〈湯上り〉とは、風呂から出て四分までだ。四分を過ぎたらもう湯上りではない」

唯比は両手をほどよくくびれた腰に当て、一歩近づいた。

「見られて満足？」

「とても満足だ。つるつるの半熟剝《む》き卵だ」

「あなたと知り合ってそろそろ四カ月だけど、いまだに面白いこと言うわね」

「飽きないかね？」

「表現がすごく……」

部屋がぐらっと揺れ、壁がみしっと音を立てた。

二人は壁に手をついてポーズボタンを押したように固まった。そのまま三十秒ほど経った。

「今の震度三くらい？」

「そうだな。おさまったようだ」

「ガウンを取ってくださる？　警視正殿」

唯比が笑顔で言った。

「お安い御用だ。着せてあげよう」

「ありがとう」

唯比の細い腕をガウンの袖《そで》に通してやりつつ、星乃神が切り出した。

「実は君の入浴中に、間中からメールが届いてね」

「あら、久しぶりね、彼」

「約一カ月ぶりだ」

「メールにはなんて？」

「なかなか鋭い指摘をされたよ。そっちの腕を」

「彼があなたに鋭い指摘？」

「そうだ、こっちを向いてごらん」

前を向いた唯比のバスロープの紐《ひも》をゆるめに結ぶ。

「改めて指摘され気づいたが、私はもう三カ月近く働いていない」

「わお！」

唯比が楽しげな声を上げた。

「確かにそうね！　あんまり楽しくて時間の感覚がなくなってたものね、二人とも」

「そうだな。リビングに行こう。飲み物を用意した」

二人で手を取り合ってリビングに向かう。

「その間、間中君は何してたの？」

「奴からきたメールを読んで聞かせてあげるよ」

柔らかい間接照明と硬質な現代ジャズに包まれたリビングのソファに腰掛け、星乃神は片手にワイングラス、もう片方の手にiフォンを持ち、間中から届いたメールを唯比のために読み上げた。

「**拝啓　星乃神警視正殿**
前回のメールより一カ月経ちましたが、まだお返事がいただけていないので、改めてお便りいたしました」
「馬鹿丁寧ね。でもあなたが相手じゃ当然かしら」

「（私が興味を持てる事件が起きたら、その時連絡する。それまで待機せよ）という星乃神様のお言葉を守り、待機して早三カ月が過ぎました。私もひとつ年を取り、三十六歳になりました」

「三十六？　あたしと同じ年だったの？　あの人」

「童顔だからな、奴は」

「誕生日、誰かに祝えてもらえたのかしら」

「私は奴の口座に百万振り込んだよ」

「優しいのね、やっぱり」

「奴の誕生日を半月過ぎた頃、突然思い出してね。それより、ここから面白くなるぞ。**星乃神さま、正直に言わせていただきます。私はもう限界です**」

唯比が吹き出し、あわてて口を押さえたが、少量のワインが飛んでしまった。

「エクスキューズミー」

唯比は英語で言い、テーブルの上のケースからティッシュを引き抜いて胸元を軽く叩《たた》いた。

「続きを読んでもいいかな」

星乃神は真顔で訊《き》く。

「また吹き出すと嫌だからグラスを置くわ」

グラスを置いて星乃神に言う。

「さぁ読んで」

「私は刑事です。事件現場に出向いて捜査に従事し、証拠を集めて犯人を逮捕するのが仕事です。それなのに、ここ最近私がしたことといえば星乃神さまからの連絡を待つことと、江東区の射撃場《しゃげきじょう》でターゲット練習すること、成田市の運転訓練所でSPたちに白い目で見られ陰口叩《たた》かれながらリムジンの運転練習すること、これだけです。いい加減単調過ぎて気が狂いそうです」

唯比が弾むような声で笑った。

「可哀想、間中君。彼女いないのね」

「毎朝新聞を読んで殺人事件や強盗事件の記事を見つけるたびに、もしかしてこの凶悪事件で星乃神さまがついに重い腰を上げるかもしれない、今日こそ待機《たいき》が解けて現場復帰宣言が出るかもしれない、そう期待して連絡がくるのを待ちますが、きやしません」

唯比は右脚を伸ばし、親指の先で星乃神の膝《ひざ》をくすぐった。

しかし、星乃神は動じずに読み続ける。

「これぞまさしく飼い殺しです。どうか私にまともな刑事の仕事をくれるか、いっそ星乃神捜査班から追い出すか、どちらかに決めてください。お願いです！！！　感嘆符を三つも使っている」

「ふうん。で、どうなの？」

「何が？」

「最近、俗世間の事件はチェックしてるの？」

「一応、警察無線機のスイッチは入れているよ。一日一時間くらいだけど。しかし、どうもピンとくる事件がなくてね」

「ここのところ残酷な事件多かったと思うけど……」

「私は残酷なのが好きというわけでもないんだ。ただこう、音楽と同じで、自分の無意識の領域に触れる何かのある事件が好きなんだ。そのへんは説明が難しい」

「ねえ」

唯比は星乃神にすり寄り、腿《もも》に手を置いて言った。

「年齢を考えたら、あなたはもう早めの引退をしてもいいのよ。わかる？　無理に働く必要なんか全然ないのよ」

「まぁね」

「でも、間中君は今が働き盛りよ。働き盛りの男に仕事を与えないのは酷よ。彼は今、時間の流れから切り離されて生きたままピン止めにされた標本の虫と同じよ。これから防腐剤を注入される虫」

星乃神は黙っている。

「このまま放っておくと、彼本当に腐っちゃうわよ」

「うむ……確かに君の言う通りだな。やる気のある部下に仕事を与えない上司はいかん。よし」

「復帰する？　リタイアする？　あたしはどっちも歓迎よ、あなたが好きだから」

星乃神は腿に置かれた唯比の手を握った。

「もう一週間だけ待ってもらう。その間に私の心の琴線に触れる事件が起きれば、現場に復帰する。起きなければけじめをつけ、引退する。そうなれば間中を通常の捜査部に異動させる」

「そう伝えるの？」

「ああ、そう返信する。明日の朝にでも」

「今じゃないの？」

「今は君といちゃつきたいのだ」

星乃神は言って、iフォンをソファに放った。

◆

「お前は廊下で待ってろ。彼女はかなりナーバスになってるだろうから俺ひとりでいく」

塚本《つかもと》刑事は一階級下の相棒・中原《なかはら》に言った。

「わかりました」

塚本は病室のドアを軽くノックしてから入った。

「湯原《ゆはら》さん」

そっと声をかけると、こちらに背を向け窓の外の暗い空を見ていた女の患者の背中がぴくんと震え、首をひねってこちらを見た。女は今、片方の目でしか見ることができない。顔の左半分は包帯に覆われているのだ。

「おやすみのところすみません、川崎署の塚本といいます」

塚本は名乗り、バッヂを見せた。

「あ、起きなくても結構ですよ、そのままで」

「いえ、起きます」

意外にしっかりした声で彼女は言い、上体を起こした。

「お話を伺いにきました。既に現場の警察官に何度もお話しされていると思いますが、もう一度詳しくお願いしたいのですが、大丈夫ですか？」

「ええ、はい」

湯原は応え、頷《うなず》いた。

「お子さんは今どちらに？」

「主人が仕事を抜けて駆けつけたので、今は家にいます」

「そうですか。それじゃもう一度、順を追って」

塚本はメモ帳を開いた。警察無線でざっと聞いた話が、塚本にしか読めない乱雑な字で書かれている。

「湯原さんとお子さんの真由香《まゆか》さんは昨日、集会に出ていたわけですね」

「ええ」

「放射能関係の勉強会だとか」

「『食事による内部被曝《ひばく》から子供を守る勉強会』です、正確には。小さな子供を持つ母親たちが集まって発足した市民グループが主催です。放射線医療が専門の猪野《いの》さんという女性の先生をお招きしてお話を聞く会合でした」

「なるほど、では参加者は全員親子連れなわけですね」

「いいえ、母親一人で来ている方も何人かいました。その中にあの女がいたんです」

あの女、と口にした瞬間、湯原は口元を震わせた。

「その女は、最初からいましたか？」

塚本の質問に湯原は首を振った。

「いいえ、途中からふらっと入ってきたんです」

「入ってくるところをご覧になった？」

「ええ、見ました」

塚本はその女の容姿について訊くよりも先にストーリー全体を把握することを優先した。

「それは会が始まってから、どれくらい経ってからですか?」

「終わりに近い頃でした。先生のお話が終わって、参加者からの質問に先生が答える時間でした。私、先生から詳しいお話を聞いたら、必要以上にびくびくしていたんだと少しわかってホッとした半面、別の不安も湧《わ》いてきて、猪野先生に質問したんです」

「どのような質問を?」

「私、真由香の担任の先生がとにかく信用できないんです。子供をわざと被曝させようとする教師の、ホントに典型なんです。それが恐ろしくて。で、私は先生にどうしたらこのような子供を被曝させようさせようとするひどい教師の横暴を止められるのか、訊きたかったんです。冷静に考えるとそんなのは猪野先生の専門外だし、ちょっと的外れかもしれないけれど、でも質問したくて」

「質問したわけですね」

「ええ、そしたら猪野先生はとても優しい顔でにっこりされて、答えようと口を開いた時にあの女が(バカヤローッ!)て、ものすごい声で……」

湯原の顔色がみるみる悪くなっていった。

「怒鳴《どな》ったんです。(そんなくだらねえ質問してんじゃねえよ!)」

バカヤローッ! そんなくだらねえ質問してんじゃねえよ。

塚本はペンを走らせ、女が発した言葉を書き留めた。

湯原の目が潤んでいる。

「大丈夫ですか？　深呼吸なさっては？」

湯原は頷き、深く息を吸って、吐いた。

「あたし、もしかしてやっぱり質問が的外れだったのかなと思って、反射的に（すみません）て、謝っちゃったんです」

湯原は下唇を噛《か》んだ。

「悔《くや》しい」

本当に、心底悔しそうだ。

「なるほど。で、それから？」

「会場の雰囲気が変な感じになって……猪野先生も顔が引きつって、あたしの質問が頭から消えてしまったみたいでした」

「まぁ、しかたないかもですね」

「で、気を取り直したように、今度は別の女性が猪野先生に質問したんです。近い将来、もう一度子供の年間被曝量が一ミリシーベルト以下に戻されるという希望はあるのでしょうかって。そしたらまたあいつが……」

「喚いたんですね」

「ええ、またて（バカヤローッ！）て。それから（てめえのバカガキのことより国全体の利益のこと考えろボケがぁ！）って。その時あたし、はっきり悟ったんです、この人頭がおかしいって。だって見るからに変な雰囲気で……気持ち悪くて！」

湯原は両手で自分の顔を覆《おお》って、肩を震わせた。

塚本は急かさず、彼女が落ち着くのを待った。

「さすがに猪野先生も、他の親御さんたちも本気で怒って、その女を口々に非難しました。今すぐ出て行けと怒鳴りつけた男性の親もいました。するとその女は恐ろしい顔で、無言で出て行きました。私も含めて皆、青白い顔で呆気《あっけ》に取られました」

いよいよ事件発生の瞬間が近づいてくる。

「勉強会が終わって何人かの奥さんに近くのカフェでお茶しないかって誘われたんですけど、あたしは気分がすぐれなくて、遠慮《えんりょ》したんです。それで、車を駐めてある駐車場にいくと……」

「女が襲ってきたわけですね」

「……はい」

「何か飲み物買ってきましょうか？」塚本は訊いた。

「いえ、大丈夫です」

小柄で細くて外見はひ弱そうでも、なかなか気丈な女性だ。

「女は、どこから襲ってきたんでしょうか」

「背後からです。あいつ、つけてきたんです。あたしと真由香を。先に気づいたのは真由香でした。（ママ危ない！）って、真由香が叫んで、振り向いたらあの女がハンマーを振り上げて走ってきたんです」

男の塚本が想像してもぞっとする光景であった。

「口が歪《ゆが》んで、鼻の穴が広がってて……同じ人間だと思えませんでした。違います！　あんな女が、私や善良な親子たちと同じ人間なわけがありません！　悪魔ですあの女は！」

◆

星乃神がゼンハイザーのモニターヘッドフォンを頭に装着して、リビングの北側の窓際に置かれた警察無線から警察放送に聞き入り、右手に持ったペンをメモ帳に走らせている。

「ミツさん？」

唯比が肩にちょんと指を置くと、星乃神はさっと左手を上げ、異様に長い人差指をぴんと立てた。待ちなさいという意味だ。

メモを書き終えた星乃神がヘッドフォンを外し、振り向いて唯比を見た。

「目が輝いてるわよ、何か面白い事件があったの？」

「あぁ、ちょっとね。地味だがなかなか興味深いので、この事件を機に現場復帰しようかと思う」

「よかった！　間中君喜ぶわね」

「それで、君は何の用事かな」

「あたし、今から熊本に行くわ。四歳の男の子が交通事故で亡くなったから」

「そうか、それは痛ましいが、朗報《ろうほう》だ。活《い》きのいい臓器を待ってる者には」

「ヘリに乗ってひとっ飛びするわ」

「嬉《うれ》しそうだね」

「そう、あたしヘリに乗るの大好きなの。どんな天気の時でも」

「いかにも君らしい」

「だから、ちょっとの間お別れね」

唯比は言って、両手を星乃神の肩に置いた。星乃神がその手を自分の手で包む。

「そういうことになるな」

「あなたも出かける？」

「ああ、君が出た後でね」

「戸締りをお願いね、警視正」

「任せなさい。ジュリアンとイザベルは？」

「あの子たちはほっといても平気よ、遊びの天才だから。さ、急がないと。でもその前に……」

唯比は屈んで星乃神の額にキスをした。

◆

間中敦弘《あつひろ》は今日も成田市の車練、すなわち「警視庁車両運転技術練習場」にリムジンで乗りつけた。

主人のいないリムジンである。

ここは本来SP専用の練習場であるが、星乃神警視正の威光によって特例として間中も使えるようになったのだ。それも間中が「お願いですから何かひとつくらい仕事をください!!」と警視正に嘆願メールを送ったからだ。その二日後に「私のリムジンの運転技術向上に努めよ。成田の車練を使えるよう手配しておく」とだけメールがきた。

昨夜は警視正からの返信を待っている間、不覚にも深酒をしてしまった。

結局いまだに警視正からの返信はなく、しかも二日酔いである。

しかし自宅で二日酔いに苦しんでいても自己嫌悪に苛《さいな》まれるだけなので、夜が明けると同時に痛む頭を抱えて自宅を出て警視庁に向かい、リムジンに乗り込んで成田までやってきた。

小雨が降っていた。周囲の荒涼としたくすんだ色の景観とあいまって実に気が滅入る。

雨の中でのリムジン走行はまだやったことがないので、いい機会だと思うことにしよう。朝の七時四十五分。広大な練習場は貸し切り状態であった。だからといって別に嬉しくはないが。

ポケットからiフォンを出して確認する。やはり警視正からの返信はない。昨夜のメールの文がきつすぎて、怒らせてしまったのだろうか。しかしあれくらい強く言わないとこちらの窮状が伝わらないではないか。

こちらの我慢の限界はとうに超えている。それをわかって欲しかったのだ。まぁ、送ってしまったものはもう仕方ない。返信を待つのみだ。

iフォンをポケットに入れ、ゆっくりと発進する。一周が約九百メートルの第一練習コースを平均時速四十キロで走行する。

このコースはもう慣れたものだ。難易度も並だ。路面が濡《ぬ》れていてもリムジンは尻が流れることもなく正確にホワイトラインをトレースする。徐々に速度を上げる。

うまいもんだ、俺も。

少なくとも前任の運転手の日向《ひゅうが》は既に超えたと自負している。

腕に自信を覚えると、二日酔いも幾分ましになってきた。

もしも警視正が現場にはもう復帰しないという決断を下したら自分は通常の捜査部に戻されるのだろうが、戻されても自分がそこに適応できるとはとても思えない。自動車警ら隊から引き抜かれて二年以上警視正と行動を共にしたせいで世間のいわゆる常識はすっかり破壊され、協調性もなくなってしまった。

警視正が引退すると決めたら、いっそ刑事を辞めてハイヤーの会社でも興そうか。リムジンハイヤーの会社。

資本金はお金持ちの警視正の援助をあてにして。独りでは大変なので共同経営者が欲しいところだ。信頼のできる人間。

前回の事件で知り合ったみどりぐさ学園の小山《こやま》教諭とか、興味示さないだろうか。まさか俺から一緒に会社をやろうなどと打診されるなんて、夢にも思っていないだろう。

「っと！」

気を抜いたら赤いコーンを二つ弾き飛ばしてしまった。急停止する。

今のが人間だったらアウトだ。集中しなくては。

いつの間にか雨は強く降っている。視界も良くない。

警視正が俺に「リムジンの運転技術の向上に努めよ」と命じたということは、少なくともそれを命じた時点ではいずれ現場復帰するつもりだったはずだ。

だが今はどうなんだ？　どうなんですか警視正！

「ハッキリしてくださいよ、もう」

間中は口に出して言い、やや乱暴に発進した。

次は連続S字カーブでしかも傾斜《けいしゃ》つきだ。集中して行こう。

ザーッ！

後方から濡れた路面を走る車の音が聞こえた。

ミラーに目をやるとSPの黒い警護車が二台並び、猛スピードでこちらに向かって突進してくる。

本能的に危険を感じた。

目障りで邪魔な野郎だと思われていることは承知していたが、まさか突然襲ってくるとは。

間中は練習コースを飛び出して逃げ出した。何されるかわかったものではない。猟犬に追いかけられるヘラジカの気持ちがわかった。

二台のクラウンはぱっと左右に分かれ、さらに加速した。

間中の心臓の鼓動はあっという間に限界近くにまで早くなった。左右を挟まれる。二台が同時にサイレンを鳴らし、間中の心臓はますます委縮《いしゅく》した。

「なんなんだよ！」

右の警護車が接触寸前まで寄せてきた。

「あぶないだろ！」

間中は急ブレーキをかけて停車した。リムジンの尻が大きく流れ、タイヤがスリップして一回転半する。

体勢を立て直して逃げるより先に、二台のクラウンに前と後ろをがっちり塞《ふさ》がれた。左に抜けようとしたら、前のクラウンがバックして進路を塞ぐ。

ステアリングを握った手に汗が滲《にじ》み、吐き気がじわじわとこみ上げてきた。

前方のクラウンのウインドウが下がり、ドライバーが顔を出した。

男は五十歳前後で、一人で六人の暴漢を五秒以内に戦闘不能にできそうな面構えだった。ただ粗暴なだけでなく、知性の高さもうかがえる。そこがSPである。

男は間中にもウインドウを下ろせとゼスチャーで命じた。

間中は硬い唾《つば》を飲み込み、ウインドウを下げた。

「朝から熱心だな、小僧《こぞう》」

「何か用ですか」

SPの男が言った。

間中は若干上ずった声で訊いた。

「この際正直に言う。お前が目障りだ」

「…………」

「俺だけじゃない、みんな貴様が目障りだ」

「……そうですか」

「だから勝負をしよう、小僧」

「はい？」

「向こうの出口が見えるな？」

SPの男はここから一番遠い東側の車両出入り口を親指で示した。

「それがなにか？」

「三分以内に俺たちのブロックを擦り抜けてあそこまで辿《たど》り着けたら、貴様に敬意を表して今後もこの練習場を使わせてやる。だが、できなかったらもう二度とここには来るな」

「随分一方的じゃないですか。私はちゃんと許可を得てここを借りているんだ、あんたなんかと勝負をする必要は、なっ！」

いきなり後ろの警護車がリムジンの尻にぶつけてきた。

「やめろ！　SPが嫌がらせか！」

「辞退は許さん」SPが言う。「絶対にな」

どうあっても自分を追い出したいらしい。間中の闘争心に火がついた。

こいつらもかつて俺が在籍した自動車警ら隊の狂った班長と同じだ。

「わかった、受けて立とう」間中は宣言した。「そのかわり車が壊れても文句言うなよ」

「ああ、全然構わないぜ」

「いつ始める」

「貴様が窓を閉めたらだ」

「このまま閉めなかったら？」

「催涙弾《さいるいだん》を投げ込む」

男は既に手にそれを持っていた。

「……そうかい」

間中は吐き捨て、ウインドウを閉めた。

二台の警護車のエンジンが高らかに吼《ほ》え、再びサイレンが鳴り始めた。

こいつら、ちょっとしたハンティングパーティー気分だ。

「なめやがって」

飛び出す準備はできている。あとはいつ飛び出すかだ。リムジンの重量で弾き飛ばしてしまえば簡単だ、などというのは素人の甘い考えだ。警護車のクラウンは、外見は普通でもＲＰＧロケット弾の攻撃にも耐えうるように特別装甲されているので普通のクラウンの倍近い重量があるのだ。

こちらがリムジンであっても力技では押しきれない。あくまで走行テクニックと反射神経で勝負しなくては。しかも小回りという点では敵の方がはるかに有利である。

「よし」

たとえるなら、今の自分はボールを持ったバスケットボールプレーヤーだ。ゴールは向こう。敵のディフェンスは二人、それをうまくかわしながらシュートを放つ。

深呼吸し、心臓を落ち着かせ、酸素を全身に行き渡らせる。

抜けるのは右か、左か。

間中はアクセルをぐっと踏みこみ、同時にハンドルを右に切った。

二台の警護車のレスポンスは本物の猟犬《りょうけん》並に早かった。

間中はすぐに左に切り直した。

だが、このフェイントは読まれていた。

前方の警護一号車がバックして進路を塞ぐ。間中は急停止し、一拍置いてまた急発進する。

この微妙な間は効いた。接触寸前で一号車の鼻先をかすめて擦り抜ける。が、すぐさま二号車が右から寄せてきた。

車体が接触する。

ぐいぐい押してくる。予想以上の重量だ。押し返しても、リムジンは少しずつ練習場の壁へと追いやられて行く。抜けるにはストップ&ダッシュしかない。

急停止し、バックにシフトする。

一号車が後ろからぶつかってきた。力が拮抗《きっこう》するが、少しずつ壁の方へと押されていく。

二台のサイレンがとてつもなく耳障りで、神経を逆なでする。このまま壁に押しつけられてしまったらおしまいだ。

負けてたまるか！

間中は左に切って、自ら壁に向かって突進した。充分に加速したところでブレーキをキックし、力いっぱいステアリングを回す。百八十度は無理だったが百四十度くらいターンできた。すかさず前に飛び出すと二台の警護車の間を擦り抜けられた。

「ざまぁ！」

間中は叫んだ。

しかし喜んだのも束の間、怒り狂った二台は猛然と追いかけてきた。

出入り口まで約二百五十メートル。

間中はリムジンをトップスピード近くまで引っ張り上げた。左から二号車が進路に割り込んでくる。

そして真後ろには磁石でくっついたみたいに一号車が張りつく。

再び恐怖で吐き気がこみ上げてきた。

こいつら横転して死にたいのか？　俺は死にたくないぞ！

とその時、ポケットの中でiフォンが特別な着信音を立てた。星乃神警視正専用の着信音である。

「あぁっ！」

間中は反射的にブレーキを踏んだ。

リムジンの尻が左に流れた。

接触を避けた二号車が大きくハンドルを切り過ぎて片側の車輪がふわりと浮きあがった。元に戻るかと思われたが、そのまま車体は裏返しになって、水しぶきを上げながら濡れた路面を滑走する。

真後ろに張りついていた一号車もフィギュアスケートの選手みたいにぐるぐると六回転して止まった。

iフォンは鳴り続ける。とりあえずSPは放っておいて、電話に出る。

「間中です！」

――私は復帰するぞ。

警視正が前置きなしに宣言した。

やっとだ！　やっぱりあのメールが効いたんだ。

だが、警視正は言った。

――言っておくが、お前に急かされたからではない。やっと自分が担当したい事件が起きたのだ。

裏返しになったクラウンのウインドウが開き、SPが這《は》い出てきた。脳震盪《のうしんとう》を追い払おうとするかのように頭を振る。

「そうですか、それは何よりです。で、どんな事件です？」

こちらに近づいてくるSPが腰のホルスターから九ミリ自動拳銃を抜いた。

「やべっ」

間中はiフォンをスピーカーモードに切り替えて助手席に放り、リムジンを急発進させた。

銃声が轟《とどろ》き、リムジンの防弾ガラスをヒットした。

――何が（やべっ）なのだ。

「いや、なんでもないです」

SPは膝撃ち姿勢でしつこく撃ってくる。百メートル以上離れてもヒットできるとはさすがエリートである。

――銃声が聞こえるが、射撃場にいるのか？

「ええ、そうなんです」

車両出入り口の自動昇降式安全バーが上がり切る前に突っ込み、バーを破壊して外に飛び出した。SPが追ってこないことを祈る。

「今、静かなところに来ました。それで、復帰第一弾はどんな事件でしょう」

――世田谷区の公民館で開催された、『食事による内部被曝から子供を守る勉強会』という市民集会に参加していた若い母親が、会合の後で別の参加者の女に襲われ、顔をハンマーで殴られた。襲った女は悠々と立ち去ったそうだ。

「可哀想に。子供の目の前で？」

――そうだ。

「許せませんね、でも若干地味な事件ですね。すぐに所轄が捕まえそうな気がしますが」

赤信号に摑《つか》まり、停車する。

ＳＰは追ってこない。ホッとした。でも、もう二度とあの練習場には行けない。近づくことさえできない。

――そうでもない。実は先週も川崎でこれとそっくりな事件が起きているのだ。その犯人も女で、まだ捕まっていない。

「同一人物とお考えですか？」

――考えておる。凶器が同じハンマーだ。被害者が供述した外見的特徴も似ている。

この事件のどんなところに警視正が興味を抱いたのかはわからないが、ようやくやる気を出してくれたのならこの際なんだっていい。

「それではさっそく、お迎えにまいりましょうか？」

――そうだな、そうしてもらおう。

「警視正のご自宅ですか？　それとも唯比さんのお宅ですか？」

――唯比の家だ。

（ホント仲いいよな）

間中は内心ふてくされた。

「じゃあ今から迎えにまいります。一時間後くらいに」

◆

再会した警視正はいくぶん頬がふっくらとし、顔の血色も良く、ドラキュラ度が若干低くなっていた。

つまり健康で、幸福そうに見える。原因は勿論《もちろん》、先の事件の渦中で偶然出会って付き合うことになった唯比である。

変われば変わるものだ。

それに引き換え自分は、時間の中州に置き去りにされ、何一つ自分を変える出会いもなく、歳だけひとつ上乗せされてしまった。

この人、今引退してもなんにも心残りないくらい幸せなんだろうな。なんだか警視正の幸せぶりが癪《しゃく》に障ったが、それを顔に出すわけにはいかない。

「おひさしぶりでございます、警視正」

間中は固い声で言い、ほぼ直角に頭を下げた。

「うむ。長らく待たせたな……間中よ」

まるで間中の名前を忘れていたかのような、奇妙な間であった。

「いいえ、とんでもございません。警視正がますますお元気そうで、なによりでございます」

「うむ。陰気で救いのない事件が私を手招きしている。さっそく出動だ」

「かしこまりました。そのヴァイオリンケースをお預かりしましょう」

「いや、自分で持っている」

「かしこまりました」

間中は警視正のためにうやうやしくリムジンの後部ドアを開けた。そして自分は小走りに運転席の方へ回る。

すっかりリムジンハイヤーの運転手だな、俺は。そんなことを思い、乗り込んだ。

「ジュリアンとイザベルが見ておる」

警視正が言った。

確かに、リビングのカーテンの隙間《すきま》から二頭のドーベルマンが頭を上下に重ねるようにしてこちらをじいっと見ている。

「いい子でな」

とても警視正の口から発せられたとは思えない驚くべき言葉だった。

「では出発いたします」

「うむ」

リムジンは静かに滑り出した。警視正はベロアカーテンを引き、外界からの情報を遮断した。

「ところで、私がいない間に随分とリムジンをぶつけたらしいな」

カーテンの向こうから警視正が訊いた。

「すみません。ちょっと、SPに嫌がらせを受けまして」

「早急にへこみを職人に直させよう」

「はい。あの、ところで、まずはどちらにまいりましょうか」

「事件の被害者が入院している世田谷の帝平《ていへい》大学病院だ」

「かしこまりました」

しばし無言のドライブが続く。リムジンの運転には慣れたが、警視正を乗せての走行はこれが初めてなのでやはり緊張する。

三分ほど過ぎた頃、突然警視正が言った。

「なんということだ」

大変な見落としに気づいたかのような口調であった。

「は、なんでございましょう」

「部下がお前しかいない」

間中は絶句した。そして、こう言う他なかった。

「その通りでございます」

警視正がまた黙り込んだ。さらに一分後、また唐突に言う。

「それでは駄目だ」

そんな、断罪するみたいに言わなくても……。

「駄目ですか、やっぱり」

「あたり前だ」

「すみません。では、今後どういたしましょう」

「新しいメンバーをスカウトせねばならん」

「そうですね」

新しいのが入ってくれれば、やっと俺も先輩になれる。とてもじゃないが、一人で警視正の面倒は見切れない。

「事件の捜査と、新メンバーのスカウトを並行しておやりになりますか?」

できれば新メンバー選びに際しては自分の意見も聞いて欲しいものだ。警視正一人で選ぶと、何かとてつもない間違いが起きそうだ。いや、きっと起きる。

前例がある。前回の事件でリタイヤした佼田《こうだ》、坂井《さかい》、日向《ひゅうが》。どいつもひどく間違っていた。佼田は星乃神警視正の警察内部の敵のスパイだったし、坂井は仕事中に警視庁の端末でいかがわしいポルノ動画を見るし敵襲《てきしゅう》を受けた時は巨体のくせに役立たずだし、日向は実質リムジンの運転をするだけでとても刑事とは呼べなかった。

まともな刑事は自分だけだった。だからこうして残っている。あいつらと行動を共にした日々は思い出すだけで哀しい。本当に、いなくなってくれてよかった。もう会わなくていいのが本当に嬉しい。

「そうだな、新しい部下は必要だ。しかし、早く捜査に着手したい」

警視正にしては驚くべき積極さであった。

赤信号で止まり、リムジンは通行人の注目を浴びた。

間中は恐る恐る訊いてみた。

「募集いたしますか？」

「募集だと？」

警視正の声が冷酷《れいこく》さを増した。

「いえ、ちょっと言ってみただけです、気になさらないでください。警視正ほどの力がおありなら、そういうこともできるんじゃないかと……」

「オーディションをするというのか」

「ええ、まぁ、言ってみればそういうことです」

間中は言いながら、ナビでこれから向かう世田谷区の病院を表示し、ルート確認した。

気の毒な被害者が警視正に会ってますます精神的ダメージを深くしてしまわないか、それがちょっと心配である。

警視正も、自分も、長く現場から遠ざかってしまった。これから鈍ってしまった刑事の勘《かん》を取り戻さねば。

しばらく黙っていた警視正が突然口を開いた。

「そのオーディションをいつどこで告知するというのだ。募集のポスターを何千枚も作って庁舎内のすべての掲示板にくまなく貼るのか？」

想像するだけでも奇妙過ぎる光景であった。

「いやぁ、それはちょっと……」

信号が青になり、間中はリムジンを発進させた。

「ポスターのモデルはお前か？」

「まさか」

「では私か？」

それもぞっとする。

「別に無理にモデルを出さなくても……」

「誰がモデルをやるにせよ、ポスターを作るなら、効果的なキャッチコピーも考えねばならんぞ。たとえば、（アンタッチャブルな刑事よ、お前ならやれる）」

コメントしようがなかった。まさか本気でポスターを作るつもりなのか？　いや、まさか……。

「(たまに命を狙《ねら》われるがやり甲斐《がい》抜群の警視庁星乃神班が新人大募集)」

「それはちょっと……」

「長過ぎてキャッチーではないか」

「……はぁ」

警視正は数秒考えた。

「では、これはどうだ、(恐るべき警視正とともに、輝く明日を作ろう)」

「それはちょっと違うような気がいたします」

「否定ばかりせず、お前も考えたらどうなんだ」

警視正の口調が厳しくなった。

「すみません！　はい、考えます」

「病院に着くまで最低十はコピーを考えておけ」

警視正は厳粛な声で命令した。

「はい」

大変なことになった。コピーの才能なんてこれっぽっちもないのに。本当にポスターを作るつもりなのだ、どうしよう。

「間中よ」

いきなり後ろから警視正が手を伸ばしてきたので間中の心臓が飛び上がった。

「このＣＤをかけろ」

「あ、はい、了解です」

間中は前方から目をそらさずにＣＤを受け取り、片手でケースを開けてトレイに挿入した。数秒後、自動的に再生が始まる。

驚いたことに電子音楽だった。

「ええっ!?」

てっきりマーラーとかその辺のクラシックだと思っていたのに。

「どうしたんですか？　音楽のお趣味がお変わりになったんですか？」

「やたらと（お）をつければ丁寧というものではないぞ」

「すみません」

「唯比が好きなのだ。黎明期《れいめい》の電子音楽がな。特にドイツの」

星乃神警視正の音楽の好みさえ変えてしまうとは。恐るべし、唯比。

「モーグが好きだそうだ」

間中は改めてＣＤケースをちらりと見た。

「モーグさんですか、それともバンド名ですか？」

「違う、モーグとはシンセサイザーの名前だ。モーグ・シンセサイザーだ。その独特の音色が好きなのだ、唯比は」

「すみません、勘違いいたしました」

「ボブ・モーグという変人が発明したのだ」

それならやっぱりモーグさんでいいんじゃないか、と思ったが口答えはやめておく。

太くて厚く、揺らぎ感のある音色のモーグ・シンセサイザーによる電子音楽は、シンプルなメロディーが執拗《しつよう》に反復を繰り返すミニマルなものであった。呪術《じゅじゅつ》的ですらあり、深い思索や瞑想《めいそう》に入っていくためにはクラシック以上に適していそうだ。

だが、運転している間中にとっては眠りを誘う、やや危険な音楽であった。

ボーン……ボボーン……シューワワワ……ボーン……ボボーン……シューワワワワ……

あえて言いあらわせばそんな感じで、ついつい意識をひっぱられる。

「事故を起こすなよ、間中」

警視正が釘《くぎ》を差した。間中はぎくりとした。

「大丈夫です」

深呼吸し、顔を小さく振った。

リムジンが病院の敷地内に入った瞬間、警視正が言った。

「考えたか、間中」

新メンバー募集のコピーのことである。

「一応、考えました」間中は苦しげな声で答える。

「では言え」

「(法より正義を。我々とともに)」間中は言った。

警視正は黙っている。

「あんまり、よくないですか?」

「気持ちはわからんでもないが、その文句を警視庁内に貼るわけにはいかんな」

「やっぱり」

◆

被害者である三橋恵美《みはしめぐみ》のいる病室には、先客が三人いた。

三人とも男で、二人はベッドの脇《わき》に立ち、もう一人は丸椅子《まるいす》に腰かけ、スケッチブックを手にしていた。

間中には一瞬で所轄刑事と似顔絵描きだとわかった。

警視正にもわかったらしい。

「お前たち、初動班か」と冷たい声で訊く。

「いいえ」

立っている二人の内で年嵩《としかさ》の刑事が答えた。四十代前半くらいで、刑事にしては優しそうな顔の造りだが、なぜかあまり親近感を抱かせない面だった。

「身分を明らかにせよ」

いきなり大仰に命令され、三人の刑事は顔を見合わせた。年嵩の刑事が答えた。

「川崎署捜査一係の塚本警部です。こいつは中原警部補、それと絵描きの武井《たけい》巡査部長」

突然警視正が踵《かかと》を軸にくるっと回転して間中の方を向いた。そして訊く。

「世田谷区に川崎町なんてあったのか、間中」

唐突な質問に間中はまごついた。

「いえ、川崎市の川崎署ですよ」塚本が苦笑を浮かべて言った。

警視正はそれを無視し、なおも間中に訊く。

「間中、なぜ私を川崎に連れてきたのだ」

「ええ？」間中はさらにまごついた。

「ナビの設定を間違ったのか」

ベッドの女性が理解しにくいコメディ番組でも見ているような顔をしている。

「違いますよ！　ここは確かに世田谷区の帝平大学病院です」

「わけがわからんな」

「警視正、つまりこの三人の刑事が管轄《かんかつ》外にいるということですよ」

間中は説明してやった。

警視正がまた踵を軸にくるっと回転して塚本に向くと訊いた。

「ではお前たちがナビの設定を間違えたのか」

「間違えていません。ところであなたがたは？」塚本が訊き返す。

警視正にかわって間中が答えた。

「こちらは警視庁刑事課一係の星乃神警視正だ」

「星乃神……」

塚本の顔が強張り、中原と目を見合わせた。再び警視正に向き直って言う。

「事件の関係者を誘拐して指名手配された、あの警視正ですね？」

やはりそうきたか。間中は思った。この誘拐警視正の評判は、あと数年はついて回るかもしれない。

「そうだ」警視正があっさり答え、また塚本に訊く。「管轄外で何をしている」

「この女性に質問を」塚本が答え、女性を示した。

「管轄外でか」

「わかりました、確かに規則違反してますよ」塚本は認めた。「あとで始末書を書きますよ。それでいいでしょ？　時間が差し迫ってるもんでね」

「どういう意味ですか、時間が差し迫っているって」

今度は間中が訊いた。

「明日は土曜日。東京と神奈川と千葉でそれぞれ市民よる、原子力や放射線医療の専門家を招いた勉強集会がある。そこでまた事件が起きる可能性が高い」

「しかし……」

間中を遮って塚本が続ける。

「勿論、市民団体がそれぞれ地元警察に会場と周辺の警備を頼んでいるらしいが、快く協力してくれない署や、逆に会の中止を要請する署もある」

「私の地元がそうでした」

ベッドの上の三橋恵美が吐き捨てた。

「地域課の担当者は露骨《ろこつ》に迷惑そうな顔で、集会を開くのは認めるがくれぐれも面倒を起こさないでくれと言ったそうです。最低です、税金泥棒よ」

間中には何も言い返せなかったし、その担当者を弁護する気もなかった。

警視正は目を開けたまま昏睡《こんすい》しているかのように何の反応も示さない。

「つまり警察はあてにならないということだ」塚本が言った。「市民自らが警戒に当たるグループもあるそうだが、市民は警備のプロじゃない。だからできるだけ早く犯人の身元を特定して次の犯行を防ぎたい。私は川崎の事件とここの事件、同じ女がやったと思っている。だからここにきてこの女性に質問し、犯人の似顔絵を作成している」

理路整然かつ力強く説明され、間中は「なるほど」と言う他なかった。

「なるほどね」

警視正がどう出るか気になった。

「お前、塚本といったな」警視正が言う。

「そうですが」

「いままで始末書は何枚書いた」

「は？」

「何枚書いたかと訊いておる」

「刑事になって十五年で二十七、八枚くらいですかね」

べらぼうに多い数だった。よく懲戒《ちょうかい》免職にならなかったものだ。

「越境捜査の常習者なのか」

「犯罪者に管轄があってそれを守っていれば俺も管轄は守りますよ」

塚本は平然と言い放った。

警視正がまた突然くるっとこっちを向いたので間中はどきりとした。

「聞いたか、今の言い草」

「え、ええ」

警視正がまたも踵を軸にしてくるっと塚本に向き直った。

「お前の直属の上司の名を教えよ」

「堀井《ほりい》警視ですよ」

いかにも面倒くさそうに塚本は答えた。

「堀井か。間中、車に戻るぞ」

「え？」

警視正はまたまたその場で踵を軸にくるりと回転してドアの方を向き、突如足元に遊歩道が出現したかのように滑らかに歩き出した。

間中はあわててドアに飛びついて警視正のために開けた。

◆

警視正だかなんだか知らないが、恐ろしく妖気漂うじじいであった。塚本は気を取り直し、改めて三橋恵美への質問を再開した。

「すみませんでした。変な飛び入りが邪魔して」

「あの人、なんだか雰囲気がドラキュラみたいじゃありませんでした？」彼女が言った。

「私は三百年くらい昔のイギリスの富豪殺人鬼がタイムスリップしてきたのかと思いましたよ。それで、さっき中断されたのでもう一度伺いたいのですが、その女、何か目立った外見の特徴はありませんでしたか？」

「こんなこと言うのはとても癪なんですけれど……」

「はい」

塚本は黙って彼女の言葉の続きを待つ。

「わりと美人でした」

「……美人」

「目は吊りあがってて完全に頭がおかしい人間の目なんですけど、目は大きくて輪郭《りんかく》はほっそりとしていて、鼻の形もすっきりとしてて、美人なほう、ていうか美人でした」

「年齢はどのくらいに見えました？」

「二十代後半から三十代前半に、あたしには思えました」

「背丈は？」

「あたしと同じくらいで、百六十二、三でした。スタイルもほっそりしていて、でもバストは結構ありました」

「なるほど」

塚本は自分のメモ帳を確認する。川崎で若い母親を襲った女も背丈は百六十〜百六十五という証言を得ている。そして顔のつくりは整っていて美人。ただし目は狂っている。ほぼ間違いなく同じ女だ。

「あの……」

女は襲いかかる瞬間に歯をぐわっと大きく剝《む》いたそうだ。その歯が不自然なほど白くて整っていたという。

髪は肩より少し長いくらいでまっすぐな黒髪、全体的に黒っぽい服装、靴《くつ》は黒の平たい靴、聞けば聞くほど川崎の事件の女と特徴の一致が増えていく。

武井の描く似顔絵が次第に具体的な犯人像となっていく。

「別の場所でも事件を起こしてるんですか？　その人」

「まだ断定はできませんが、可能性はあります」

とは言いながら、塚本は既に確信していた。その女の姿が、塚本の脳にぼんやりとだが映像となっていた。像はこれからどんどん鮮明《せんめい》になっていくことだろう。

「あぁ……」

三橋が突然、額に手を当てて呻《うめ》いた。

「思いだしたら気分が……」

みるみる顔色が悪くなっていった。

「無理なさらず横になってください」

「あの女を消したい。あの女の記憶を全部消したい」

三橋は呪文《じゅもん》を唱《とな》えるように繰り返した。

「頭の中からあの女の姿を消したい！」

手が震えている。

「あの女がハンマーを持って……」

声まで震え出した。

中原がそっと近寄って来て塚本に耳打ちした。

「ナースを呼んだ方がいいんでは？」

そうかもしれない。大事なことは聞けたし、そろそろ引き上げ時だ。

「きてもらえ」

塚本が言うと、中原は頷きベッドサイドの呼び出しボタンを押した。

「三橋さん」塚本はそっと呼びかけた。「質問は以上です。大変つらいことを思い出させてしまい、申し訳ありません。ご協力感謝いたします」

「いえ、いいの、いいんです」まだ震える声で彼女は言った。

「近いうちに必ず逮捕して報告しま……」

ノックもなしに病室のドアが開いた。

塚本はぎょっとした。先ほどの星乃神と間中が立っていたのだ。

星乃神はこれから暗黒世界の覇権《はけん》をかけた黒魔術対決にでも臨《のぞ》むような顔で、間中はおしっこしたいのにそれを言い出せない小学生のような情けない顔をしていた。

「まだなにか用か！」

塚本は声を荒らげた。相手が警視正だろうと知ったことか。

「塚本っ」

星乃神が呼び捨てにした。

「今出て行くところですよ、中原、行くぞ」

「貴様はたった今から私の部下だ」

塚本は耳を疑った。

「は？」

その時、足元が揺れ、天井がミシッと音を立てた。

「またか」塚本は吐き捨てた。

不穏な揺れは十秒ほど続き、おさまった。

「貴様は今から、警視庁捜査一係星乃神特別捜査班のメンバーである」

何事もなかったかのように星乃神が言った。

「あんた、何言ってんだ？」

「私の言葉が理解できないのか？」

「あんたがとち狂ったんじゃないかと思ってる」

「お前の上司の堀井も、その上の刑事部長も、喜んでお前を手放したぞ。そして私に譲った」

「話は外で聞こう。皆出ろ」塚本は言った。

「これが証拠だ」

星乃神が差し出したのは、ファックス紙だった。

本日付で塚本泰司《たいじ》警部、すなわち自分を川崎署から警視庁刑事課一係星乃神班に移籍することを承諾《しょうだく》するという旨の文と、堀井一係長の直筆サインと印鑑が押してある。

「こんなものどうやって……」

「リムジンのファックスに送らせた。私が」星乃神が答える。

塚本は承諾書と星乃神の不気味な面を交互に何度も見た。星乃神の背後に立っている間中はたそがれた面をしている。

「私とお前は、同じ女を追っている。私の部下となり、その女を逮捕するのだ」

「こんなのって……」

「私の部下になったからには堂々と越境捜査ができるぞ。もう始末書を書く必要もない」

「俺の意思は？」塚本は言った。「俺の意思を確認もせずに俺を転属させるなんて」

星乃神は塚本の気持ちなどまったく理解できないらしかった。それどころかこう言った。

「お前はホシをあげたくないのか」

「勿論あげたい」

「ではその気持ちを持ち続けろ」

塚本はただ呆気に取られた。

「リムジンに乗れ」警視正が命じた。

「あ、あの、ちょっと」

警視正がぐいっと首を捻《ひね》って塚本を睨《にら》んだ。

「こいつらはどうするんだ？」

塚本は中原と武井を示して訊いた。中原は〝頼むから俺を秩序《ちつじょ》ある日常に戻してくれ〟といいたげな顔をしている。

「要らん」警視正が切り捨てた。「似顔絵はもらっておこう」

中原はほっとしたような残念なような、複雑な顔をした。

「じゃあ塚本さん、自分たちは署に戻ります。どうぞお元気で」

中原は塚本にそう言い残し、覆面パトカーに戻る。

武井も黙って塚本にスケッチブックを差し出し、会釈《えしゃく》して中原の後を追った。

もしかしてお前ら、実は俺を嫌っていたのか？　そう思えるほどにあっさりとした別れだった。

「塚本さん」

呼びかけたのは間中だった。

「急ぎましょう。次の犯行が迫っています」

リムジンが走りだすと、塚本はまず警視正に訊いた。

「なぜカーテンの奥に隠れてるんです？」

「隠れているのではない。ものを考えるのには暗い方が都合良いのだ」

「はぁ……」

これがドラキュラと呼ばれるゆえんのひとつか。

「塚本さん、初めは戸惑うことが多いかもしれませんが、慣れれば大丈夫」運転席の間中が言った。「まぁ、気を楽にして」

微妙に先輩風を吹かせた言い方であった。

「そうかい」

塚本はシートに背を預け、体の力を抜いた。

「じゃあお言葉に甘えるとしよう」

このリムジンは悪くない。なかなか快適だ。

考えようによっては、面白いなりゆきである。これまでよりずっと自由に捜査ができそうだ。昇進試験に合格して所轄から警視庁に転属願を出すという膨大な手間をかけることなく、忌々しくてくだらない管轄の縛りから解放されたわけだ。

ちょっとした快挙ではないか。

「で、警視正。これからどう動くつもりなんです？」

　塚本は訊いた。

「現場周辺の防犯カメラに、金槌《かなづち》女の姿が映っているはずだ」警視正がゆったりとした低い声で答えた。「仮に犯行の決定的瞬間は映っていなかったとしても、事件前に現場周辺をうろついていただろう。その女はもしかしたら車や原付に乗ってきたのかもしれん。あるいは、被害者以外にも接触していた人間がいるかもしれん。その人間は被害者以上の情報を持っているかもしれん」

（かもしれん）の連発であった。しかし捜査は（かもしれない）の連続であることは塚本もわかっている。

「ご存じないようですが、防犯カメラ映像のチェックはかなりしんどいですよ」

　塚本は経験者の立場から言った。

「三人じゃとても無理だ。急ぐんならあと最低十人捜査員の目が必要だ。二十個の目玉がね」

「慣れた者に手伝わせる」

　警視正がこともなげに言った。

「誰に？」

「誰です？」

塚本と間中がほぼ同時に訊いた。

「十人の並な人間より、一人のプロフェッショナルだ」

警視正が断言する。

「そいつならばきっと一時間で見つけ出すであろう。ヤル気を起こすまでに二十四時間かかるかも知れんが」

塚本と間中は目を合わせた。

間中もまだ警視正のやり方に順応できていないことだけはわかった。

つまりこいつが俺に先輩風を吹かす資格はないということだ。

「間中よ、練馬に向かえ」

警視正が指示した。

◆

近所の酒屋で洋酒とつまみを買って、片手でアイスクリームを食いつつ、もう片方の手で尻やわき腹をぽりぽり掻《か》きながらボロアパートに戻ると、リムジンが二階へ通じる階段を塞ぐように停まっていた。

「あん?」

リムジンの運転席のドアが開き、黒いスーツの若い男が降りると、後部扉をうやうやしく開ける。

中から異様な雰囲気の初老の男が降り立った。こいつも黒ずくめだ。しかも顔が白過ぎ、彫りが深い外国人風の顔立ちなので、ドラキュラ伯爵っぽい。

「矢島栗子《やじまくりこ》」

ドラキュラに呼ばれて戸惑った。

栗子はこんな奴、勿論知らない。

「……だな？」

だなって……なんだよ、お前。

「元警視庁捜査共助課の見当たり捜査官・矢島栗子」

栗子はアイスクリームを口に入れ、棒をぐいっと引き抜いた。口の中がアイスクリームでいっぱいになるから喋《しゃべ》れない。

口を動かしながらドラキュラとその執事みたいな奴を睨む。

睨み合いが続く。

ようやくアイスクリームを呑《の》み込み、栗子は文句を言った。

「そこに車止めてると上に行けないんだけど」

「我々は警視庁刑事課一係星乃神班である」

「だからなに？」

栗子は言いつつ、尻を掻く。

「お前は性病持ちなのか」ドラキュラが真顔で言う。

「ダニにくわれたんだよ！」

栗子は怒鳴った。すると近所の犬が吠《ほ》えだした。

「どけてくんない？　このバカみたいにでかい車」

「お前に話がある」

「あたしはないよ」

「荒んだ生活をしているようだな。サンダルばきで、そんなよれたジャージ……」

「余計なお世話だよ！」栗子は遮って怒鳴った。

さらに別の犬が吠えだした。

「おい、こちらの方は星乃神警視正だぞ！」若い刑事がえらそうに言う。「話を聞け」

「水戸黄門かよ！」

栗子はそいつにアイスの棒を思い切り投げつけた。若造は意外にもぎくりと反応した。それで大した奴じゃないとわかった。

「へへっ、バーカ」

栗子は言ってやった。若造は口を歪《ゆが》めて栗子を睨む。

「優秀な見当たり捜査官だったのに、たった二年で辞めたな」

星乃神が言う。

「我々はお前に協力を要請したいのだ。お前の特殊能力が必要なのだ」

「なんで辞めたあたしのところに来るわけ？　いっぱい現役がいるでしょ、警視庁に」

「時間がひっ迫しているのだ」

「理由になってないし」

「話だけでも聞いたらどうなんだ」

若い刑事がまた偉そうに言う。

「じゃ、話聞いたら十万円くれる？」

六カ月無職の状態が続き、今月の家賃が危機的状況なので栗子は言った。

「五十万出そう」星乃神がこともなげに言った。

思わず首が前方ににゅっと伸びた。

「話を聞くだけで？」

「そうだ。協力すればさらにもう五十万出そう。間中、小切手を出せ」

「いいんですか？」

「構わん」

「現金がいいんだけど」

「間中、例のウルトラゴールドカードで現金を引き出して来い」

警視正が若造に命じる。

「本当にいいんですか？」

「早く行くのだ。三分で戻ってこい」

間中は不満げな顔をし、頭を低くしてダッシュした。

五十万円の入った封筒をもらうと、栗子はリムジンに乗り込んだ。車内にはもう一人刑事がいた。所轄の一係から引き抜かれた塚本という中年刑事だった。

年齢はおおきく離れているが、どことなく自分と似た臭いを栗子は感じ取った。おそらく組織不適応タイプだろう。顔は穏やかだが、頭に血がのぼるとやばい人間だろう。

「間中、お前から説明せよ」

警視正は命じ、カーテンの奥に隠れた。

「じゃあ最初から話そう」間中が言った。

「あんた、まだ息切れしてんじゃん」

「余計なお世話だ！」

話を聞き終えると栗子は言った。

「確かにその金槌女は許せないし、協力するのは嫌じゃないけど、あたしもう勘が鈍ってると思うよ」

「天賦《てんぷ》の才とは、決して鈍らないものだ。一時的に眠ってしまうことはあっても」

カーテンの奥から警視正が言った。

「まぁ、お金もらったたし、やるだけやってみるよ」

「ではさっそく行動だ。間中、出せ」

「あっ！　ねえ、十五分待ってくれない？　シャワー浴びてもう少しマシな服に着替えてくるから」

警視正はちょっと考え、言った。

「よかろう。ただし、ダニは絶対に連れてくるなよ」


「リンキー！」

栗子は部屋に飛び込むなり、ベッドにちょこんと座っていたキリンのぬいぐるみを抱き上げて頰ずりした。ジャージのポケットから封筒を出してキリンに見せる。

「やったよホラ、お金がこんなに手に入ったよ。ここから追い出されなくて済むよ、ほっ！」

キリンを空中に放り投げてキャッチする。

「っと、シャワー浴びよ。これ、あんたがしっかり守ってて」

金の入った封筒をベッドに置き、その上にキリンを座らせる。

着てるものを全部その場に脱ぎ捨てて浴室に駆けこんで、ぬるめのシャワーを浴びながらハミングする。

「♪何買っちゃおうかなぁ〜〜」

頭をジャブジャブ洗いながら独り言を言う。

「いやいや、勿論貯金はするよ、リンキー。でもさ、もう三カ月以上服買ってないし、映画だって観てないし、ケーキだって食べてないし、我慢しすぎじゃん？　狂っちゃうよ、これ以上我慢したら」

腋《わき》の下と股間《こかん》も洗いながらにやにやする。

浴室から出ると、ちょっと臭うバスタオルで髪と体をごしごし拭《ふ》いて、ドライヤーで髪を乾かすべきかどうか考える。

もう半年以上美容院に行ってないので髪は肩よりかなり下まで伸びている。これを乾かそうとすれば三十分はかかってしまう。

「無理だな」

とりあえずバスタオルを頭に巻いておく。

下着をつけ、着ていくマシな服を探す。

「ただし、ダニは絶対に連れてくるなよ」

警視正のモノマネをしたら笑えた。

くすくす笑いながら、穴のあいてない唯一のデニムパンツと濃いピンクのジップパーカーをはおった。

壁に釘で打ちつけたフックに吊るしてある色とりどりのステッチが可愛い革のポシェットを取り、キリンのリンキーの下から封筒を引き抜いてポシェットにしまう。

「おし！」

靴箱から、退職以来履いていなかった赤いプーマのスニーカーを取り出した。金に困ってもこれだけは売らずに取っておいたのだ。

足を入れる。

「あれ？　きつっ。あたしはこんなの履いてたのか？」


「おいおい……」

間中は目を疑った。

矢島栗子は頭にバスタオルを巻き、腕に大きなキリンのぬいぐるみを抱えてアパートの階段を下りてきた。

間中は運転席から出て、声をかけた。

「ちょっと待て、一体なんなんだ」

「ああ、頭？　ドライヤーで乾かすと三十分以上かかっちゃうから」

「頭も変だけど、それはなんだよ」

「キリンだよ」

間中は絶句した。

「ピクニックにでも行くつもりなのか？」

「ピクニックにでも行くつもりなのか？」

矢島は間中の言葉を真似して笑った。

かなりむかついた。

「そんなもん置いて来い！　仕事なんだぞ」

「やだ。大体、お前に指図される筋合いなんかないんだよ、助角がっ！」

「スケカク……」

「さぁ、あたしのためにドアを開けてよ」

矢島は顎《あご》をちょっと突き出し、偉そうに言った。

間中はリムジンに戻った。

「警視正、あの女は変です」

「そんなこと、はなからわかっておる」

警視正が答え、塚本が鼻で短く笑った。

「本当にいいんですか？　あんなんで」

「矢島は十五分待ってくれといい、ちゃんと時間内に戻ってきた。髪を乾かしてずるずる待たせる女よりよほどいい」

　警視正が言う。塚本は肩をすくめた。

「じゃあ、本当にあんなんでいいんですね」改めて確認する。

「間中、我々は犯人逮捕を急いでいる。それを忘れるな」

　間中はため息をついて、矢島のところに戻った。

「そのままでいいそうだ」

「当たり前じゃん、はい、ドアを開けて」

　間中は唇を固く結び、彼女のために後部座席のドアを開けてやった。

「ダンケ」

　矢島はなぜかドイツ語で礼を言い、乗り込んだ。間中はドアを思い切り乱暴に閉め、運転席に乗り込んだ。

「間中、サイレンを鳴らして急行せよ」警視正が命じた。

「じゃあ思い切り飛ばします」間中はむっとした声で言い、サイレンを鳴らした。

　近所の犬すべてが狂ったように吠え出した。

「あたしのこと、調べましたよね、それなりに」

矢島はカーテンの奥の警視正に声をかけた。

「それなりにな」

「俺は君のことは何も知らん」塚本が言った。「差し支えない範囲で聞かせてくれるか？　勿論、嫌なら黙っていても構わないが」

「別に隠すことでもないですけど、あたし懲戒免職になったんです」

「始末書かいても駄目だったか？」

「始末書かくのもいやんなって……あたし、勤務中に買い物しまくってたんです」

塚本の顔がなぜか大きく緩んだ。

「知ってますよね？　見当たり捜査って単独行動が結構多いんですよ。基本的に月に何人か指名手配犯をパクってれば他はうるさいこと言われない特殊な世界なんで」

「噂《うわさ》には聞いてるよ。実はちょっとうらやましいと思っていた」

「あは、そうなんですか？」

「どけ、汚い廃トラが！」

間中が吐き捨ててクラクションを鳴らした。

「ま、特殊な能力だから俺には無理だろうが。繁華街の雑踏の中から特定の一人だけ見つけ出すなんて俺にはとても……しかも、二千人近い指名手配犯の顔が全部頭の中に入ってるんだろう?」

「ピークの時は四千人くらい入ってましたね」

栗子は生あくびして、頭に巻いたバスタオルを取った。

「これもう捨てよ、臭い」

助手席にぽいと捨てると、間中が「おい!」と怒った。

こいつが怒ったからってなんでもない。

栗子はまだ湿っている髪を掻きながら塚本に話した。

「あたし、一人逮捕すると、自分へのご褒美として、頭おかしいんじゃないかっていうくらいたくさん服とか靴とか帽子を買ってたんです。だから調子が良くて月に七人とか八人とか逮捕した月なんかもう大変、すぐにクレジットの支払いが滞って警察職員生活相談センターに行ったんです」

「俺もお世話になったことがある」

塚本はそう言って苦笑した。

「あそこって、行くとすごい凹みません?」

「ああ、死にたくなったね」

「行ったのは何回?」

「一回だ」塚本が答えた。

「なんだ、そんなの全然健全じゃないですか。あたし六回行きましたよ。しかもその内二回は向こうから呼び出されて。最後に呼び出された時、おばさんの職員に警告されたんです。(あなたね、このまま買い物を続けたら地獄に堕ちるわよ、いますぐ買った物をすべて売って生活を健全化しなさい、でないともうホントに面倒みきれないわよ!)」

塚本はまた鼻で短く笑った。

「確かに、買ってから一度も開けてない靴箱とか帽子の箱とかスーツの袋が一杯あったなあ。足の踏み場がなかった。いつも積み上げた箱の間を爪先《つまさき》立ちで歩いてた」

「今は?」

「全部売ったよ、クビになってからね。だから今は、なにも持ってない。こいつだけ」

リンキーを見せた。首を摑んで左右に揺らして笑う。

「その靴も売らずに取っといたんだな」

「そうなの、調子よくパクれてる時って、なぜかこのスニーカーを履いてる時が多かったの。ラッキーアイテムみたい」

「そうか」

「ねえ塚本さん、あたし、なんだか知らないけど塚本さんにあたしと同じ臭いを感じるんですよ。チームプレイ嫌いでしょ?」

「わかるか?」

「規則守れないでしょ？」

「まいったな、その通りだ。俺、越境の常習犯なんだ」

「やっぱり！」

間中がわざとらしく咳払《せきばら》いした。

「もうちょっと声を小さくしてくれないかなぁ」

「はんっ！」栗子は鼻を鳴らした。そして同じ声量で話し続ける。

「越境捜査以外はどんな規則違反を？　賄賂《わいろ》？」

「う～ん……まぁ、ね」

「逮捕の時に防犯カメラないところで暴力ふるったとか」

「う……ん」

いきなりリムジンが急停止して、矢島は背もたれに背中をぶつけた。

「ちょっと！　ムチ打ちになったらどうすんのよ！」

「最高速度で目的地に着いたんだよ！」

間中が怒鳴った。

世田谷警察防犯センター室の職員たちが、星乃神警視正御一行様を丁重《ていちょう》に迎え入れてくれた。

今、モニタールームの真ん中に、キリンのぬいぐるみを抱えて座った矢島栗子の目の前には、四十六台の二十インチモニターが壁のようにそびえている。

「ほら、これが犯人の女の似顔絵だ」

間中が矢島の手にスケッチブックを押しつけた。

「しっかりやれよ」

「なんか甘いドリンク買ってきてくれない？」

「なにぃ!?」

「甘いドリンクだよ！　脳味噌の栄養だよ、わかんないの！」

防犯センターの職員が大いに戸惑っている。

「間中、買ってきてやれ」

警視正は、職員が用意した幹部用の重厚な椅子にゆったりと腰かけ、脚を組んでいた。

「かしこまりっ、ました！」

間中は憤然と部屋を出て行った。

「なぜあいつは機嫌が悪いのだ？　塚本」

「さぁ」

「すべてのモニターはこのキーボードで集中管理、操作できます。モニターのポーズ、早送り、巻き戻し、ズームも」

若い職員が矢島に説明する。

「使い方ですが……」

「あ、説明はいい。大体わかるから」

矢島は軽く言った。

「そうですか？　よろしければ横で私が操作いたしますが」

「必要ないね」また軽く言う。

「……そうですか」職員は残念そうだ。

「前に使ったことあるのか？」

塚本が訊くと、矢島はにっこりとした。

「本来の仕事じゃないけど、何度か一係に手伝いを頼まれたことがあったの」

「なるほど」

間中が紙コップを持って憮然《ぶぜん》とした顔で戻ってきた。

「砂糖たっぷりのカフェオレだ」

テーブルに置いて「ふん」と鼻を鳴らした。

「メルシー」

矢島は礼を言って、一口飲むと警視正と塚本に明るい声で言った。

「そいじゃあ、ぼちぼち」

「一人の方が集中できるなら、私たちは外で待つが、どうする」

警視正にしては珍しく他人を気遣う言葉だった。

「べつに居ても構いませんよ。ただ、あたしに敵意を持ってる人間がいると集中がそがれるんで、そいつだけは……」

間中は指差される前に自分から出て行った。

◆

廊下の自販機の傍にある固いソファでまずいコーヒーを飲みつつ、間中は結果が出るのを待っていた。

腕時計を見る。元見当たり捜査官の人格破綻《はたん》キリン女が作業を始めてそろそろ二十分経つ。

はかどっているんだろうか。気になるが、自分はここで待つしかない。

あいつ、ちゃんとやれてるのか？　ていうか俺が心配してやることもないか。

この際、貴重な一人の時間を楽しむとするか、と考えて間中は苦笑した。

俺はついこないだまで暇で死にそうだったのに。

上着からｉフォンを取り出し、お気に入りのニュースサイトを閲覧する。このサイトはもはやジャーナリズムを完全に放棄した大手が決して取り上げないニュースを積極的に報じている。

福島原発付近で取材中のテレビスタッフ行方不明という見出しが気になったので記事を開く。

どこの局系列か記されていないが、ニュース番組で流す福島原発近くの「死の町」のひとつに関するドキュメンタリーを製作委託《いたく》されていた映像製作会社が、現地に入ったスタッフ四人と連絡を取れなくなって、既に五日経つという。

スタッフの一人の家族によって管轄の警察に捜索願が出されたが、放射線量がきわめて高いことと警察官の人手不足によって捜索が困難だという。スタッフが取材していた町はほぼ無人で、野生化した犬や牛が群れで行動しているような状況だという。

「牛の大群にでも轢《ひ》かれたか」間中は呟《つぶや》いた。

しかし、いくら生活のためとはいえ、そんな危険なところに行かなくてもいいのにと思ってしまう。きっと孫請けくらいの、危険な仕事でも断れない弱小映像製作会社なのだろう。親会社のクルーを行かせられないところに下請けや孫請けのスタッフが安い給料で行かされるのだ。

もうひとつ、関連のニュースがあった。

全国の多重債務者が福島第一原発近くの町へ逃げるケースが増加しているそうだ。これは震災直後から話題になっていたことだが、多重債務問題を扱っている弁護士団体がデータを出した。

3・11以降、取り立てから逃れるために福島の原発近くの町へ被曝覚悟で雲隠れするいわゆる「入福者」の増加が数字で示された。その数は推定二千～三千五百人で、今後も増える見込みがあるという。

三カ月後くらいにはあの矢島も福島に逃げていたりして……ありえるな、それ。想像したら暗い笑いがこみあげてきた。

「……ふっ」

「笑えるニュースでもあったか」

「んぬっ！」

久しぶりに間中の心臓が口から飛び出しかけた。いつの間にか星乃神警視正がすぐ傍《そば》に立っていたのである。

そうだった、うっかり忘れていた。警視正は影のごとく気配《けはい》を完全に消して俺の背後や真横に立てる人間だったのだ。腋の下に冷たい汗が滲む。

「警視正……」

「成果が出たぞ」警視正が言う。

間中はソファからぴょこんと立ち上がり、訊いた。

「矢島が犯人の女を見つけましたか？」

「ああ、五分くらいですぐに最初の映像を見つけた。それからテンポよく複数のカメラで見つけていき、時間と現れた場所を繋《つな》ぎ合わせ、女の行動が明らかになった」

警視正は淡々と報告する。

「では、あいつはちゃんと役に立ったわけですね」

「こちらの期待以上にな。本人もなかなか楽しんでおった」

成果が出たことは喜ばしいが、間中は内心、矢島の見当たりスキルがすっかり鈍《にぶ》ってい てベソ面で警視正に己の無能を詫びるという展開も密かに期待していたので、ちょっと残念でもあった。

あの女、今頃得意満面なんだろうな。あのむかつく面など二度と見たくない。

「それで、何か決定的なことはわかりましたか？」

「犯人の指紋が採れるはずだ。急がなくてはならない」

「指紋？　どこで採れるんです？」

「矢島が見つけたのだが、犯人の女は集会に乗りこむ数分前に、公民館近くの路上の自販機で缶コーヒーを買って三口で飲みほした」

「それが防犯カメラに映っていたんですか？」

「そうだ。矢島の奴、コーヒーの銘柄までわかったようだ。犯人は飲み終えると缶を自販機脇のゴミ入れに捨てて立ち去った。つまり空き缶には犯人の指紋がはっきりついておるのだ。今からそこに急行する。業者やアルミホームレスが空き缶を回収する前に」

「じゃあ彼女は用済みですね」

「それはどういう意味だ」

真顔で言われ、間中はドキリとした。

「え？　だって彼女の役目はもう終わったんですよね」

「お前、何を言っておるのだ」

「え？　私、何かおかしなことを言いましたでしょうか」

「休みが長過ぎてシナプスが枯れたのか、間中」

警視正がやる気を出してくれなかったから仕事を干されてたんじゃないですか！　と言いたいが、言えるわけない。

「犯人を逮捕するまで矢島は我々と一緒だ」

「はい？　あの女はそれを了承したんですか？」

「了承した。矢島の見当たりスキルはまだ必要だ。行くぞ間中、リムジンを飛ばすのだ」

コートの裾《すそ》を翻し、警視正は歩き出した。

「警視正！　出口はそっちじゃありませんよ」

「トイレに行くのだ」

そうか、警視正も人間だから排泄《はいせつ》するんだった。

「さっきよりもっと飛ばすから、くれぐれも吐かないでくれよな」

エンジンをスタートし、間中は矢島に警告した。

「吐くんなら自分のバッグの中に吐けよ、シートは汚すな」

「さっさと出しなよ！」

キリンを抱えた矢島が怒鳴った。

「間中、急いでくれ。大事な証拠品を逃したくない」

塚本が真剣な顔で言った。

「ええ、わかってます」間中は答え、サイレンを鳴らした。

「すべてを蹴散《けち》らして突き進むのだ、間中」

カーテンの奥から警視正が命じた。

「責任は私が取る。と言っても何もせんだろうが」

「了解！」

間中はアクセルを踏み込んだ。

大通りでは無敵だったが住宅街に入って問題の自販機に近づくと、道幅が狭くなり、リムジンだとかえって走りづらかった。

「この辺のはずなんだが……そこ右折して」

塚本が偉そうに指示する。

間中は思わず舌打ちし、言った。

「コーナーがきつすぎる」

スイッチひとつでリムジンの全長が半分に縮まる機能がついていればいいのに。

「ねえ！　あれだよ、あれ！」

矢島が大声を上げ、前方に見えた自販機を指差した。

「やばいよ！　ホームレスが缶を集めてるよ！」

確かに、背中の丸まった汚い身なりの男が自販機脇《わき》のゴミ箱の蓋《ふた》を開け、選別し、手押し台車に積んだビニール袋に入れていた。

「くそ」

塚本が吐き捨て、ドアを開けて飛び出した。ホームレスに向かって走りながらベルトから特殊警棒を抜き、勢い良く振って伸ばす。

間中は嫌な予感がした。

「リンキー、ここで大人しくしてな」

矢島がキリンのぬいぐるみに言って、塚本を追って外に出た。

「おい貴様あ！」

塚本が警棒を振り上げて怒鳴ると、ホームレスは尻餅《しりもち》をついた。

「やっぱぁ、もういくつかそっちのゴミ袋にうつされちゃったよ」

矢島が台車に載っている透明な厚手のゴミ袋を指差した。それには数百のアルミ缶が潰《つぶ》されて入っている。

「貴様、いつからここで漁ってる」

ホームレスは黙っている、というより怯《おび》えて口がきけなくなっている。

「答えろ！」

塚本はホームレスの脚を蹴《け》りあげた。

「ほほ、ほんの、十分くらい、前で……」

生命力の希薄な声でやっと答えた。

「このリサイクルボックスから何個くらいこっちのゴミ袋に入れたの？」

矢島も険しい顔で訊《き》く。

「二十個、くらい……です」

ホームレスが白濁した目を潤ませて答える。

「よし、じじい、袋の上の方だけ出して広げろ。矢島君、コーヒーの銘柄はなんだっけ」

「『ブレイク』の微糖《びとう》だよ、赤いラインが三本のやつ」

「聞いたなじじい、それだけ選んで取り出せ」

矢島がリサイクルボックスを蹴り倒し、中身をすべて路上にぶちまけた。靴先で蹴散らして『ブレイク微糖』を探す。

「よかった、思ったほど多くはないよ」

「矢島君、本当に微糖なんだな？」塚本が念を押す。「無糖は無視してもいいんだな？」

「あたしの目を信じてよ」

「信じよう」

「それから君づけはいらないよ」

「そうか、わかった」

「どう、あった？」

間中が薄手のゴム手袋をはめ、のこのことやってきた。

「あとは頼んだ、しっかりね」

矢島は間中に言い、リムジンに戻る。

「おい、手伝わないのか！」

矢島は振り返って怒鳴った。

「充分手伝ってるじゃん！」

「この……」

「間中、作業だ」

塚本が厳しい声で言う。間中は口を固く結んで缶の選別を始めた。

結局、十三個のブレイク微糖が見つかり、それらを間中が持参した証拠品袋につめてリムジンに戻る。

「散らかして悪かったな」

塚本が笑顔でホームレスに言った。

今度は警視庁に急行する。

回収した空き缶を大至急鑑識《かんしき》課に持って行き、すべての指紋を採取し、それらをデータベース照会するのに果たしてどれくらいの時間を食うのかは、やってみなければわからない。鑑識課は他にも山ほど仕事を抱えているのだ。優先してこちらをやってもらいたいなら賄賂《わいろ》だって必要だろう。

勿論《もちろん》、照会したものの犯人の女の指紋が登録されていないという可能性もある。

「俺は登録されていると思うね」

塚本は楽観的だった。

「その根拠は？」

時速七十キロ前後で飛ばしながら間中は訊いた。

「子供連れの母親をハンマーで殴るようなイッてる女《やつ》だぞ。いきなりそんな風になったとは思えん、きっと前段階としてのメンヘル期があったはずだ。メンヘル期に万引きや器物破損で逮捕されたものの、起訴はされなかったというパターンだと思うね、俺は」

「メンヘル大っきらい」矢島が吐き捨てた。

「お前だって……」間中は聞こえないようそっと呟《つぶや》いた。

「ここまでなかなかテンポよくいっておるな」

警視正が満足げに言った。

◆

深夜二時二十分。もう二年も音信不通だった腐れ大根役者から、また「舞台見に来てよメール」が届いた。

こういう奴らのメールはなぜか深夜の非常識な時間に送りつけられるものである。

藍沢希美香《あいざわきみか》さま
お久しぶりです。みなさまごぞんじ大沢富郎《おおさわとみお》でございます★またまたの新作舞台『トンネルの向こうが燃えてます』のご案内でっす♪　今回の劇団怪俗船はなんだかすんごいことになっちゃってまっす！　前代未聞のスーパーハイテンション群像劇、笑い・涙・恐怖・アクション・ついでにボーイズラブも!? 旗揚げ二周年記念の集大成と呼ぶにふさわしいグレート&クールな舞台に仕上がりました! 是非是非劇団怪俗船のファーストピリオド&新たなビギニングを目撃してください!

この手の寒いメールに返信したことなどこれまで一度もない。

だが、ひと月半ほど前に突然後頭部の辺りに生じた(黒いしこり)が、かつて女優・藍沢希美香だった熊井希美《くまいのぞみ》の指を動かした。

みなさまごぞんじ大沢

お前、いま何時だと思ってるんだ。この友達もいない腐れ大根役者が。いや、お前なんか役者ですらないんだよ、誰も役者として認めてくれないからどこの芸能事務所にも飼ってもらえずに、似たような無価値役者どもが、汚水処理場に溜まった放射性物質みたいにあつまって劇団旗揚げしようぜー★って、どんだけバカなんだよてめえら、くそ安い放射能牛丼食ってさっさとガンになってくたばれ。二度とメールするな、わかったか。またクソ舞台の案内送ってきたら迷惑防止条例で訴えるぞ。

送信する。黒いしこりがまたぼおっと熱を帯び始めたので、冷蔵庫から大量に買い置きしてある缶コーヒーを取り出してとりあえず二本一気に飲み干した。

明日は土曜日。バカな腐れヤンママに鉄槌《てっつい》を下す日だ。

腐れヤンママの分際で何がすべての原発停止だ、何が子供の未来を守れだ。ガキをひり出した瞬間から突如何の落ち度もない真人間に生まれ変わったような態度取りやがって。

そんなにクソガキが心配なら、てめえらさっさと放射能で汚染された漁船ですし詰めになって日本から出て行きやがれ。誰も引き留めてねえよ。

てめえらがみんなこの国から出て行ったらてめえらの家にあたしが住んでやる。そして飽きたり汚れたりしたら別の家に移るんだ。

冷蔵庫から今度はこれも買い置きしてあった安物チョコロールパンとカスタード&生クリームパンを一気食いする。

クリームが胃に落ちた途端、脳味噌《のうみそ》にじょわっと何かの物質が分泌され、黒いしこりのことをほんの一時忘れる。

鼻息荒く二つのパンを食い終え、コーヒー二百ccほどを流し込む。

そのまましばらくテーブルの縁に肘《ひじ》を置いて彫像のように固まる。

四分ほどしてから急に立ち上がり、トイレに行く。ドアを開け放したまま便器の蓋を跳ねあげ、顔を近づけて口の中に右手の指を二本突っ込む。

「ぐぉぐぶろろげろろろろ!」

コーヒーと菓子パンのなれのはてが勢いよく口から飛び出して、ビタビタと便器にこぼれる。

「うろろろ……」

吐き終えると希美は洗面台で口をゆすぎ、居間に戻ってiフォンを手に取る。

気がつくと二時間ほどウェブをさまよっていた。

かつて自分がモデルで、女優で、シンガーでもあるマルチタレント藍沢希美香だった頃《ころ》に出あった同業者や関係者たちのブログやホームページを次から次へと覗《のぞ》く。

これはただの時間潰しなどではない、正式な監視活動である。

何を監視しているかというと、カスほどの才能もないくせに自分のカスぶりをネット上で世界に向かっていたくアピールしているつもりが、結局は精神の歪《ゆが》んだ男どもに汚らわしい性欲の捌《は》け口としか見られていない哀れな自称モデル、自称女優のクズども、そしてそのクズに群がる輪をかけてクズの自称クリエイターども。

そういう奴らが大震災と原発事故からいまだ何も学んでおらず、これからもバカなまま成長せずに容姿と知性が衰えていくことを確認するために監視しているのだ。

そしてこの監視活動は、後頭部の黒いしこりに餌《えさ》を与える行為でもあるのだ。黒いしこりは急成長中で、大量の餌を必要としている。

先日メッセージを送ってやった垂れ目間抜け面女優のブログはコメント欄が閉じられ、

メッセージも受け付けなくなっていた。自分が、背筋が寒くなるほど辛辣《しんらつ》かつ真実を突いたメッセージを送ったからである。

それから、かつてもはや苦笑すら凍りつくような極小予算のヒューマン感動系映画で共演した女優は、半年ほど前に事務所から切られ、突如フードアナリストと名乗るようになり、行く先々で写した食い物の写真をアップしてセンスのかけらもない文章で毒にも薬にも勿論金にもならない記事を書いて自己満足に浸りながら無駄に年を食っている。

蛆虫《うじむし》より役に立たない「私を見て見て女」どもが。

その安い映画を製作監督した映画学校出身の若ハゲ監督のブログは、福島原発が爆発した十日後からブログが更新されておらず、その後映画も撮っていないようだ。当然だ。人の目を見て話すこともできないくせに胸元や太腿《ふともも》にばかり目がいく根暗クソ映画おたくに資金を与えて新作を撮らせようなどと考えるプロデューサーなどいるわけがない。

プロデューサーも腐れ根性の低レベル詐欺師ばかりだ。

製作資金なんかこれっぽっちも集められないくせに自分を大きく偉く見せ、クレジットに最初に大きく名前を出すことだけには異常にこだわり、仕事にありつけない半端女優どもを、出演を餌に乳首とマンコにありつこうとばかりする。

3・11地震と原発爆発により何人かのバカな夢追いどもはようやく恐怖が支配する世界において己の価値などはなからゼロだったことに気づき、鬱《うつ》になったり田舎の実家に逃げ帰って、ほんのいっとき腐った世界に正義が戻ったかのように思えた。バカで無価値なカスが淘汰《とうた》されたのだ。

しかしそれはいわば汚物のごった煮の表面のあくを軽くすくいとった程度のものでしかなかった。

ひと月もするとバカどもがまた湧《わ》いて出てきた。

「三月十一日のあと、世界はこんなふうになってしまったけれど、私にできることはやっぱり女優しかないと思いました」

そう書いた女優のブログにコメントしてやった。

「お前のような自分がやりたいだけで周囲の誰からも求められていない自称女優でも、できることは他にたくさんある。そのひとつは世の中に溢《あふ》れている無職オーバー三十枯れチンポ男どもに、お前の業界仕込み異臭マンコを無償で提供して慰めてやり、奴らが反原発活動に関心をもたないようコントロールすることだ。そして、お前ができないただひとつのことは女優業だ。いい加減学べよカス」

「これからの日本、大変だけど映画という表現を通してできることをこれからも手探りで誠実に探っていきたい。だって俺には映画しかないから」

そう書いた貧乏ナルシスト映画監督にはこんなメッセージを送ってやった。

「貴様仕事が欲しいか？　欲しいんだろ？　だったらぐだぐだほざいてないでさっさと原

発推進プロパガンダ映画を創れよ！　これからの日本映画は原発だ！　それしかない！　原発に楯突《たてつ》く芸術に存在価値などない！」

まさか自分の作品に端役で出演した女優からのメッセージだとは一生気づけないであろう。

さらに監視活動を続けているとスマートフォンにメールが届いた。

かつて女優・藍沢希美香を（俺の飼いメスにならなければ芸能界にいられなくしてやる。本気だぞ！）と脅した、三十代後半の脚本家・藤本《ふじもと》からだった。そいつは今、昔ほど仕事がなくてもう何カ月もクレジットされた作品がない。縁を切ってもう二年も経つのにいまだにしつこくメールしてくる。

件名　希美香　元気でやってるか

本文　お前もうすっかり女優やめたみたいだな。事務所のサイトからもプロフ削除されてたな。ブログもフェイスブックも全然更新してないな。

お前もようやく自分が主役をはれるような器でないどころか、端役ですら必要とされない虚ろな自称女優だってことを学んだのか？　それとも単に鬱落ちしたのか？　過食しまくってクソデブになってるのか？　毎晩眠れずに昔の仕事仲間のブログでも読み漁ってるのか？　読み漁って他の皆も自分と同じように萎《しお》れて潰れて不幸になっていることを確認して安心したいのか？　安心したいよな？　そういえばだいぶ前、ブログにワン公が死んだとか書いてたが実はお前が八つ当たりしてぶち殺してたりしてな、お前ならやりかねないって（爆）。

ところで俺はこないだ、どっかの田舎から出てきたばかりの二十歳の女優志望のぽおっとした女をホテルでヤリながら、お前と俺のファックビデオを大画面テレビで流してスパイスにしたぜ。お前って本当にどうしようもない淫乱だよな。あの淫乱パワーはどこから湧いてくるんだよ。なんであんなに乳首がびろんと伸びるんだよ、エイリアンかよまったく。俺の下半身処理メイドやってた頃のお前こそが本当の、真実のお前だったんだよ！　まだわかんねえのか？　自称女優のお前はお前じゃねえんだよ！　お前は女優でもない、人間でもない、カントの化け物、プッシーフリークなんだよ。そのこともういっぺんちゃんとわからせてやるから下着つけねえで俺の家に来い！　生理中でも構わないぞ、いますぐ来い！

希美自身はそれを無視したかったのだが、黒いしこりが返信することを命じたので、返信した。

件名　藤本さん　おひさしぶりです。

本文　私は元気です。今は、東京電力の若手幹部さんと真剣なお付き合いをしています。藤本さんが五十本脚本を書いても得られないような収入を毎月得ています。とても優しい、思いやりのある素敵な人です。彼は今、新世代の原子力発電所の基礎開発に関わっていてとても忙しく、私に、奥さんになって支えて欲しいと言っています。私も、日本の原発事業を停滞させないためにも内助の功で彼を支えてあげたいと思うようになりました。
藤本さんにはお世話になりました。最近あまりクレジットされた作品がないようですのでちょっとさびしいです（苦笑）。頑張ってこれからもたくさんの脚本を量産してくださいませ（苦笑）。私にはもうくだらないドラマなど見ているヒマはないのですけど。

送信した。

「死ね」iフォンに向かって吐き捨てる。

「死ねぇ！」怒鳴る。

「死ねええっ！」もう一度怒鳴る。

後頭部の黒いしこりがびりびりと電気を流し、全身にしびれが走った。iフォンが手から落ちる。

希美は意味をなさない呻《うめ》き声をもらし、テーブルに突っ伏し、額をごん、と打ちつけた。

一分ほどそのままの姿勢でいたが突如動き出した。部屋着を脱いで自分以外のどんな女の脚も通らない細身のデニムパンツを穿き、イタリアンブランドのブラックのジップアップを羽織る。

死んで六カ月も経つのにまだミッチの白い毛が付着していた。ハンマーを手にする前の自分だったらまためそめそ泣いたかもしれないが、今はもうそんなに弱くない。

それから床に捨ててあったプラスチックハンマーを拾い上げ、ジップアップをまくってデニムの腰に差した。

小銭入れと鍵《かぎ》だけを持ち、部屋の電気をつけっぱなしにして外に出た。

人の多い駅へ向かう。金曜日なので、終電がとっくになくなっても飲み屋街は賑《にぎ》わっていた。

なぜここにきてしまったのかわからない。自分の目的もわからない。自分の敵はここにはいないのに、なぜ来てしまったのか。

黒いしこりのせいだ。こいつが眠らせようとしないからだ。

家に帰らないと。自分の声が聞こえた。こんなところでふらふらしている場合じゃない。

前方からパトカーがやってきた。

すると、突然黒いしこりがどこかに隠れてしまった。

希美は顔をうつむけて早足になった。

パトカーが脇を通り過ぎた。歩きながらちらりと振り返ると、角を曲がって消えた。どうやらただの見回りらしい。勿論、自分を探しているだなんて思っていなかったが。

足を止めると踵《きびす》を返し、家に戻り始めた。どんどん足どりが早くなる。

黒いしこりがまたうずき出さない内に眠ってしまおう。眠らないと明日思わぬヘマをしてしまうかもしれない。

◆

「おい、出たぞ！」

うとうとしていたところを塚本に肘でどつかれ、間中は目を開けた。

「やっぱり登録されていた。似顔絵の女だ」

間中と正反対に塚本の目はらんらんと輝いていた。髭《ひげ》も伸びてきていて、全体的に濃い顔に見えた。

「ほら」

モニターに女の写真と個人情報が出ている。

スケッチブックの似顔絵と見比べる。

「本当だ、こいつだ」

塚本と顔を見合わせる。

「やりましたね」間中は言った。

塚本がにやりとした。サディスティックな笑顔だった。

熊井希美。現住所は東高円寺。実家は福岡だ。

職業モデル、女優、シンガー。芸名は藍沢希美香　現在三十二歳

所属事務所　有限会社アルヴィラプロモーション

会社は麻布。

「こいつ、何をやったんだ？」

逮捕歴情報を読む。去年の年末に六本木のバーで一緒に来店した女性と口論して暴行、逮捕されたが、被害者女性が告訴を取り下げたために不起訴となっている。

「女優が金槌暴行魔か」間中は呟いた。

「今、そのアルヴィラプロモーションのサイトを見てるんだが……」

塚本は隣でスマートフォンを操作しながら言った。

「いないな」

「いない？」

「プロフィールがないんだ。事務所が削除したらしい」

「じゃあ事件のせいでクビになった？」

「検索してみる。移籍したのかもしれない」

検索は塚本に任せ、間中は両手で顔を覆い、ゆっくりごしごしとマッサージした。

もう深夜二時四十分だ。警視正と矢島は今頃リムジンで仮眠を取っているだろう。そして下っ端は眠らず働き続ける。

「オフィシャルサイトとブログがあるが、どっちもここしばらく放置されてるな。そうだ、フェイスブックを見てみよう」

塚本はなんだか楽しそうだ。

「このイカレ女、友達四千百人だって！　さびしがり屋のおバカちゃんだな」

間中は苦笑した。

「どうやらこいつは今、どこにも所属してないな」

「ちょっと見せてください」

塚本からｉフォンを受け取って、見た。

「へえ、確かに美人ですね」

そしてスタイルもなかなかそそる。この女が金槌を持って若い母親を狙《ねら》うとは、一体どんな理由があるというのだろう。

プロフィールの文に目を通してみる。


女優、モデル、シンガーとしてマルチに活動中です　応援よろしくお願いしまーす。ツイッターもフォローお願いします。いきなりのメッセージはスルーします。何回かコメン

トや「いいね!」の後でお願いします。

しまーす、と軽く頼まれても人を本気で応援するのって簡単ではないと思うのだが……。軽く応援してくれということなのか。いや、そうではないと思うが。なんとなく性格悪そうなのが伺えた。

「美人といっても、この程度のなんか掃いて捨てるほどいるだろ。顔も整形面だ。胸だって詰め物してるに違いない」

塚本が冷めた口調で言う。

「まぁ、芸能界だから……」

「こいつは目が病んでる。虚ろだ」塚本は断言した。「メンヘルで今はハンマーを持ったバケモノだ」

「塚本さん、言うことがストレートだなぁ」

「いいじゃないかよ」

「そりゃ僕は構いませんけど……」

「さっそく自宅に突っこもうぜ」

塚本はデータを自分のメモリースティックにコピーすると腰を浮かせて言った。

「まだ同じところに住んでますかね」

「そんなの所轄に問い合わせりゃ二、三分でわかる。行こうぜ」

随分《ずいぶん》はりきっている。夜の方が元気になる体質なんだろうか。

◆

早足でマンションに戻る途中で、またメールが届いた。今度はどのバカ野郎かと思ったら、あの結城朔太郎《ゆうきさくたろう》だった。

全身の血がざわついた。

マンションに戻るのが先決だとわかっていながらどんどん足が遅くなり、ついに立ち止まってしまう。

結城はやくざ俳優なのか本物のやくざなのか、もはや周囲も本人もわからない四十半ばの脂ぎったハ虫類面の男である。扱いの難しさと恐ろしさは腐れ脚本家の藤本なんかの比ではない。

こいつの執念《しゅうねん》深さと暴力性は病的である、というより病気そのものだ。藤本なんか怖くないが、こいつは恐ろしい。

やくざと通じている結城に下っ端女優とのトラブルの処理を頼んでしまったことはいくら後悔してもしきれない。

当時はまさかここまで結城が狂った人間だと知らなかったのだ。初めて撮影現場で出会った時の印象が「女癖すごく悪いから気をつけろ」とのマネージャーからの忠告に反して、とてもよかったせいもある。実際に会った結城朔太郎は陽気で、心底自分の仕事を楽しんでいた。共演シーンでも自分がやりやすいように気遣ってくれたし、自分のセリフが頭からを消し飛んだり嚙《か》んだりして十四回もNGを出した時でも、監督のオーケーが出るまで辛抱強く付き合ってくれた。下ネタジョークで笑わせて緊張を解いてくれたりもした。

この人こそ、本当のプロだと思った。

あの時の結城は良かった、本当に。それなのに信じて頼ったら途端におかしなことになった。

このメールを開くのが怖い。開けば間違いなく（結城暴力電波）に脳を侵されるから。

数カ月必死に避け続け、ようやくあきらめてくれたのかと思っていたが、考えが甘かったらしい。結城はいまだに借りを回収する気満々なのだ。

端役女優に告訴を取り下げさせた見返りとして、藍沢希美香とのファック九十八回を回収するのだ。回収には期限も、時間も、関係ない。もはや女優の藍沢希美香でなくなっていても、それも勿論関係ない。

結城が好んで口にする（お返しおっぴろげ）するしかないのだ。あと九十八回。

最初は告訴取り下げの見返りにお礼のセックス百回なんて、お得意の下ネタ系の冗談だと思っていた。女癖が悪いことで有名な男だから、せいぜい四、五回相手してやればすぐに飽きて他の女に移ると思っていた。告訴されなくて済んだことに大いに感謝していたし、結城には他の男にはない破滅的というか剝《む》き身の刀のような、あるいは野生狩猟動物的というか、とにかく危険な魅力を感じていた。だから四、五回抱かせてやってそれで済むのなら安いものだと思った。もしかしたら結城が、自分をさらに上のステージへ行くために手を貸してくれるかもしれない。そういう見返りがあるならもっと、十回くらいはさせてやってもいい。

二十三日間勾留《こうりゅう》されて気が狂うほど延々と取り調べを受けて起訴された挙句に有罪にされることは、(お返しおっぴろげ)よりはるかに恐ろしいことなのだから。

ところが、その読みは見事に間違っていた。

一回目。結城は「今夜はファンキーアスナイトだ♪」とふざけて言った。何かと思ったら二時間近く結城の尻の穴とその周辺を口で舐《な》めさせられた。キスもなく、結城は髪の毛を鷲摑《わしづか》みして顔を尻の穴に押しつけた以外は自分に触れもしなかった。

「おし、もう帰っていいぞ」

いつ終わるとも知れない口唇奉仕に恐怖していると、結城は突然言った。勃起《ぼっき》しないのが不思議だったが、撮影で疲れているんだろうと思った。

つらい夜だったが、帰宅したらさらにつらいことが待ち受けていた。ペットのチワワ、ミッチがうつ伏せで死んで冷たくなっていたのだ。半狂乱になり、十日ほどは何もする気力が出なかった。生涯最悪の年末の中、またひとつ歳を取った。フェイスブックで数人の会ったこともない体目当ての「お友達」からお祝いメールをもらった以外は誰からも祝ってもらえなかった。

そして年が明け、「そろそろ二回目のお返しおっぴろげだ」と呼び出された。他のつまらない男なら無視したろうが、相手が大物の結城だとそうもいかない。

ラブホテルに入り、結城がためらわずに「宿泊」のボタンを押した時、憂鬱《ゆううつ》になった。シャワーを浴びて二人で全裸になってベッドに乗り、今夜は普通にセックスするんだろうかと思った。

「四つん這いになれよ」と結城が言ったので、その通りにしたら結城がいきなり首に肘をかけて絞め、息ができなくなった。本当に首を折られて殺されるのだと思った。そして尻に注射された。

その後の記憶がない。ただ目覚めたとき、ベッドにうつ伏せになって自分の排泄《はいせつ》物と吐瀉《としゃ》物と血にまみれていた。膣《ちつ》の入り口が大きく裂けて出血し、起き上がれないほど痛かった。ペニス以外のものを出し入れされたのは確実だった。

結城はというと、ソファで大きく開脚して片手で自分のモノを弄《もてあそ》びつつ他の女と電話で話していた。弄んでいる方の手は血まみれだった。結城の血ではない、自分の血だった。

結城は自分が目覚めたことに気づくと半笑いの顔で言った。

「お、大丈夫か？　まぁ初めて試した奴の半分はそんなもんだ、気にすんな。すぐに慣れて楽しめるようになるからよ、ははっ」

それ以来逃げ続けている。廃人にされるのはまっぴらだ。

同じ東高円寺内だがすぐに引っ越した。積み上げた段ボールを前に、とにかくこれでひと安心だと思った時、事務所のマネージャーから電話がかかってきた。

保留になっていた藍沢希美香の所属問題に関し、不起訴になったとはいえやはり事件を起こした者を在籍させておくわけにはいかない、と社長がおっしゃった。

クビになった。あれほど軽蔑《けいべつ》しバカにしていたフリー役者どもと同じ立場に堕《お》ちてしまった。

それからはホステスのバイトをしながら一人で新しい事務所探しに明け暮れた。引っ越しのせいで経済的に苦しくなり、やむなくフェイスブックでやたらとメッセージを送ってくる羽振りのよさそうな会社社長と会食したが、そいつは自分が逮捕されたことを誰かから聞いて、今なら底値で安く愛人というかセックスペットにできると考えていることが話していて見抜けたので、化粧を直してきますといってそのまま帰った。

結城からのメールはその間も執拗に届いた。

これからが良くなるのにどうして逃げる？　お前まだ全然借り返せてねーぞ（笑）。

おーい、結城さんが会いたいと言ったらすぐに返事しろよ。仁義の問題だぞ。

聞いたよ、お前事務所に切られたんだってな。なんで俺に相談しねえんだよ。事務所のひとつやふたつ俺なら紹介してやれるぞ。今後のことについて相談に乗れると思うから、今からちょっと出てこいよ。

地震すごかったな。お前は大丈夫だったか？　知り合いの役者がよ、この非常事態なのに「富士登山に行ってきました、電車少なかったです」とかメールしてきやがって笑うしかなかったぜ。まぁ、あいつは地震来る前から生活終わってたからカンケーないんだろうよ。返信しろよな。

原発事故、とんでもないことになっちまったな。もう映画どころじゃないのかもだけど、いまさらどうしようもないよな、俺もお前も。これからのことについて話し合うのとおっぴろげで明日時間作ってくれないか？　それにしても水も電池も買えないって、日本終わったよな。

どうして連絡よこさない？　お前まだ芸能界にいたいんだろう？　いたいんならやらなきゃならないことあるだろうよ。俺に対してさ。逃げるのはなしだぜ、つうか許さねえぞ。

お前がもう足を役者から洗うってんなら俺に止める権利はないけどよ、お前、俺に借りた恩義を返してねーぞ、全然。それは人として許されないぞ。

結城からのメールを拒否設定することも勿論考えたが、それをやるとますます結城が怒り狂って短期集中回収に乗り出すかもしれないと思うと、できなかった。

あの男にとっては、女を追いつめることは楽しくて楽しくて止められないプレイなのだ。警察には相談したくなかった。どうせ何もしてはくれないだろうし、端役女優への暴行で取り調べを受けた時、担当の刑事にセクハラされたことがトラウマになっているからだ。「君と信頼関係を築きたいんだよ」とその刑事は顔を寄せてきてにやけながらほざいたのだ。そして手を握られ、髪の毛にもしつこく触った。

いつまでもメールを開くのをためらっていてもしようがない。むしろさっさと読んでしまった方がいい。その内容いかんで今後の自分の行動を決めるべきなのだ。福岡の実家に逃げ込むという選択も必要になるかもしれない。福岡にいる母親と再婚相手は、娘が大きく名前は出ないけどなんとか女優としてやっていけていると信じている。本当のことを打ち明けるのは苦しいが、命の危険よりはましだ。

メールを開いた。

件名　すみやかに出頭してください

なに？　なんなの？

本文　暴行告訴取り下げの対価としての（お返しおっぴろげ）は引き続き回収させていただきます。この回収が免除されることは絶対にありません。逃げ続けることは千パーセント不可能です。

丁寧語を使っているところが余計に気持ち悪い。

あなたの支払い義務はあと九十八おっぴろです。単位としての一おっぴろは、第一回及び第二回の回収フルコースに準じます。

こいつ、本当に狂ったのか？　それともふざけているのか？

多分、両方だ。狂った奴がふざけているんだ。

また引っ越ししなければいけないのだろうか。そんな金はない。三食コンビニのおにぎりか菓子パンだけの生活を送っているのに。コスメだってなくなったら新しいのを買えないからけちりまくっているのに。

もう反原発ママへの金槌制裁どころではない。自分の身が危ない。

今のマンションが突きとめられるのも時間の問題かもしれない。だけどお金がないから行動できない。なんにもできない。

「希美香?」

だしぬけに男の声が呼んだ。

息を吸い込んで振り向くと、まるで自分の恐怖が呼びよせてしまったかのように、結城が立っていた。

驚くほど痩《や》せこけていた。一瞬、別人かと思った。

「なんだお前、外うろついてたのかよ」

結城が言って笑った。こけた頬がきゅっとへこんだ。

「家にいるかと思ってさっきメールしちまったよ」

希美が背を向けて走りだそうとするよりも先に結城が飛びかかり、希美の顔に拳骨が叩き込まれた。

衝撃で真後ろに吹っ飛ばされてアスファルトに後頭部を激しく打ちつける。舌を噛み、血が溢れた。

◆

熊井希美は暴行罪による告訴を免れてその後、ふた月ほどで引っ越していた。引っ越し先は同じ東高円寺内である。

「若い女があわてて同じ区内の引っ越しする理由は大抵、男とのトラブルである」

　カーテンの奥で警視正が言い切った。

「差し迫った危険を感じるものの百パーセントの確信は得られず、そして仕事の都合や見栄などから東京での生活を捨てられず、貯えも充分でないなど複数の原因が共存する」

　間中も異論はなかった。

「暴行による逮捕、男とのトラブル、立て続けにストレスを受けて精神のバランスを崩したあげく金槌女になってしまったんですかね」

　精神医学の心得がない間中でもそのくらい想像がつく。

　ナビによると、目的地までの到達はもう間もなくである。

「相手の告訴を取り下げるのに男を使って、その男とトラブルになったのかも」塚本が言った。「似たようなケースを過去に何件も扱ったことがあるんだ。女優のはしくれだからヤクザを利用したのかも。相手に告訴を取り下げさせて、ほっとしたのも束の間、今度はそのヤクザにしゃぶられる。ゴミ芸能界の典型的パターンですよ」

「興味深いな」警視正が言った。

「それにしても、こいつ大したもんだな」

　塚本は、キリンのぬいぐるみに顔を押しつけて昏睡《こんすい》しているかのように眠り続ける矢島を見て苦笑した。

「この状況でこんなに深く眠れるとはね。俺たちとは脳の構造が違うんだろうな」

「寝かせておくがよい」警視正は言った。

「この辺りですよ、熊井のマンションは」

間中はリムジンを減速した。

「左のそのマンションじゃないのか?」

「ああ、これか」

入り口は角を曲がったところにあるらしい。

「ちぇっ、またコーナーがきついや」

切り返しが二、三回必要であった。間中は停止し、慎重にバックした。

「警視正」塚本が呼びかけた。

「なんだ」

「俺はこの豪華《ごうか》なリムジンが大好きですが、小回りの効く車がもう一台あってもよくありませんか?」

それは間中の言いたいことでもあったので、提案はありがたかった。

「検討しよう。塚本、お前ならセカンドはどんなのを選ぶ」

「そうですね、たとえばハマーとかどうです?」

「軍用車ベースのあれか」

「そうです。あれです。パワフルで、自動販売機も踏みつぶせますよ」

「踏みつぶしてどうするのだ」

「え?」

「缶コーヒーを盗むのか」

「いや、たとえですよ。警視正」

「ああ、もうイライラする」

間中は再び前進し、停止し、またバックする。しかもこのコーナーを抜けても前方にセダンが違法駐車して進めない。

「あれ、着いたの?」

突然矢島が目をぱっちりと開け、言った。

「着いた」塚本はにやりとして答えた。「でも間中がコーナリングに苦労してる」

「だせ」

矢島は言い、鼻で笑った。そして前方に目をやって唐突に言った。

「ねえ、あそこに停まってる黒のセダンだけどさ」

「ん?　どうした」

「中で女が犯《や》られてるよ」

指差して、平坦《へいたん》な口調で矢島は言った。

「ほら、助手席のウインドウに女の足がガンガン当たってる。すんごい開脚してしかもでんぐり返ってるよアレ」

「ええ⁉」

カーテンがざっと開いて警視正がぬっと顔を出した。

「塚本、逮捕せよ。公然わいせつ罪だ」

塚本は肩をすくめ「了解」と言った。

間中に「止めてくれ、出る」と頼み、腰のホルスターからグロック26を抜き、外に出た。

リムジンを振り返ると間中が「一人で大丈夫か」と目で問うている。

塚本は頷《うなず》き、静かに大股《おおまた》でセダンに近づいて車内を覗きこんだ。

目のいい矢島が言ったことは百パーセント正しかった。

助手席の女がとんでもなく大きく開脚してでんぐり返りさせられ、あらわになった性器に男が右の拳を、手首の辺りまで深く突き入れて出し手入れしていたのだ。

女は熊井希美＝藍沢希美香だった。

一瞬似ている女なのかとも思ったが、本能が熊井だと告げた。熊井は顔に痣《あざ》があり、気絶しているようだ。

気配を察した男が顔を上げた。

目が合う。塚本にはひと目でシャブ中だとわかった。

塚本は上着をめくってバッヂを見せた。

男は熊井の股間《こかん》から拳を抜いてハンドルの下に頭を突っ込んだ。

「おい動くな！」

グロックを車内に向ける。

銃声が轟《とどろ》いてウインドウに穴が空き、塚本の顔の横を弾丸と衝撃波が掠《かす》め、耳が聞こえなくなった。


銃声がして、塚本が巨人の指に弾かれように転がった。

セダンのエンジンがかかった。

間中は銃を抜き、リムジンから飛び出した。

「止まれええ！」と怒鳴る。

セダンはバックして間中に突っ込んできた。まるで赤い目の巨獣だった。

「あわっ！」

間中は横に飛んでよけた。肘とわき腹を地面で強打した。

セダンの尻がリムジンにめり込み、双方のランプが砕けた。

「警視正っ！」間中は思わず叫んだ。

セダンは急発進して逃げだした。

「この野郎！」

間中は腹這《はらば》いの姿勢で走り去るセダンのタイヤを狙って二発撃った。

残念ながら当たらなかった。三カ月間暇すぎて射撃場に通いまくっていたのに、ヒットできなかった。

セダンは次の角を右折して消えた。

間中は立ち上がって塚本に駆け寄った。

「大丈夫ですか！」

塚本は被弾していなかった。ただ、強烈なショックを受けて蒼白《そうはく》になっていた。

「熊井だった」塚本が言った。

「え？」

「中で熊井希美がフィストファックされてた」

間中は言葉を失った。熊井が？　俺たちのホシが？

「あの男も、どっかで見たような気がする」塚本が呟いた。

「とにかく、救急車を呼びます」

「要らん、弾は当たらなかった。早く車両緊急手配するんだ。検問だ！」

「わかってます！」

間中は拳銃をホルスターにおさめ、リムジンに駆け戻った。今頃になって恐怖で体がぶるぶる震え出した。

　くそ、轢《ひ》き殺されるところだった！

　リムジンに戻ると、矢島が無線機で車両緊急手配を行っていた。腐っても元デカということか。

「手配はしたよ。ナンバーもばっちり」

　矢島が言った。引き締まったなかなかいい顔であった。

「サンキュー。女は熊井希美だった」

「ええええっ!?」

　矢島の目がぎょろっと大きくなった。

「警視正！　ご無事ですか？」

　警視正は髪の毛一本乱れていなかった。

「なんともない。逃走車は下っ端に任せ、我々は熊井の部屋を捜索だ。塚本は被弾してないな？」

「してません」

「お前も五体満足だな？」

「ええ、まぁ……」

「では家宅捜査にまいろう。事情が事情なので令状はいらん」

「わぁ、すごい。マンションの明かり全部ついてるよ」

矢島が呑気《のんき》なことを言った。

かなりの数のサイレンがこちらに近づいてきている。いずれこの近辺はパトカーで埋め尽くされるだろう。

オートロックマンションの出入り口まできて、恐る恐る外を窺《うかが》っていた住人たちに向かって間中はバッヂを見せて怒鳴った。

「警察だ！　ここの管理人はいないか！」

三回呼びかけてやっと白髪をポニーテールにしたうさんくさい初老の男が名乗り出た。てらてらと安っぽく光る蛍光紫のパジャマも信用ならざる人物という印象を与える。

「私ですが……」

まるで自分がこれから取り調べを受けるかのように緊張している。

「たった今ここの住民が事件に巻き込まれたんだ。今すぐ部屋を調べる必要がある。開けてくれ、部屋番号はわからないが、熊井希美だ」

「えっ、あの娘が？」

おやじ、しっかりチェックしていたか。

「そうだ、早くなんとかしないと手遅れになる」

「わかりました。部屋は七〇一です」

「先に行って部屋の前で待ってる」

「はい、今、合い鍵を取ってきます！」

管理人はポニーテールを揺らしながら自分の部屋に向かった。

「間中っ」

塚本が肩を叩いた。

「俺は下に残って、所轄の連中に事情を説明しとくから、家探し頼むぜ」

「すみません、ありがとうございます」

「お前、他人行儀だな。俺たちはチームだぜ」

塚本は苦笑した。

「あ、すいません」

「じゃ、いい証拠物件を見つけてくれよな」

塚本は言って外に走り出た。入れちがいに警視正と矢島が連れだってあらわれた。

マンション住民の若いカップルの女が呟いた。

「あの偉そうな人、ドラキュラみたい」

「警視正、七〇一号室です。まいりましょう」

「うむ」警視正は威厳《いげん》たっぷりに頷いた。

「お前は家宅捜索の経験ないだろ」間中は矢島に言った。

「それは来るなって意味?」

　矢島の顔が険しくなった。間中がなるべく怒らせない言い方を考えると矢島がさらに言った。

「女の部屋の捜索は女の勘が役立つよ。それにあたし、あんたよりはるかに目ざといから」

そう言われ、反論しづらくなった。

「わかった。行こう」

三人でエレベーターホールに向かう。エレベーターに乗り込んで七のボタンを押すと、
とても正視に耐えないスッピンの太った中年女も乗り込んできた。

「降りろっ！」

突然警視正が物凄《ものすご》い声で怒鳴った。

中年女はビンタを食らったような顔であとずさって箱から出た。扉が閉まり、上昇する。

「顔色悪いよ、平気？」

矢島が話しかけてきた。意外なことだが、気遣っているのだ。

間中は矢島を見て、答えた。

「大丈夫だ。すまない、危ない目に遭わせて」

「別に。見当たりやってた頃、もっと危ない目にあってるから」

ちょっと興味をひかれた。

める。

「気が向いたらいつか話すよ」

七階に着いた。エレベーターを降りると警視正が間違った方向に歩き出したので呼び止
「どんな？」

「星乃神さま！　七〇一はこっちです」

警視正は踵《かかと》を軸にしてくるっと百八十度ターンした。

三人で七〇一号室の前に立つ。間中は尻ポケットから手術用の手袋を取り出してはめた。

念のため、ドアノブを摑《つか》んで引っ張ってみる。やはりロックされている。

「ろくに仕事しとらん女優が住むには、少々贅沢《ぜいたく》なマンションだな」警視正が言った。

「ですね、パトロンがいたのかも。でも今はきっと切羽詰まっているんじゃないかと
……」

「生活に余裕があったらハンマーで無差別に人殴ったりしないよね」矢島が言い、「あ、
無差別じゃないか」と訂正した。

「管理人は遅いな」警視正が呟く。

「もうまもなく来るかと」

下から聞こえてくるパトカーのサイレンが騒々しい。

「すぐ捕まりますかね、熊井と男は」

「ところで間中」

「はい」

「熊井は本当にレイプされていたのか」

「はい、塚本さんが見ました。殴られたのか顔に痣があって、あの……」

間中は警視正に顔を寄せ、声をひそめた。

「フィストファックされていたそうです」

「なに？」

「フィストファックです」

「聞こえんぞ、もっと大きな声で」

「あんたあたしに気ぃ遣ってるの？」矢島が言って笑った。「意外にデリカシーあるんだね」

「フィストファックです」間中は大きな声で言った。

「フィストファックか！」警視正がさらに大きな声で言った。「そんなことされるようではこの先長くないな、その女」

「すいません、すいませんすいません」

やたらと謝りながらポニーテールの管理人がやってきた。

「今開けます、すいません。あの娘、女優なんですよ」

言いながら鍵を差しこんでロックを外す。

「知ってるよ」間中は答えた。「あとはやる。戻っててくれ」

「そうですか?」

管理人はドアから離れ、あとずさった。

「私は一〇四にいるんで、用が済んだら鍵を……」

「わかった」

間中は言い、失せるよう促した。

管理人が去ると、念のためにホルスターからグロックを抜き、ドアの死角に立って「警察だ、入るぞ」と声をかけた。

「誰もいないよ」矢島が冷めた声で言う。

「イカれたルームメイトかシャブ中のオトコがいるかもしれないだろ」

間中は言って、ドアを勢いよく開け拳銃を室内に向けた。

誰もおらず、電気が点けっぱなしだった。

それでも念のため、「隠れても無駄だぞ。五秒待ってやるから出てこい」と警告した。

五秒経った。

「間中、捜索だ」

いつの間にか警視正が真後ろに立っていたので間中はぎょっとした。

「了解です。しかし……汚い部屋だな」

「どれどれ、うわぁ、きてるわこれ」

矢島は嬉《うれ》しそうに言った。「これにくらべたらあたしの部屋はちゃんとした女子の部屋だよ」

「精神の混沌《こんとん》が部屋にあらわれておるな」警視正が部屋を見渡して言う。「こんな部屋に住んでいる限り、母親にはなれん。見よ、あのやたらとでかい姿見を」

指差した警視正がその姿見の中から睨んでいる。

「特大ナルシスト慰め器だ」

コメントしようがなかったので間中は言った。

「まずは凶器のハンマーですね？　警視正」

「うむ」

「もしかしたら犯行の計画表みたいなものがあるかもしれませんね、それも探します」

「うむ」

「熊井を拉致《らち》した男に関する情報もですね？」

「うむ」

「あたしは好奇心の赴くまま女の勘で探してみますね」

矢島が警視正に言った。

「そうするがよい」

十分経ったが凶器のハンマーは見つからず、大した収穫もなかった。

「ハンマーは常に持ち歩いてるんですかね」

間中は、キッチンの椅子《いす》ではなくテーブルの上に腰かけて瞑想《めいそう》している警視正に声をかけた。

「それとも、いつも犯行直後に捨てて買い直していたのかな。矢島、何か見つかった？」

「男からもらった宝石とアクセサリーがたくさんあるよ」

矢島がブランドショップの紙袋を持ってきて言った。

「未開封のもあるよ。売り払ってダイソンの掃除機でも買えっつうの」そう言って紙袋を乱暴に放った。

間中は苦笑した。

「あとね、いかにもって感じのお水服が何着かあったよ。ホステスやってたね、こいつ。それからこれ……」

矢島が掲げたのはピンクの犬の首輪だった。

「犬飼ってたみたいだよ。いないから死んだんだろうけど。ま、典型的だね」

「なにが？」

「ちっさいワン公を心の拠り所にしてるさびしいお水とかイベコンとか役者の女の典型ってこと」

冷たい言い方であった。

「このマンション、ペット禁止じゃ……」

間中が言いかけたら「すみませぇん」とドアの外で例の管理人が呼んだ。

「お取り込み中、ちょっとすみません、いいですかぁ？」

「何か用か」間中は応えた。

その時、また地震がきた。七階なので横揺れが結構大きい。

警視正以外、全員がうんざりしたような顔で揺れがおさまるのを待った。

それから管理人がしょんぼりとした顔と声で切り出した。

「実は、ちょっと、お見せしたいものがありまして……」

間中は警視正を見た、警視正は「行くがよい」というふうに頷いた。

玄関に行くと管理人が大きな紙袋をふたつ両手で下げ、背中を丸めて立っていた。まるで父親の大切な釣り竿《ざお》を壊してしまった子供がこれから壊した現物を見せるかのような雰囲気だ。

「見せたいものって？」

「これなんですが……」

管理人は紙袋を目で示して言った。

「実は、ちょっと前に、彼女が捨てたゴミなんです」

「え?」

「私は管理人ですから、住民の出すゴミの管理もしているんです。このゴミは、彼女のプライベートなものです」

「…………」

「貴様、変態なのか」

またしても警視正が斜め後ろに立っていた。間中の心臓が飛び上がった。

「最初はそんなつもりなかったんです」管理人は情けない面で告白した。「私は長いこと不眠症で、ほとんど毎晩深夜に近くのコンビニで立ち読みしてからビールを買ってマンションに戻るんですが、ある晩いつものようにビールを買ってきて裏口から入ろうとしたら、彼女がゴミ袋を集積所に投げ捨てるところを見てしまったんです。彼女は私に気づかずに中に戻りました。深夜のゴミ出しは規則で禁止されてるんで、困った人だなぁと思ったんですけど、相手があの……」

「気になる可愛い娘だから注意できなかったのか」

警視正が言葉を継いだ。

「ええ、はい。しかもゴミ袋をちょっと見たら分別してないようだったんで、仕方がないから自分が分別しようと……」

「そういう建前の元、ゴミの中から気になる可愛い娘の秘密を探りたくなったということだな」

「すいません、すいません」

今にも泣き出しそうな面になる。

「まぁよかろう。いかにもお前のような中途半端に暇のあるわびしい中年男がやりそうなことだ。で、何か面白い物はあったんだろうな」

「ええ、まぁ……いくつか」

「なぜ私たちに見せようと思ったんです」間中は訊いた。「立場が悪くなるかもしれないのに」

「それは……彼女のことが心配だからです」

間中の見る限り、管理人は本気で心配しているように思えた。

「中に入るがよい、それを見せるのだ」

警視正は管理人に入室を許可した。神妙な顔で部屋に入った管理人は驚いた。

「ええっ、こんなに汚いとは……」

「百年の恋も冷める汚さであろう。そこのテーブルの上にブツを出すのだ」

管理人が取り出したのは大判のアルバムが三冊と、服が数着であった。水着もあった。

「服が切り裂かれてる」間中は言った。「カッターか何かでやったみたいだ」

「私がやったんじゃないですよ、最初からこうだったんです」

管理人が訴えた。

「貴様がやったなどとは思わん。貴様は着て楽しむタイプだ」

警視正が言い放った。

服に切り裂きたいほど忌まわしい思い出があるのだろうか、と間中は思った。それを着ていた日に露骨なセクハラをされたとか。

「これ、宣材ってやつだね」

アルバムを手にとってめくった矢島が言った。

「センザイ？」

「宣伝材料だよ。ほら、あいつの写真がいっぱい。かなり若い時のグラビアもあるよ。これもって営業してたんだよ、きっと」

間中は矢島からアルバムを受け取り、ページをめくった。

こうして写真だけ見ると、かなりいい女である、内側の問題は写真に現れていない。カメラマンの腕がいいからなのか、撮られた時はそれほど病んでいなかったのか。

十代の頃らしき水着の写真もある。

当たり前だが、これらの写真を撮られている頃彼女は、まさか自分が三十を超えてから連続金槌暴行魔になるだなんて予想もしていなかった。

「こっちのアルバムはもっとプライベートな感じだね」

別のアルバムを見ていた矢島が言う。

「まぁ、ほんと自分が好きで好きでたまらないって感じだね」

「その大好きな自分のアルバムをこんなふうに捨てたってことは、暴行事件を起こしたのが五カ月前だから……」

「えっ!? あの娘が暴行事件?」

驚いたのは管理人だった。

「そうなんだ。事件を起こしたんだよ。それで所属事務所から切られた」

「信じられない」

管理人は額に手を当てて散らかり放題の床に座り込んだ。

なぜお前がそこまでショックを受けるんだと間中は思った。しかし、片思いというのはそういうものなんだろう。

「管理人、もうさがってよい」警視正は命令するように言った。「余計なお世話だが、お前も容姿ばかりにこだわらず気立ての良い病んでない女をどこかでみつけるがよい」

「……はい」

管理人は大きく肩を落とし、出て行った。

ドアが閉まると警視正は「無理だと思うが」とつけ加え、それから朗読するかのような口調で見解を述べた。

「事務所を切られて、仕方なく新しい事務所を自力で探してみたもののすでに逮捕情報は隅々にまで行き渡っていたためどこからも相手にしてもらえず、つらい時の心の拠り所にしていた犬もいなくなり、もともと病み気味の心がどす黒い谷底へと急降下して、理性の糸が切れたのであろう。金槌暴行魔誕生の序曲だ。憎しみの矛先は、仕事や自己実現よりも平凡で穏やかな家庭を選んで結婚出産し、母親となって今は子供の被曝《ひばく》を心配している自分よりも若い女たちだ。そういう女たちは自分が得られなかったものすべてを持っている。すくなくとも熊井はそう思った」

「熊井を拉致した男の手がかりはここにはなさそうですね」

間中は言った。

「あ、そういえば塚本さんが、熊井を拉致した男に見覚えがあるそうです。（どっかで見たような気がする）って言ってました」

「思い出す前に捕まるであろう」警視正が言う。

「でもまだ連絡がありませんね、あのセダンが捕まったっていう」

矢島の指摘に警視正は黙り込んだ。

「ちょっと遅くありませんか？」

間中も同感であった。

「せめて車の持ち主はとっくにわかってもいい頃ですよね」

と言った時、下にいる塚本から無線連絡がきた。

——あいつ、結城朔太郎だった！

「はい？」

——ヤクザ俳優の結城朔太郎だよ！　本名は佐藤安雄《さとうやすお》。

「俳優だったんですか⁉」

——どうりでどっかで見た顔だと思った。でも田代まさし並にシャブ痩せしてたからすぐにはわからなかったんだ。

「そうでしたか」

——そっちはどうだ？

「凶器のハンマーはありません」

——頑張れ、アウト。

間中は警視正を見て言った。

「結果的には、ヤクザ俳優が熊井の明日の犯行を止めたかたちになりましたね」

「結城を見つけねばならん」

警視正は長い人差指をぴんと立てて自分の額に当てた。

「奴が我々のホシを嬲《なぶ》り殺して屑肉《くずにく》にしてしまう前にな」

「結城が熊井を拉致した目的は、それなんですか？」

「他に何かあるのか？」

警視正の質問に、間中は答えられなかった。

「急いだ方がいいね」矢島が言った。

◆

「こいつの顔、どうしたんすか」

芸名常盤《ときわ》竜三《りゅうぞう》・帰化名鈴木《すずき》よしのぶ・本名チェ・ユンソクが、まだ気絶している希美香の顔を指して訊いた。

「訊くな」結城は命じた。

「すいません」

同じヤクザ系俳優事務所の雲の上の人みたいな結城の命令は絶対であった。

竜三は明け方いきなりの訪問を受けてまだ頭がぼおっとしている。そのままぼおっとさせて、考えさせない状況に置いておけばいい。

結城は説明してやった。

「こいつはな、芸能界の仁義を汚した恩知らずの裏切り者なんだ。約束を平気で破るサイコパスだ。俺は、こいつが崖《がけ》っぷち女優に暴行して告訴された時にこいつに頼まれて、告訴を取り下げさせた。おっぴろげ百回と引き換えにな」

竜三は眉間《みけん》に（最高にわかりやすいとりあえずヤクザじわ）をつくり、真剣に聞く。

「なのに、たったの三おっぴろで引っ越しして逃げやがった。でも巣を突き止めてついさっき一おっぴろ回収した。まだ九十七残ってる。回収し終わるまで逃がしゃしねえ」

「……そうなんですか」

「ところでお前、どうなんだ最近。仕事あんのか」

「いえ……ないです」

「全然か」

「はい」

「『狼の血刀』シリーズ、あれどうなったんだ。お前、監督にちょこちょこ呼ばれてただろ」

「あれは、パート四で止まってます。五を撮るって話はないです、まだ。監督に電話とかメールしても返事がなくて」

「監督は木下《きのした》のおっちゃんだろ？」

「ええ、はい」

「おっちゃんも借金すごそうだったからなぁ、福島のあの辺りに逃げこんだんじゃねえのか？」

「………」

「ところで、お前ヒマなんだろ？」

「ええ、バイトはありますけど」

「ちょっとよ、二日ばかり付き合え」

「何か、手伝うんでしょうか」

「車貸せ、ドライバーも頼む。新潟によ、世話になったプロデューサーさんがいてよ。もう引退してかなりになるんだが、病気で危篤なんだ。もしかしたらいよいよかもしれねえ。だから挨拶《あいさつ》に行く」

「そうなんすか、で、希美香はどうします」

「連れてくに決まってんだろう」

「気絶してるまま？」

「じき目が覚める。最低限だけの荷物を持って出発だ。今すぐ」

「え？　今すぐすか？」

竜三の驚いた顔は間抜けだった。

「今でなきゃいつなんだ。生きてるうちに挨拶しとかなきゃ意味ねえだろ。おう、ちょっとシャワー借りるぞ。その間に荷造りしとけ」

「事務所に言わなくて大丈夫ですか？　今オーディションの結果待ちなんです」

「俺のお供の方がはるかに大事に決まってんだろ、新潟にゃ業界の大物がどんどん集まってるんだ。そこで顔を覚えてもらえ」

「あ、そうか、そうっすね！」

コネが作れるとわかった途端、竜三の顔が明るくなる。単純でいい。

「十五分で出るぞ」

結城は言って服を脱ぎ始めた。

水圧の低いシャワーでイライラしながら全身を洗い、男臭いバスタオルで体を拭《ふ》きながら出ると、竜三が四つん這いになって希美香の顔に自分の耳をくっつかんばかりに寄せていた。

「結城さん、こいつ……」

竜三はそこまで言いかけ、結城の股間にぶら下がった凶器から目をそらした。

「なんか、目覚めそうな感じです。今、うわごといってました」

「そうか。おい、お前の服借りるぞ。綺麗《きれい》なのはどこだ」

「向こうの部屋のクローゼットです。どれでも好きなの着てください」

結城はクローゼットを開けた。

当たり前だが、どれも結城が着るには少々趣味が若過ぎた。しかし警察から逃げている今、むしろ都合がいいかもしれない。

服のサイズがほぼ同じなのもありがたかった。自分がシャブ痩せしたおかげである。

逃走中に竜三のことを思い出さなかったら、今頃留置場の中だったろう。竜三は貧乏役者だが車を持っている。予算極少の貧乏映画の現場では車を持っていると役者の送り代を出さなくていいし、さらに他の役者の送りも頼めるという理由で歓迎される。竜三は現場に呼ばれたいから無理して車を持っているのだ。

ところでもう俺の車は発見されたろうか。ここ数年ガソリンを満タンにする金すらなかったのであわや燃料切れになるところだったが、どうにかここに辿《たど》り着けた自分はやはり悪運が強い。

上着のサイズは問題ないが、パンツはどれもウエストが細すぎた。五本目でどうにか穿《は》けるものに当たった。

「竜三、お前靴のサイズはいくつだ」

「あ、自分は二十七・五です」

向こうの部屋から竜三が答える。

「俺よりでかいんだな」

「はい、足だけは外人並みだって言われます」

「お前、先に出て車を取ってこい。アパートの真ん前に停めろ」

「わかりました」

「おい、サツに気をつけろよ」

「サツすか？」

竜三の声が不安を帯びた。

「そうだ。私服にも制服にも気をつけろよ。この辺で発砲事件があったらしい。そこら中にウヨウヨいやがった。職質なんかされて時間を取られるなってことだ。新潟のプロデューサーはいつぽっくり逝っちまうかわからないんだからよ」

「わかりました」

「もしも最悪職質されちまったら、落ち着いて、キレずに愛想よくしろよ。絶対に俺の名前は出すな」

名前出したら殺す、と舌まで出かかったが抑える。

「大丈夫です、絶対に出しません」

「わかったら早く行け」

「うっす！」

二十五分経ったが竜三はまだ戻ってこない。

勿論、二十五分ただじりじりと待っていたわけではない。やるべきことはたくさんあった。まずバスルームに入って、はさみで自分の髪を短く切る。端役俳優だった若い頃は散髪する金すらなく、よくこうやって自分で髪を切ったものだ。ハサミの腕はまだ落ちていなかった。

それから洗面所で口髭を剃《そ》り落とし、それを家にあった糊《のり》で眉《まゆ》にくっつけてげじげじ眉にした。

鏡を見ると我ながら見事な変身ぶりだった。あとは頬に詰め物をして顔をふっくらさせれば急場の変装としてはかなり上出来だ。

それにしても竜三が遅い。遅すぎる。

そんなに駐車場が遠いのか。あるいは……。

あの野郎、逃げて警察に駆けこんだのか？　華もなく勘も鈍いとはいえ、あいつも一応役者のはしくれだ。俺にどこまでもついていきますみたいなフリをしてわが身可愛さに俺を裏切るということだってないとは言い切れない。

しかし、奴の車が必要なのだから待つしかない。

居間に戻り、右手に中国軍の廃棄《はいき》銃であるチープなトカレフコピーモデルを握りしめ、貧乏ゆすりする。

このトカレフは一年前に知り合いのヤクザが「俺はもうすぐ癌《がん》で死ぬから、これやるよ。

一度も撃ってねえから日本ではクリーンだ」と言って、形見としてくれたものだ。本当にクリーンかどうかは疑問だが。

今頃さきほどの危なかった場面が思いだされて、手が震える。

デカを撃った。当たりはしなかったが撃った。

警察がどれだけ本気で追ってくるかわからないほど自分は馬鹿でない。

急にめまいがした、と思ったら部屋が揺れていた。

頭上のランプが大きく振れている。三十秒ほどで地震はおさまった。

中断した思考がまた走りだした。

つまり、自分はもう文明の地には住めないのだ。国外逃亡も、途中でくたばっても仕方ないくらいの気持ちで密航しない限り無理である。

この世に生を得てから四十五年と四カ月。長かった。辛いことばかりだった。だが自分は自分なりに精一杯戦い、天職を見つけ、敵を排除し、利用できる人間は最大限利用し、なんとか潰されずに今日まで生き延びてヤクザ映画というジャンルで実績を築いて尊敬と信奉者を獲得した。したたかさとしつこさだけは誰にも負けない。

都落ちは悔しいが、無軌道な暮らしをしていればいずれこんな日がくることはわかっていた。それがいつかはわからず、破滅を避けるために生き方を変えることはしなかった。変えられるわけがなかった。

「……ないよ……そん……な……」

希美香がうわごとを漏らす。

今、ここで、希美香の頭を撃ち抜き、それから銃口をくわえて引き金を引いてすべてを終わらせるという選択も、もちろんある。

しかし、それは今でなくてもよかろう。まだ包囲の網目は大きくて、緩い。うまくやればすりぬけられる。今終わらせるのはもったいないし、まだ闘志は残っている。

しかし、それにしても……。

「おせえよ」結城は吐き捨てた。

もしかして、もうパトどもがアパートをぐるっと囲んでるんじゃないのか？

立ち上がってベランダに通じる窓に行き、しゃがんでカーテンを少しだけ開けて外を見る。左、右。黒白はいない。でも覆面はいるかもしれない。向こうとあそこにとまっているセダンとか、怪しくないか？

竜三に電話かメールしてみるか？

いや、それはまずい。もしも今奴が職質をくらっていたとしたら、そこに俺からの電話がかかってくるなんてまずいだろう。

希美香のiフォンからかけてみちゃどうだ？

転がってる希美香のところにいき、うつ伏せに転がして尻ポケットからピンクのケースに入ったiフォンを抜く。バッテリーが二十パーセントほどしか残っていない。

そうだ、充電器を忘れずに持っていかないと。

ふと希美香の尻に目をやると、赤黒いしみができていた。フィストファックの後遺症だ。

「ふっ」

ふいにおかしくなり、結城は鼻で笑った。

自慢のデカマラも、勃起しなければむだにでかい排泄器にすぎない。今は拳と腕が結城のマラである。ドラッグを一年ほど完全に断ち切っていれば、また勃起するかもしれない、いや、きっとするだろう。だが、やめられない。やめてしまったら結城朔太郎という神話が崩れる。

くそ、今すぐやりたい。静脈にエネルギー注入したい。しかしモノがない。福島の例の町にはあるだろうか。あることを期待しよう。

車のエンジン音が近づいてきた。結城は窓に飛びついて外を覗いた。が、ここからは見えない。

ドアを開け閉めする音が続く。それから階段をのぼってくる足音。きっと竜三だ。

結城はハッとなり、あわててトカレフをジャケットの内側に差して隠した。

拳銃を見たら竜三は怖気づいて逃げ出そうとするだろう。これを奴に見せるのは奴を絶対に逃げられない状況に追い込んでからだ。

ドアが開いて竜三が飛び込んできた。

「すいません！　わぁっ」

変身した結城を見て竜三はのけぞった。

「おそいじゃねえかよ！」

「すいません！　なんか、駐車場から出たら後ろからついてくる車がいたんです。尾けられてるような気がしたんで、近所をぐるっと回ってたんです。結局、俺の勘違いでした、すみません」

「出るぞ、トランク開けとけ」

「え、まさかトランクに女入れるんすか？」

「そうだ」

「死んじゃいません？」

「この女はこれからどんどん回復する。心配するな」

竜三は黙り込んだ。

「どうした、怖くなったか？」

「なんつったらいいのか……」

竜三は言葉を濁し、こめかみに掌を当てた。

「責任はすべて俺が持つ」

結城は宣言した。

「俳優・結城朔太郎は、おなじく俳優・常盤竜三の名を汚すようなことは絶対にしないとここに誓う。男と男の約束だ」

竜三がまじまじと結城の顔を見た。

「竜三っ」

「はい」

「お前、自分が俳優として何が足りないと思う？」

「それは、いろいろ……」

「お前はいい素質を持っている。そのことは認める」

「え？　本当ですか」

「ああ、本当だ。だが、人生経験が決定的に足りない」

「人生経験、ですか」

それを指摘されると大抵の若い役者は何も言い返せないことを結城は知っている。

「そうだ。お前は本当の修羅場《しゅらば》をまだ経験していない。修羅場ってのは、すべての虚飾が剝《は》がれ落ちた、剝き出しの人間と人間のぶつかりあいだ。お前にそれを見せてやる。そしてそれを盗むんだ。それが俳優としてのなにものにも代えがたい経験だ」

この手のトークは飲み会で芽の出ない俳優どもにさんざん披露してきたので完全に決め

ゼリフとなっている。

「結城さんを見て、盗むんですね」

結城はただ勢いで喋《しゃべ》っていたのだが、竜三がそのように解釈したのならそれでよかった。

「そうだ、そういうことだ」

「考えたら結城さんにつきっきりで、その行動をすべて見て盗めるなんて、こんなチャンスは普通に生きてたら絶対ないすよね」

「そうだ、だから見逃すなよ」

「はいっ！」

「ところでガムテープねえか？　このメスを縛る」

◆

家宅捜索を終えた間中たちはリムジンの中で塚本の報告待ちだった。

結城朔太郎の車は杉並区のコインパーキングで見つかったが、空だった。

少し離れたところにはラブホテル街があり、警察はまずそこから捜索を始めたが空振りだった。

拉致した女を連れて遠くに行けるはずもない。

中野にある結城のアパートにも当然捜索が入ったが、誰もおらず、郵便ポストには大量のエロちらしとありとあらゆる督促状《とくそく》が詰め込まれており、かなりの日数戻っていないことがうかがえた。

「ということは杉並に知り合いか女の部屋があるんでしょうね、きっと」間中は警視正に言った。

警視正は目を閉じたまま微かに頷いただけである。

「それかヤクザ映画ファンか。ファンだったら喜んで泊めそうだもんね」

矢島が言って、生あくびした。

「いくらファンでもそんなことしないだろ」

「あんた、わかってないね。O・J・シンプソン事件では大勢のファンがあいつの逃亡を助けてるんだよ。O・Jがハイウェイでパトカーとチェイスしてそれが生中継された時、ラジオを聞いていたファンがパトカーの進路妨害したんだよ。それも一人じゃなくて何人も。熱狂的なファンてそういうもんだよ」

「それはアメリカの……」

「おい川田《かわだ》っ！　てめえ警察なめんなよ」

塚本の恫喝《どうかつ》声に間中と矢島はぎくりとした。

塚本は数分前から、結城朔太郎の所属事務所の担当マネージャー川田と電話で話していたのだ。

「こわっ」矢島が呟いた。

「わかりませんじゃねえだろ、マネージャーなら自分とこの俳優の行動ぐらい把握《はあく》しとけよ……言い訳はいいんだよボケが。とにかく、結城に映画の出演オファーがあったからすぐに連絡するように電話かけろ……適当な監督の名前だしときゃいいだろ、滝田《たきた》なんとかとか。今すぐに決まってんだろ！……もしも警察が追ってることを一言でも漏らしやがったら、お前を誘拐罪と殺人未遂の共犯でムショにブチ込んでやるから覚悟しろよ……そうだ、すぐやれ。奴が電話に出ても出なくても報告しろ。待ってるぞ」

電話を切って「カスが」吐き捨てた。それから間中たちに向かって言う。

「結城の野郎、最近は全然仕事がなくて川田ともほとんど連絡を取ってなかったらしい。もともとジプシー気質っていうか、自分の家には滅多に帰らずあちこちフラフラと泊まり歩くタイプらしい。事務所でもお荷物になってたっぽいな、ありゃ」

「本人は腐っても鯛《たい》のつもりでいるのだろう」警視正が目を閉じたまま言う。「ところで滝田洋二郎《ようじろう》ではメジャーすぎだな、塚本」

「え？」

「黒沢清《くろさわきよし》の方が、適度にリアリティーがある」

「……すいません」

「まぁよい」

「警視正、日本の映画監督に詳しいんですね」

矢島がさも意外そうな顔で言った。

「唯比に教えてもらったのだ。世間知らずな私にいろいろ教えてくれる私の知識袋なのだ、唯比は」

警視正が己の世間知らずを認めたことのみならず、のろけているという事実に、間中はすくなからぬショックを受けた。そこまで彼女の存在が大きくなっているとは。

塚本のスマートフォンが鳴った。

「あ、川田だ。ちょっと失礼」

警視正に断って電話に出る。

「塚本だ……かけ続けろよ、奴が出るまで。……そうだ、おい、結城の野郎を匿《かくま》いそうな奴に心当たりはないか？　女でも男でも……うん……杉並区の和泉《いずみ》辺りに住んでる奴はいるか？……プロフィール見りゃすぐわかるだろ！　やれよ、ムショん中で犯されたいのか？……そうだ、お前の尻ヴァージンがかかってんだぞ、必死にやれ。……そうだ、てめえの事務所じゃなくたって横のつながりで調べられるだろ……わかったらすぐに電話しろ」

電話を切って警視正に報告する。

「とりあえず川田の尻、叩いときました」

「結城はとっくに悟っているであろう。警官を撃った自分がもう二度と文明社会と繫《つな》がることはできないということを。間中、塚本、お前たちは知っているか?」

　警視正が唐突に訊いた。

「なんでしょう?」

　間中は緊張しつつ訊いた。

「大震災直後から、多重債務者や社会に居場所をなくした者、人生に絶望して最期の場所を探している者、指名手配されて逃げている者、そういう社会からこぼれ落ちた者たちが日本のある場所に集まってきているということを」

「それは、もしかして……」塚本が言った。「福島のことですか?」

「さよう」警視正は頷いた。

「噂《うわさ》にはきいていますが、本当なんでしょうか」

「あたしもネットでその手の噂よくみました」

　矢島も言う。

「今や公安部も水面下でその動きに注目しておる。放射能で汚染され、住民が逃げ出した原発近くの町に、日本全国から闇《やみ》の世界に生きる者たちが最後の自由を求めて密かに集まってきているというのだ。伝え聞くところによると、犯罪者たちによる共同体さえ誕生しているそうだ。そこには懲戒免職になった警官、医師会を除名された医師、法曹界《ほうそうかい》から追放された悪徳弁護士などもいるらしい」

「具体的にどの町にいるんでしょう、そういう奴ら」

矢島の質問に警視正はゆっくり首を振った。

「大方の予想はつくが、まだ場所は特定できておらん。なにせパトロールすればパトカーを除染しなければならんような高濃度汚染地帯が今なお広がっているのだ。福島県警もただでさえ人手不足で、無駄に警官を被曝させることはできんから、偵察《ていさつ》はしていないそうだ」

「でも、そこで長生きはできませんよね」

間中の言葉に警視正はもう一度頷いた。

「当然だ。ダダ洩《も》れ原発からいまだに凄《すさ》まじい量の放射性物質が降り注いでおる。どうせ奴らは社会的にはもはや死んでいるのだ。たとえ放射能によって残りの人生が半分どころか四分の一以下に縮まっても、警察や借金取りを気にすることなく余生を楽しみたいのだろう」

「警視正は、結城も福島原発の近くに向かうとお考えですか?」

塚本が訊くと、警視正は長い人差指でズボンの折り目をすーっとなぞり、答えた。

「結城のような、自分が好きで好きでたまらず、鏡に映った自分に欲情するようなナルシストが、警察の目を逃れてこそこそと逃げ回る人生を選択するはずがない。最後までヤクザ俳優結城朔太郎でいられることを望むはずだ。そして今やそれが叶《かな》うのは、この国では原発近くの死の町だけだ。もうすでに向かっているかもしれん。我々のホシ、熊井希美を連れて」

「では、福島へ通じるルートに検問を敷きますか？」

「それには北関東の各県警の協力が必要だ」

「警視正の権力を使えばわけありませんよ。あっ、川田からかかってきました。ちょっと失礼」

塚本は再び電話に出た。

「なんかわかったか？……いたのか？　誰だそいつは……いいから早く名前教えろよ。間中、メモだ」

間中はメモ帳とボールペンを取り出して塚本が復誦《ふくしょう》する情報を書き留めていった。

鈴木よしのぶ、本名チェ・ユンソク。芸名・常盤竜三。住所は杉並区の和泉二丁目。結城の車が見つかったコインパーキングから直線で百メートルくらいしか離れていない。

同じ事務所の若手だが、やはりほとんど仕事はないという。

ついさっき川田が電話したが出なかったらしい。

「チェは自分の車を持ってるのか？……そうか。チェの他に杉並辺りに住んでる奴はいないか？……よし。お前、川田にもかけ続けろよ、いいな！」

電話を切って間中たちの方に向いて言う。

「チェは、免許は持っているがマイカーがあるかどうかはわからんそうだ。この時間じゃ陸運局に問い合わせようにも誰もいないし、まいったな」

「間中、チェの家に急行せよ」警視正が命じた。

「了解！」

間中はキーを捻《ひね》り、アクセルを踏み込んだ。

そろそろ夜が明けようとしていた。


機動隊に応援要請はしておいたので、間中たちがチェのアパートに到着すると、すでに私服刑事数人がワンボックスの覆面パトカー数台で待機していた。全員が防弾防刃ベストを着用し、ガスマスクを首からさげている。

彼らがリムジンの登場に驚きと不審の目を向けたのは言うまでもない。

間中が車から下りると、雀《すずめ》たちの鳴き声があちこちで聞こえた。

警視正が車から下りると、隊員たちが警視正の放つ異様な雰囲気と存在感に顔を見合わせた。

「皆の者、ご苦労」

警視正は杉並署の刑事たちに横柄にねぎらいの言葉をかける。

いかにも歴戦のつわものといった面構えの中年隊員が警視正の前に歩み出た。

「ご苦労さまです、第二管区第三機動特殊部隊指揮官の永井《ながい》警部です。警視正のご指示通り、制服組と黒白パトは手配しておらず我々のみ、必要最低限の人員と装備ですが、大丈夫でしょうか」

永井の質問に、警視正は自信たっぷりに答えた。

「結城の精神状態を察するに奴は今、白と黒に塗り分けられた物体が視界に入っただけで、たとえそれが通夜の垂れ幕であろうと乱射しかねん。刺激するのは厳禁だ」

突然、警視正が鼻をくんくん鳴らした。

「ところで、うまそうなコーヒーの匂いがするな」

「わかりますか？　突入前に全員でストロングなのを一杯やりました。なづけて奇襲ブレンドです。警視正も一杯いかがですか？」

「もらおう」

「おい、警視正に奇襲ブレンドをお持ちしろ！」

スターバックスのような緑色の厚手のスチロールコップに入れられたコーヒーが警視正にうやうやしく手渡された。

「警視正のゴーサインでいつでも踏みこみます」

永井はぎらついた目で言った。

「方法は」

「チューブに入った糊状の爆薬を、ドア枠にそって塗付し、通電して爆破します。そして催涙缶を投げ込んで突入します」

「周囲の庶民が飛び起きるな」

「ええ、間違いなく」永井は凄みのある笑みを浮かべ、言った。「老人の心臓には悪いですね」

「私がリムジンから指示を出す。間中」

「はいっ」

「お前も加われ」

「ええっ!?」

間中の充血した目がぎょっと大きくなった。

「何事も経験だ」

――警視正、爆薬設置完了しました。いつでも踏みこめます。

永井の報告に警視正は頷いた。そしてゴールドの腕時計に目をやり、指示する。

「では六時〇九分《まるきゅう》ジャストに爆破し、突入せよ。抵抗する者はためらわず撃て」

――了解です！　アウト。

「耳塞《ふさ》いでおいた方がいいですかね」

膝《ひざ》にキリンのぬいぐるみを乗せた矢島が緊張した面持ちで訊く。

「その必要はない。リムジンの防音効果は優秀だからな」

警視正は言って、コーヒーの入ったコップをドアのカップホルダーに置いた。

「匂いでうまかろうと期待したのだが、味は最低であった」

「今頃間中の奴、胃袋でんぐり返りそうになってるだろうな」塚本が楽しそうに言う。

「警視正のこと、かなり恨んでるんじゃないですかねぇ」

「あいつが過酷な経験を積んで優秀な刑事になるのなら、わたしはよろこんでいくらでも恨まれ……」

凄まじい爆音が轟き、吹き飛んだドアの破片と漆喰《しっくい》がパラパラとリムジンに降り注いだ。周囲の木々から無数の雀が一斉に飛び立ち、近所の犬すべてが狂ったように吠《ほ》えだした。

塚本が笑った。

「モーニングパーティーだ！」

漆喰を被って幽霊のように全身白くなった間中がよろよろとした足取りで戻って来て、マスクをむしり取るなり怒鳴った。

「もぬけの空でしたよ！」

うっすらと涙目であった。

矢島が間中にiフォンを向けて写真を撮る。

「こらぁ！　撮るな」

「いいじゃん別に」

「中を捜索したか」警視正が訊く。

「はい⁉」

耳が遠くなったからか、警視正の言葉が聞こえないようだ。

「中を捜索したのか！」塚本は大声で言った。

「しましたよ！　バスルームの中に、男のものと思われる大量の太い髪の毛がありました！」

「おそらく結城の髪であろう」

「警察犬に臭いを確認させましょうか！」

「いちいち怒鳴るな、間中よ。一応、犬を要請して確認させろ。我々は待つことなく追跡する」

「ここから出ていったってことは、つまりチェが車を持っていてそれで移動していると考えていいんでは？」

塚本の言葉に警視正は「そうだな」と答えた。

チェ・ユンソクをデータベース照会すると、四年前に新大久保で韓国人同士の喧嘩《けんか》に巻き込まれて、逮捕されている。薬物に関してはクリーンであった。今はどうかわからないが。

そしてようやく陸運局から帰化名・鈴木よしのぶで登録されている車両があるとの回答があった。

あとはその車がNシステムや検問にひっかかるのを待つだけだ。

「警視正、どこかで朝飯食いましょうよ。もうずっと働き通しです」

塚本が懇願するように言った。

◆

福島原発に至るすべてのルートに検問を敷けだと？

東北方面本部刑事課長の尾永《おなが》から報告を受けた大俵警視正は、今朝はさみで形を整えたばかりの眉をひそめた。

「一体どこのどいつが何の目的でそんな大がかりなことを要請したんだ」

大俵はまるで報告している人間がその張本人であるかのように厳しい声で問うた。

——星乃神警視正です。

「なっ！」

電話のスピーカーから聞こえたその名前につい電撃的に反応してしまい、冷静を取り繕うのに一・三秒ほど要した。咳払《せきばら》いして声のトーンを元に戻して訊く。

「あいつが、何の目的でそんな広域検問を要請したというのだ」

――現在担当している事件の被疑者が男二人によって拉致され、男たちが福島の放射能汚染地帯に向かう見込みが非常に高いとのことです。

「見込み……」

星乃神の奴、みどりぐさ学園定時制高校の元生徒殺人事件をよくわからぬ手段で解決してから音沙汰《おとさた》がなく、もしかしたらこのまま自主的に引退してくれるのではないかというひそかな期待を抱かせておいてそれを見事に裏切って突然現場復帰し、復帰第一弾にしてはちっぽけな暴行事件を手がけたかと思えば、今度は広域検問ときた。

「星乃神は、見込みで広域検問を敷けと?」

――そうです。

「馬鹿か！」

怒鳴られて尾永は黙り込んだ。

「そんな要請は到底受け入れられん。却下だ」

大俵は吐き捨て、シガーボックスから葉巻を取り出した。

――では、大俵警視正のお言葉をそのまま星乃神警視正にお伝えしてよろしいでしょうか？

尾長がおそるおそるたずねる。

「バカもん、そのまま伝えるな！　奴がここに来るだろ」

──すみません！　ではなにか適当に柔らかい言葉で伝えるようにいたします。

「そうしろ。もし奴が納得せずに何かやらかしそうな時は、すぐに連絡しろよ」

──了解しました。

葉巻の吸い口を専用はさみでV字にカットして火をつける。

デスクに両足をのせ、一口ゆっくりと吸ってから「……部屋、移るか」と呟く。

あいつには直接会いたくない。トランシルヴァニアのマフィアのドンみたいな白塗りドラキュラには。この部屋はこのままにしておき、庁内にもうひとつ秘密のオフィスを作ろう。

星乃神も秘密のオフィスを持っているらしいのだが、今だその場所を特定できていない。庁内に異界へ通じるドアがあって奴はその向こう側にオフィスを持っているのだろうか。

まったくどうなってるんだ、この警視庁は。

星乃神関連ではもうひとつ気になっていることがある。どちらかといえば、こっちの方が不気味だ。

ちょうど星乃神がみどりぐさ学園の事件をてがけた頃に、星乃神の背景調査のためにベラルーシに単独で行かせた特命刑事の古矢《ふるや》と、連絡がつかない。

三日前にベラルーシ警察に問い合わせたところ、なんと古矢はもう半月以上前に出国していた。直属にして唯一の上司である自分に報告も断りもなくだ。

今、古矢がどこにいるのか誰も把握していない。

潜入したカルト教団に洗脳されたか、処刑されたか、ベラルーシのマフィアに誘拐でもされたか、でなければベラルーシの女にでも誘惑されて仕事などどうでもよくなってしまったのか。

古矢はよく吟味《ぎんみ》したうえで選んだ優秀な刑事だ。そのはずだ。連絡を断っているのはよほどの事情があるはずだ。いっそ、今月の給料を振りこむのをやめてみるか？　そうすれば連絡してくるかもしれない。

「古矢、貴様……よくも俺の信頼を」

上に向かって煙を吐く。煙の中にぼんやりと古矢の顔が浮かんだ。その顔に向かって問う。お前、母親が路頭に迷ってもいいのか？　たった一人の肉親だろう？　いいのか？

ごとっ。ドアの外で物音がした。

大俵は葉巻を口の端でぐっと嚙みしめるとあわてて机から足を下ろし、一番上の引き出しを開けた。そこには明るい茶色の革ホルスターにおさまった九ミリ・シグ自動拳銃があった。一発目はすでに薬室に装塡《そうてん》されている。それを摑んで引き抜き、ドアに向ける。

「誰だっ！」

しかし、呼びかけへの反応はなかった。

「そこにいるのはわかってるんだぞ！」

心臓が尋常でなく早鐘を打っている。そのまま十秒以上待ったが、何の物音もしない。

もしかして、俺の空耳か？　拳銃を下ろし、ようやく葉巻を口から離した。涎《よだれ》が一筋垂れる。

全部、星乃神のせいだ。あいつがこの世に存在しているからこそ、すべてがややこしくかつ薄気味悪いものになっているのだ。

急いでオフィスを移ろう。

◆

「だから、どうして駄目なんだよ！」

間中は電話の向こうの警察官に食い下がった。もう数分間押し問答が続いている。

「本気で星乃神警視正の要請を却下しようっていうのか？　ええ？」

矢島と塚本が目を見合わせた。

「星乃神警視正が誰だかわかっているのか？……それでも検問要請を却下するのか？　ええ？……だからそれは誰なんだよ。誰の指図で却下されたんだよ、上からだけじゃわかんないだろ……教えろよ！　いいか、こうしてる間にもホシが包囲をくぐりぬけちまうかもしれないんだ。わかってるのか？……なんなんだその態度は！……忙しいのはこっちも同じなんだよだ。っていうかこっちはお前なんかより何万倍も働き通しなんだよ！　フカフカの椅子に座って尻のおできを気にしてるだけのお前とは違うんだよぉ！」

「三カ月ひまこいてたくせによく言うよ」

矢島はテーブルに頬杖《ほおづえ》をついて呟いた。

隣でコーヒーに入れた砂糖をかき混ぜつつ、塚本は苦笑した。

ここは朝六時オープンの駅の中のベーカリーカフェで、警視正一行は開店と同時になだれ込んだ。あとから入ってきた通勤客たちはなぜかみんな一行から離れた席に座る。そして背中で気にしている。

口をにゅっと尖《とが》らせた間中がｉフォンを塚本の顔の前にぬっと突き出して言った。

「塚本さんからも言ってくださいよ。さっきの芸能マネージャーにやったみたいに」

「あのやり方は一般人だから通用するんだ」

「間中、もうよい」警視正が言った。「誰の指図で却下されたかはわかっている」

「しかし検問ができないとなると……」

「それよりまだ耳の中が汚れているぞ」

「え、本当ですか？　ちょっと失礼」

間中は慌てて店を出てトイレに向かった。

「奴って、誰なんですか？」

矢島が紙ナプキンで鼻の頭の脂を擦りながら訊いた。

「私の上司だ」

「え？　警視正に上司なんていたんですか？」

矢島が心底驚いた顔をした。

「私もよく忘れる。というかいつも忘れておる。警視庁刑事課長の大俵というのが、組織上、私の上司だ。なぜかわからんが、大俵は私に警視庁を去ってもらいたがっているのだ」

「理由に心当たりはないんですか？」矢島が訊く。

「まったくない」即答する。

「星乃神警視正の方が、気品があって偉そうに見えるから、とか？」

「それは確かだな。もしかしたら理由は案外それかもしれん」

しばし沈黙が訪れた。

間中がトイレから戻ってきた。警視正の真向かいに座って言う。

「警視正、検問が敷けないとなると、あとはNシステムに頼るしかありません。しかしNシステムはナンバーを撮影するだけで、車を止めてはくれません」

「しかし、どこに向かったかわかる」

「そうですけど……」

「塚本」

突然警視正に呼びかけられ、塚本は丸めていた背筋を伸ばした。

「はい、なんでしょう」

「お前、車に詳しかったな」

「いや、すごく詳しいってわけでも……」

「新しい車が要る。早急に」

警視正は言ってすっくとまっすぐ立ち上がった。周囲の客たちの視線が集まった。

「ハマーを買う」警視正はでかい声で宣言した。「これからみんなで買いに行くぞ」

「どうしたんですか、いきなりそんな……」

「検問を頼りにできないとなると、頼りになる車が頼りだ」

警視正は〝頼り〟を三連発した。

「地球防衛軍なみの重装備車で臨む。ディーラーはどこだ。案内せよ、塚本」

「あ、ちょっと待ってください、すぐにネットで探しますんで」

「早くしろ」

「あの、とりあえずリムジンに戻りましょう、警視正」

間中も立ち上がり、出入り口の方へと促した。

「ハマーだ、自販機も踏みつぶせるハマーだ」

ぶつぶつ言いながら店を出ていった。

矢島が塚本に歯を見せて言った。

「警視正って、困った人だけど魅力あるよね」

「まぁね、行こうぜ」

塚本は言って、矢島の腕をぽんと叩いた。

第二章

三十分近く黙りこくっていた結城は突然口を開いた。

「竜三」

「……はい？」

「俺たちは新潟に行かない」

「え？」

「だからこのまま直進しろ」

竜三がちら、と助手席の結城を見た。

車は行先を示す巨大な標識の下を通過した。

「え、どういうことなんすか？」

「目的は別にある」

「なんなんすか？」

竜三の声に怯《おび》えがあらわれた。

「俺は、これから福島の原発の近くにある……」

「原発っ!?」

　竜三が声を上ずらせた。

「俺の話を遮るな」結城は叱責《しっせき》した。

「あ、すみません」

「俺はこれから福島原発の近くにある、あがりの町に行く」

「あがりの町……」

「裏の世界でそう呼ばれている。お前も薄々感づいてるだろうが、俺は警察に追われているんだ」

「やっぱり、そうなんですね」

「迷惑かけたと思ってる。すまん」

　誠意が感じられるように声を調節して結城は謝った。

　竜三は黙っている。

　結城の頭の中で哀愁のある劇伴《げきばん》が流れ出した。

「海外に逃げるわけにもいかない。かといっておとなしく自首して刑務所に入るつもりもない。俺はムショで朽ちるくらいなら、潔く死を選ぶ。でも死ぬ気になりゃなんでもできる。だから、残りの人生を福島で過ごすことにした」

「じゃあ、もう役者やめちゃうんですか?」

「残念だがな」結城は言って苦笑した。「何人かのヤクザから噂《うわさ》を聞いたんだが、汚染がひどくてもと居た住民がみんな出て行った町に、全国から食い詰めたヤクザや多重債務者や死ぬ前にムチャクチャやりたい奴やら、まともに社会で生きられなくなった野郎たちが集まって新しい町ができてるそうだ」

「俺もネットでそういう噂、聞きました。そこへ行くんすか？」

「そうだ」

「放射能がすごいんでしょう？」

「まぁ、相当だろうな。サツが近寄らないくらいだから」

「死んじゃうじゃないすか！」

車が減速する。

「死なねえよ、すぐにはな。なんだ怖いのか」

「そりゃ、怖いですよ」

「その町に辿《たど》り着いたら、お前は帰っていい。滞在する時間はわずかだから体に影響はねえ。俺のために、最後に一肌脱いでくれ」

「トランクの女は？」

「手土産だ。町の連中のな。女は少ないだろうからな」

「そこまで考えてたんすか？」

「まぁな、もっと飛ばしてくれ。どうせこんな辺鄙《へんぴ》なところにはねずみ捕りもいねえ」

結城は言い、iフォンで知り合いのやくざに電話をかけた。例の町の正確な場所について訊《き》くために。


途中で給油して、スーパーに立ち寄って水と食料と酒を買いこんだ。

追跡をかわすために結城は他人の車からナンバープレートを外して竜三の車のプレートとすり替えたかったのだが、それをやるには竜三にすべての事情、つまり拳銃を持っていてそれで刑事を撃ったことまで話さなくてはならない。話したら怯えて引き返すというかもしれない。多分引き返そうとするだろう。それは困る。

竜三に何も話さず勝手に一人で行こうとも考えたが、まずはプレートをいただく車を見つけなければならず、そうなるとサービスエリアに寄って物色するのが早いが、そこに警察が張っている可能性は高い。それに最近の車はプレート盗難防止用ボルトで取り付けられている物が多い。外すには専用工具が必要で時間がかかる。

結局あきらめた。なるべく幹線道路を避けるしかない。

さらに二時間近く走らせ、周囲を低い山々と森に囲まれた人里離れた地域へと潜り込んでいく。

知り合いのやくざにもらった情報のおかげで、場所はかなり絞り込まれていた。

警戒区域の手前には警察の検問が設置されているが、教えてもらった裏ルートからなら見つからずに警戒区域内へ入っていける。

途中パトカーと二度すれ違ったが、結城たちにはまったく関心を示さなかった。

次第に左右の景色に大震災の禍々《まがまが》しい爪跡《つめあと》が見え始めてきた。

「ほんとに、誰もいやしねえ」

結城は背もたれを大きく倒してふんぞりかえった。

「清々するぜ」

ようやく全身の緊張が少しとけてきて、節々を苛《さいな》んでいた痛みも和らいできた。

「やっぱ、テレビと実際見るのとじゃぜんぜん違う」竜三がぽつりと言った。「アスファルトのあちこちにひび割れがある」

「気をつけろよ、こんなところでパンクして立ち往生してもJAFは来てくれないぞ」

さらに数分後、結城が目を閉じてまどろもうとしていると、竜三が大声を上げた。

「あ、牛だ！　牛が道の真ん中歩いてる！」

結城は頭を起こして前方を見た。

確かに野良牛だった。異様な光景だ。農家の人間が哀れんで畜舎から放してやったのだろう。

「牛より路面に注意しとけ、立ち往生したら命にかかわるぞ」

「はい」

「俺は帰らなくていいが、お前は帰りてえだろ？」

「はい」

竜三は即答した。きっとUターンして時速百キロでぶっ飛ばしたいだろう。クラクションを鳴らすと、それに反応したのかどうかわからないが牛が少し道の端に寄った。野良牛の脇《わき》をゆっくりと通過する。

こいつ、いずれ餓死して道路で白骨死体になるんだろう。そう考えるともの の哀れを感じる。

車はまた加速した。

「きっと『あがりの町』はもうすぐだ」結城は言った。「額の辺りに、感じるんだ。うまく説明できねえが、やばい連中が大勢いる。感じるんだ」

「…………」

「どうだ、こんな経験は滅多にできねえだろ」

竜三は無言で運転している。

ここは毎時何ミリシーベルトくらいなんだろうか。考えてもしようがないが、きっと相当高いんだろう。

「いいか竜三、こういう暗い底なし穴の縁に立って下を覗《のぞ》くような経験をしねえと、俳優として成長できねえんだぞ。演技ってのはテクニックじゃねえんだ、勿論《もちろん》テクも大事だが、それ以上に実のある経験の積み重ねなんだ。いい役者ほど多くの悲しみと恐怖を乗り越えてきたんだ」

竜三は応えない。

「聞いてんのか」

結城は相手が、特に目下の人間が自分の話を聞いていないということを絶対に許せない。これまで何十人も、自分の話をちゃんと聞いてなかった下っ端俳優どもを踏み潰《つぶ》してきた。女の何人かは潰す前に呼び出して犯し、中に出した。その内の二人くらいが妊娠した。どうせ堕ろしたろうが。

「人が歩いてます」

竜三が言った。そして減速する。

「猟銃持ってます！」竜三の声が恐怖で上ずった。

結城は上体を起こして竜三の視線の先を追った。

男が道端を、猟銃を肩に担いで、肩で風を切るように歩いていた。

車が近づくと男が立ち止まり、振り向いた。長髪で、全体的にひどく汚れていて、しかも左右違う色の長靴を履いていた。右はグリーン、左は黒だ。

結城はベルトに差したトカレフをジャケットの上から触って確認した。

「止めるんだ、竜三」命令する。「あいつに訊きたいことがある」

「でも、目つきがやばいすよ、あれ」

竜三に言われなくたって結城は見た瞬間にわかっていた。

「大丈夫だ、びびるな。止めろ」

車が止まると結城はそっとドアを開け、降り立った。そしてジャケットの前ボタンを外して、相手からトカレフが見えるようにした。

「おじさん、ちょっと訊きたいんだけど」

男は答えない。近くで見ると、男の左目はうっすらと白濁《はくだく》していた。それがもとからなのか放射能のせいなのかはわからない。年齢は結城と同じくらいか、案外年下かもしれない。しかし、何歳であろうと男が放っている空気は狂った老人であった。

「噂に聞いたんだけど、この辺に『あがりの町』ってのがあるらしいんだけど、知らない？」

努めて明るく訊いた。

「そこに何か用か」

男が猟銃を肩から下ろした。銃口がこちらを向く前に男の顔面を撃ち抜く自信が、結城にはあった。

「用って言うか……そこで暮らせたらいいなって思ってるんだが」

男は結城を睨《にら》んだ。

こんなふうに蔑《さげす》むような目で睨まれたのは実に久しぶりだった。男は結城のことなどこれっぽっちも恐れていないし、気圧《けお》されてもいない。

男が自分と結城のちょうど中間あたりの地面に唾《つば》を吐いた。

芸能界の人間が結城にそんなことをしたら間違いなく二十四時間以内にマネージャーと事務所社長ともども全裸で冷たい床で土下座確実だが、この福島ではそうもいかないらしい。

「ただじゃ住めないぜ」男が言った。

「金が要るのか」結城は訊いた。

「ふんっ」男が鼻で笑った。

結城は頭に血が上ったが、抑えた。

「金があったらこんなとこ来ねえだろ」

結城は男に調子を合わせて笑った。

「そうだよね、はは。金はないけど、女がいるんだ」

「女？」

「そうだ、運転席の奴は違うぞ。誤解するなよ」

結城は念を押した。

「女はトランクに詰めてあるんだ」

男は何の反応も示さなかった。

「なぁ、あがりの町には仕切ってる奴がいるのか？」

「仕切ってる奴がいないとでも？」

（てめえバカか？）といいたげな顔で、男が言う。

「じゃあやっぱりいるんだな。そいつに話をつければ町に住めるのか？」

「知るかよ」

「町に行けば会えるのか？」

「知らねえよ」

「これから、町に戻るところなのか？」

「だったらどうした」

「そうなのか!?　案内してくれよ」

男は結城を睨み、セダンを睨み、また結城を睨み、また唾を、今度より結城の近くに向けて吐いた。

あきらかに挑発している。だが、今は抑えなくては。

「どうなっても知らねえぞ」男が言う。

「俺だって、それなりの覚悟でここまできたんだぜ、おっさん」

結城は言ってやった。これ以上ナメた態度をとらせるわけにはいかなかった。竜三に示しがつかない。

男はまた鼻で笑い、言った。

「それじゃ、乗せてもらおうか」

結城は竜三に、こっちへこいとゼスチャーで命じた。

「この辺りの放射線量って、かなり高いのか？」

結城は男に訊いた。

今、結城と男は後部席に並んで座っている。男だけ後ろに乗せたら突然理由もなく頭を吹き飛ばされるかもしれないからだ。

「一時間も歩いてりゃ鼻血が出るぜ」

男は答え、無精髭《ぶしょうひげ》を黒ずんだ爪でぼりぼりと掻《か》いた。

「なぁ、俺の顔に見覚えないか？」

結城は男に訊くのを我慢できなかった。

「あん？」

「どこかで見たことないか？　俺の顔」

「てめえを？」

「ああ」

「てめえ自分が有名人だと思ってんのかコラ」

恫喝《どうかつ》された。

「いや、知らないなら別にいいんだ」

運転席の竜三が怯えているのがシート越しにもわかった。

「なんなんだてめえ、誰だよ」

「俺は俳優なんだよ」

「俳優？」

男が、世界一くだらない単語を聞いたかのような反応を示した。

「そうなんだ。見たことない？　どっかで」

「ねえよカス」

はっきり言われた。そして間髪いれず第二波がきた。

「じゃてめえホモか」

結城の頭の中で、殺意の黒い風船がぷーっと膨れた。

「いや、違うよ」結城は引き攣《つ》った笑いを浮かべて否定した。

「ホモじゃなくたって、どうせやられてんだろ？　新人の頃によ」

男は二百五十パーセントくらいの自信で断言した。

「やられてないよ、俺は」

「うそつけクズ野郎」

殺意の黒い風船ははじける寸前にまで大きくなった。

「ほんとだってば」かなり苦労して結城は笑顔を作った。「まいったなぁ」

「芸能界のドンの豪邸で、四つん這《ば》いで一列に並んでケツ高くあげて、ドンが端の穴から順に突っ込んでくんじゃねえのかよ。前の奴のウンコカスがドンのチンコにくっついてて、それが次の奴のケツ穴に入ってくるんだろ?」

やけに具体的に描写する男であった。

「そりゃたしかにそういう世界もあるけど、俺はそっちじゃないんだ」

「へっ、どうだか」

この男、どれだけこの結城朔太郎様を貶《おとし》めたら気が済むのだ。

「おい、その先の二股《ふたまた》を右だ。コリアン」

男が竜三に命じた。

結城は驚いた。なぜだか知らないが、男は竜三の正体を見抜いていた。

「そのあがりの町って何人くらい住んでるんだ?」

「知るか」男は吐き捨てた。

「あんたは住んでどれくらいなんだ?」

「てめえ、質問多いんだよ。てめえもメディアのスパイかコラ」

今にも銃口がこっちに向きそうだ。勿論先に殺す自信はあるが、車内では避けたい。

「だから俳優だってば、それにメディアがチャカ持ってるわけないだろ」

結城は男をなだめようとした。

「え、チャカ？」竜三が反応した。「チャカって……結城さんチャカ持ってるんすか？」

「竜三、あとでちゃんと説明するから今は黙って運転しろ」

結城は諭した。

「俺、その町には入りませんよ！」

竜三は黙らなかった。

「町の手前で降りてください。俺は帰ります！」

それはいわば決別宣言だった。

今は竜三と言い争いなどしている場合ではない。結城は言った。

「わかった。それでいい」

数分後、車は突然目抜き通りに出た。

道の両側に商店が並んでいて、ほとんどはシャッターが閉まっているが、開いている店もあった。

そして道端に人間が数体転がっていた。生きてるのか死んでるのかはわからない。ただ、物体と化していた。

竜三が勝手に車を止めた。

「降りてください」竜三がきっぱりと言った。「こんなところ冗談じゃねえ、俺は帰る！」

「俺は帰る！」

片目白濁男が竜三のモノマネをして笑った。開いた口から死臭が放出される。

「落ち着け！」結城は一喝した。「ここで帰っていい。メスを降ろすから手伝え」

「嫌だっ！」竜三はハンドルにしがみついて怒鳴った。「俺は車から降りないぞ！　絶対降りない」

「なんだ、放射能が怖いのか」

「なんとでも言え、とにかく絶対に降りない。さっさと女降ろせよ！」

「てめえそれが大先輩に向かって言うことか、この下っ端俳優が！」

「ははははっはははっはっはは！」

男が突如笑いだした。

「こんな終わってる場所で先輩も後輩もあるかよ！　大体あんたもう俳優じゃねえだろ！

シャブ中の人さらいじゃねえか！」

結城の頭の中で黒い風船がパーンとはじけた。

結城はトカレフを抜いた。

車が急発進し、横転しそうな勢いでUターンする。結城の体はシートにぐっと押しつけられた。

結城はためらわずシート越しに竜三の背中を撃った。鼓膜《こまく》が凹んだ。フロントグラスに血と肉片と皮膚片が飛び散った。さすがトカレフ、安物だが貫通力《かんつう》は素晴らしい。

車は縁石にぶつかって乗り上げ、止まった。

男がドアを蹴《け》り開け、外に転げ出た。続いて結城も飛び出した。

トカレフを運転席に向ける。竜三は胸をおさえ、うずくまっている。

「てめえこの腐れマラ！」

結城は車に近づいて竜三の頭を狙った。第二の黒い風船が速やかに膨らんでいく。

ゴツッと結城の後頭部に硬い物が当たった。猟銃の長い銃身だった。結城は石のように硬くなった。

「腐れマラはてめえだ、クズが」男が言う。「トカレフ捨てろや」

結城は命令に従うほかなかった。

「くだらねえオレオレ中年が」

周囲の店舗の中や、裏から人間がぞろぞろと出てきた。若い女も数人いる。そしてなぜか女は全員が犬の首輪をつけられ、飼い主らしき男が紐《ひも》を握っている。女と犬を一本の綱で繋《つな》いでいる者もいた。

女たちの目は死んでいる。そして男たちの目つきも、恐ろしく虚ろで狂っていた。

結城は、ここがあがりの町なのだと悟った。もう二度と引き返せない一線を越えたのだ。

「おい、先生呼んで来い！」男が群衆に向かって怒鳴った。「撃たれて死にそうなのがいる」

「俺が呼んでくる」

でっぷりと太った青いネルシャツの男がぼそっと言い、連れていた女をぐいっと引いて歩き出した。女はよろよろとついていく。

◆

「申しあげにくいのですが、警視正、今日このハマーを買ってもお持ち帰りはできませんよ」

間中が教えると、警視正は精鋭部隊の中に敵の二重スパイがいると知らされた将校のような顔になった。

「なんだと？」

「後日自宅に届けられるんですよ」

「それでは意味がない。すぐにカスタマイズを施して福島へ出発せねばならぬのに」

「でも、警視正の権力を使えばなんとかなるかもしれません」

「では使おう。おい、売り子」

警視正は塚本と矢島の二人と話しこんでいた若い販売員を人差指一本で吸い寄せた。

「はい、なんでございましょう」

「ここのディーラーで一番偉い人間を呼べ」

販売員の顔が曇る。

「あの、なにか不都合でも……」

「われわれは警察だ」

「警察!?」

「そうだ、本物の警察だ。このハマーを……」

警視正は掌《てのひら》でボンネットを叩いた。

「証拠品として持ち帰る」

まさかその手でくるとは間中も予想しなかった。

「はい？」

販売員が訊き返すのも無理なかった。

「証拠品だ」

「何の証拠品でしょう」

「気づいてなかろうが、ここで麻薬取引が行われている疑いが濃厚なのだ」

「ええ？」

「ここを訪れる客たちの中に売人と買い手が混じっており、展示してある車の中に違法薬物を仕込んでいる可能性が極めて高い。特にこのハマーが」

「そうなんだ」

間中もバッヂをさりげなく見せて加勢した。

「実は二カ月前から我々捜査員が、あそこのマンションの部屋から……」とガラス越しに見える適当な建物を指差す。「二十四時間三交代制で監視して、何度か来たこともある。私も一度来た。覚えてないか？」

「い、いえ……」

警視正が後を続ける。

「だから持ち帰り、徹底的に検査する。種々の検査を行い、問題なしとなれば速やかに返却する。間中、借用書《しゃくよう》を書け」

「かしこまりました」

「あの、どのくらいかかるんでしょうか？」

販売員の鼻の下に汗が浮かんでいる。

「わからん、しかしまぁひと月もかからんだろう。薬物検査の精度は日々進歩しているのでな」

「すみません、あの、こういうことは私の一存では決められませんので……」

「わかっておる、早く上に報告するのだ。徒《いたずら》に証拠品の提出を渋ると、公務執行妨害罪に問われる可能性があることも加えておこう」

「わかりました、少々お待ちくださいませ」

販売員はそう言って駆けだした。

「待て、売り子」

「あ、はい」

「いきなり品物を持ち帰られてはお前たちの商売に差し障りがあろう。だから車の代金を置いていく。迷惑料として二割上乗せしよう。検査が長引くようなら警視庁が車を買い取るから金は返さんでよい。そう伝えろ」

そう言われ、売り子と呼ばれた販売員の顔が少しだけ緩んだ。

「かしこまりました」

販売員はまた駆けだした。その背中に向けて警視正が言う。

「急げ、一刻も早く証拠を摑《つか》まないと黒幕が高飛びしてしまう」

販売員が消えると警視正は「塚本」と呼んだ。

「なんです?」

「この車をより実戦向きに改造せねばならん。あのモーレツな放射能地帯に行くのだからな。腕が良く仕事も早いカスタム職人が必要だ。心当たりないか」

「交通課に知り合いがいるんで訊いてみますよ。違法なチューンナップをやってるカスタム屋とかを知ってると思います」

「すぐにかかってくれ。それから間中」

「はい」

「リムジンのナンバープレートを外して、こいつに取りつけるのだ」

「え?」

「ナンバーなしで公道は走れぬ」

「そんな、車泥棒みたいなこと……」

「やるのだっ」

「はいっ」


一時間半後。もうハマーは公道を堂々と走行していた。そして間中は運転を楽しんでいた。普通車より大きいとはいえ、リムジンと比べればはるかに小回りが効き、幾分高くなった運転席からの眺めも新鮮である。

一行は塚本の知り合いの刑事が教えてくれた車のカスタム屋のガレージに向かう途中である。塚本がハリーと名乗るカスタムカー職人に電話して、既に話はつけてある。逮捕もされず金もたっぷりもらえるから、大いに喜んでいるそうだ。

「イラクかアフガニスタンに乗り込む心構えでカスタマイズせねばならん」警視正は言った。

「乗り心地はいかがですか、警視正」

ついご機嫌をうかがってしまう間中であった。

「悪くない」と警視正は答えた。「リムジンが竜だとすると、これは虎だ」

良かった。気にいらずに機嫌を損ねられでもしたら、こっちの神経がもたない。

塚本のiフォンが鳴った。

「あ、交通課からだ。ちょっと出ますよ」

予想通り、チェ・ユンソクの車が栃木南部においてNシステムで撮影されていた。

「だが撮影されたのはそこだけだ。その後は幹線道路を避けたんだろう。またどこかで撮影されたら教えてくれる」

「ナンバープレート付け替えたりする頭もないの？　そいつら」

矢島が口元を歪《ゆが》め、独特な表情になった。

「言うのは簡単だが、実際やるとなると、簡単じゃないんだぜ」塚本が得意げに言った。

「最近は盗難防止用ボルトをつけてるものが多いんだ。タイプもいろんなのがあって、専用工具を使わないと外せないし、外せそうなものを物色するだけで結構時間をくう。物色してるところを見つかって職質されかねない」

「へぇ、知らなかった」

「俺もディーラーの販売員に手伝ってもらってプレートを付け替えたんだ。サツカンじゃなかったら絶対やってもらえなかったろうよ」

　間中は言った。

「ま、ルートの選択はそう多くはない。十中八九福島のあの辺りへ向かってる」塚本は自信ありげだ。

　警視正も黙っているところを見ると同意見のようだ。

「ところで矢島」警視正が呼びかけた。

「はい？」

「若い女のお前を福島の汚染地帯に連れて行くのは私の望むところではない。将来どんな影響が出るかもわからん」

　車内がしんと静まった。間中は矢島がなんと応えるか聞き耳を立てた。

「私は、足手まといでしょうか」矢島が言った。

「違う、そうは言っておらん」

　警視正にしては珍しく優しめの声であった。

「やめといた方がいい」塚本がはっきりと言った。「後で後悔することになるかもしれない」

「お前の目には随分助けられた」警視正が言う。

「それじゃ、三人だけでメンヘル金槌《かなづち》女とシャブ中極道俳優崩れを逮捕しに行くんですか？」矢島が訊く。「地元の警察も被曝《ひばく》を恐がって近づかないような所へ」

「なんとかなる」塚本は言った。「俺らみんな中年だし」

「僕は違いますよ」間中はきっぱりと言った。「まだ三十六です。警視正。どこかで防護服を調達させてください」

「放射能が怖いか」

「そりゃ怖いですよ！　目に見えないし匂いもないけど、ＤＮＡを壊すんですから。全員が防護服を着用すべきです。そしてこのハマーの内側も鉛シートを張って放射線防御仕様にすべきです」

「そんなことしてもウインドウから……」

塚本の発言を遮って間中は続ける。

「いざとなればウインドウも塞《ふさ》げるようにすればいいんです。防弾効果もあるでしょう？　車載カメラの映像だけでも運転できるように外側にカメラを何台も取り付けて、運転席に専用モニターを設置して……」

「そこまで徹底的にやるんなら……」

矢島が割り込んできた。

「あたしが行っても、大丈夫じゃありません？」

警視正は黙って矢島を見つめる。

「だって防護服を着て、間中さんが言う通りのカスタマイズを本当にやればあたしだって仕事できますよ」

「待てよ、お前は福島に行きたいのか？」

塚本が問いただす。しかし矢島はそれに答えず、警視正を見つめ、言った。

「警視正。この際、正直に言います」

「聞こう」

「あたし、お金が必要なんです」

間中と塚本は思わず目を見合わせた。

「浪費するために必要なのか？」警視正は問うた。

「違います、もう一時期のような無駄遣いはしません」

それはどうだか、と間中は思った。

「ただ、生活を立て直して、新しい何かを始めるのにお金が必要なんです。勿論、星乃神警視正からはここまでで既にかなりの報酬を頂いてますし、それについては本当に感謝しています」

「労働の対価を支払っただけだ」警視正は言った。

「でも、もし可能ならばもう少し働いて、稼いでおきたいんです。三十歳を迎える前に」

警視正は黙って先を促す。

「あたし、今度の事件で熊井希美という女を知って、不安になったんです。あの金槌女が三年後とか五年後の自分じゃないって言い切れるかって自問したら、残念ながら絶対ならないとは言えないことに気づいたんです」

「お前はあいつとは違う」

塚本が言った。

「それは俺が保証する。お前は世界に向かって（いつも私を見ていて、いつも気にかけていて）って発信するようなバカじゃない」

「そりゃ、そういうことはしないけど。あたしは警察をクビになって、今、自分の根っこがないんです。熊井と同じです」

「しかし矢島よ」警視正が諭すように言った。「自分の根っこは金では買えないぞ」

「勿論、わかっています。その根っこを摑むにはある程度時間がかかります。その時間を、お金の心配に費やしたくないんです」

警視正は十秒ほど黙っていたが、右手の人差指をぴんと伸ばして、指先を自分の眉間《みけん》に押しあてて言った。

「お前の言いたいことはわかった」

矢島は溜めていた空気を鼻からふうっと吐きだした。

「熊井希美がまだ生きているとしても、すでに変わり果てた姿になっているかもしれん。だが、お前のその眼ならきっと見つけられるだろう。おそらく私や塚本や間中よりもずっと早く、正確に」

「では、連れて行っていただけるんですか?」

矢島が目を輝かせた。

「連れていく」

「ありがとうございます!」

矢島はぺこりと頭を下げた。

間中は複雑な気持ちだった。

塚本が電話に出た。

「あ、また交通課からかかってきた」

「もしもし?……わかってるよ、だからかけてきたんだろ?……うん……うん、その時間は?……二人だったんだな?……わかった、サンキュー……おう、頼む。恩に着るよ」

電話を切って全員に言う。

「チェの車がまたNシステムに撮影された。時刻は十時七分。野川谷《のがわだに》温泉の二キロ手前だ」

「となるとほぼ間違いないですね、あいつらの原発周辺行きは」

「塚本、車をカスタマイズしている間に知り合いの刑事からでもヤクザからでもいいが、福島の例の都市伝説みたいな町についてできるだけ情報を集めるのだ。ロケーション、規模、その他あらゆることに関して」

「わかりました」

「間中よ」

「はい」

「武器を調達せねばならん」

「え？」

　唐突に言われ、戸惑った。

「え、ではない。お前は拳銃一丁で無法の汚染地帯にのこのこ入って行くつもりか？」

「……確かに。警視正のおっしゃる通りです。では、拳銃の他に何を持ってゆきましょう」

「あらゆるものだ」

「ということは……」

「マシンガンを持って行くべきだ。特殊部隊の連中が使っている九ミリのＭＰ５だ」塚本が言った。

「貸してくれるわけないでしょう」

間中は呆《あき》れて言った。

「そりゃバカ正直に貸してくれって頼めば断られるに決まってるだろ。だが、ものにはやり方ってもんがあるんだ。なんとしても手に入れるぞ。こっちも命賭《か》けるんだからな」

間中は小さく首を振った。

「それとグレネード銃も絶対に要る。弾は催涙弾に閃光《せんこう》弾に照明弾、煙幕弾、あらゆる種類を持って行くべきだ。それからネットシューター」

「網を発射する、スパイダーマンみたいなあれね」矢島が嬉《うれ》しそうに言う。「あれ一度使ってみたい」

「そして人数分の防弾防刃ベスト、ヘルメット。ポリカーボネートの盾。これなら軍用品の店でも買うことができる。拳銃のマガジンもモデルガンのパーツをちょっと改造すれば使えるぞ」

「使えますか?」

そんなの初耳だった。

「自慢じゃないが、俺の家にはグロック17用の十七発入るマガジンが三本置いてあるぞ。モデルガンのマガジンをちょっと細工して誰でも自作できる金属パーツを組み込んだもので、試しに射撃場でも使ったことがある。まったく問題がなかった。勿論お前のグロックにもそのまんま使える」

間中は絶句した。

「矢島、お前も扱いに慣れておいた方がいい。原発近くに行ったらお前は基本的に車内にいるべきだが、不測の事態も起こりうるからな」

「塚本さん、あたしこう見えても結構射撃の腕いいんですよ」

「お前が？　まさか」

間中は言わずにいられなかった。

「まさかって思うでしょ？　ところが違うんだよ。あたしは見当たり捜査で逮捕成績が良過ぎて、そうなると次の月初めに上司が無茶なノルマを課そうとするから、わざと成績を落とすためにサボって射撃場で時間潰してたんだよ。ま、お金がある時は買い物してたけど、ない時は射撃してた」

「面白い奴だ、お前は」塚本が感心して言う。

「あたしは目が抜群にいいから射撃もかなりイケるよ。塚本さんには負けないと思う」

「でも俺には負けるな」

間中はさりげなく言ったが完全無視された。

「お前たち、諸々の準備を十二時間で整えよ」

警視正が命じた。

「その頃には車の改造も済んでいることだろう」

間中には到底無理に思えたが、命じられたからにはやるしかなかった。次に眠れるのはいつだろうと不安になる。

◆

車のカスタマイズ職人であるハリーこと春田《はるた》は身長が百九十もあって、日焼けして濃い造りの顔がインディオのようであった。身につけているアクセサリーもインディオ的である。

肺が悪いのかずっと咳《せき》をしていて、そのくせチェーンスモーカーであった。ガレージ全体がヤニ臭い。

歳は五十の半ばくらいに見えるが、不摂生のせいで老けて見えるのかもしれない。節が太くて長く、グリースが皮膚の下までしみ込んだような黒ずんだ指は、それ自体が工具のひとつであるようにも見える。

ハリーはコーヒーの入っている側面の凹んだブリキのカップを持ってガレージに持ち込まれた新品のハマーの周囲をゆっくりと見て回る。途中立ち止まって煙草を吹かし、コーヒーを飲む。

不思議なことにその姿を見ると最高に美味い煙草とコーヒーのように見える。実際はカスみたいなものだろうが、ハリーの雰囲気によってそう見えるのだ。

まるで強盗仲間を見るような目で間中たちを見下ろし、訊いた。

「砕氷船を知ってるか？」

「南極とか北極の海で、氷を砕いて進むあれだろ？」間中が答えた。

「あれを取りつけよう」

間中は目をしばたたき、当然の質問をした。

「どうして」

「イマジネーションだ」ハリーが答えた。「道の前方、二台の車が斜めに停まってあんたらの進路を塞いでいる。後ろからもクレイジーな奴らが追ってくるから引き返すことはできない。前を突破するしかない。どうする？」

「どうするって……」

「止まったら殺《や》られるぞ」

「前の車を弾き飛ばすしかないな」

塚本が答える。

ハリーがその通りというふうに短くなった煙草で塚本を指した。

「そうよ。だから先端を三角柱にして、前を塞ぐ車を左右に弾き飛ばすんだ」

「そんな改造して車検通るのか？」

間中の質問にハリーは乾いた笑い声を立て、激しく咳き込んだ。そして答える。

「それから拡声器」


「通るわけないだろ」

「もう少し実戦的な改造をしてくれよ」

するとハリーは突然早口で喋《しゃべ》りだした。

「ルーフに全方位をカバーできるサーチライトだな、ゲホッ！　それから拡声器」

「拡声器が必要か？」

「拡声器で恫喝すると、効くぜ」ハリーはサディスティックな笑みを浮かべ言った。

「俺は街宣車も何台も作ったことがあるんで、任せろ。それから側面はなんつってもタイヤカバーだ。厚手の金属製で簡単には外せないものにしないとバカに刃物でエアーを抜かれる。車幅は一割増しになるけどなゲホゲホ！」

その時、また地震がきた。壁にフックでぶら下げてある無数の工具や部品が左右に揺れる。

間中の体感で震度三くらいだが、ハリーは気づいてないかのように喋り続ける。

「ボンネットには痛い突起物がいっぱいくっついたシートを貼りつけよう。キレたバカがボンネットにしがみつけないようにな。で……オホッ！　当然側面と後ろには鉄格子を取り付けて……底もなんとかしないとな、下にもぐり込んでイタズラできねえようにフルフラットにするか尖《とが》り物をくっつけるか。排気管もこのままじゃバカに異物を入れられちまうから特製キャップを取り付けよう、俺が考えて作ったいいのがあるんだ」

間中は（それも尖り物か）と口にしそうになり、思いとどまった。

「どうせならボディも迷彩に塗り替えよう、今の季節の田舎に合わせてくすんだ緑色と……なぁあんたドラキュラみたいって言われたことないか?」

ハリーは突然警視正に話しかけた。

「私はドラキュラではないが、伯爵だ」

警視正は真顔で答えた。

「とにかく、予算に制限は設けない。暴徒百人の襲撃を受けても生きて東京に戻れるようしっかり強化してくれ。車だけ戻っても仕方ないぞ、乗っている人間が生還できるようにな」

「着手金をもらうことはできる?」

「勿論だ。ただし着手金を持ち逃げしたら探しだして処刑する」

さきほどの伯爵発言といい、もしかしてジョークを言っているのだろうか。間中には判断できなかった。

「マフラーのジャンクが随分あるな」

ガレージ内を歩きまわっていた塚本が言った。

「ああ、それね。捨てるのもなんか惜しくてよ」

「これで拳銃のサイレンサーを作れないかなぁ。九ミリ用の」

◆

人間はわずか一秒先のことさえ予知することもできないが、予想はできる。しかしこの「あがりの町」にきてからというもの、結城は一分先の未来すら予想できていなかった。

結城は竜三と離され、希美香もどこかに連れていかれた。そして結城は免許証や財布を取り上げられてから、とある綺麗《きれい》な民家に連行された。錆《さ》びついたナタと肉厚の包丁で武装した男二人に前後をはさまれては逃げることはおろか、逃げようという気持ちになることさえ不可能だった。それにどうせ逃げても行き倒れだ。

立派な表札がかかっていたが、持ち主は家を捨てて余震や放射能から逃げ出し、その後で無法者たちが乗り込んで勝手に使っているらしいとわかった。

玄関の鍵《かぎ》が破壊され、その後に金属のフックとチェーンとダイヤルキーによってより原始的な戸締りがなされていた。

結城は家に監禁された。かつては平凡だがそれなりに幸せな家族が住んでいたと思われる家のリビングには、血の染みがついた大型ソファしか残っていなかった。それ以外はすべて誰かが持って行ったのだ。

「ここにいろ」

ナタを持った異臭のする男はそれだけ言って、結城を縛りつけるわけでもなく出て行った。

腹は減るし、熱っぽいし、胃が気持ち悪くて頭が割れそうで耳鳴りがして首が石のように硬くなっている。ここまでなんとか耐えてきた体が、今やバラバラになりそうだった。ソファに横になる。それ以外のことをする気になど、とてもなれない。

外で複数の男たちの談笑する声が聞こえた。

それが消えると今度は遠くの方で自動車のスキール音とおやじたちの歓声が聞こえた。それが数分続き、静寂が訪れた。しかし十分ほど経って、突然女の金切り声が聞こえた。そして男の怒声がそれに続く。それも消えた。

結城の心臓も、頭も、ちっとも休まらない。

なぜ自分は監禁されたんだろう。殺されずに監禁されたということはこの後誰かに会うんだろうか。

そいつはこの町の支配者か？　そいつは俺が俳優の結城朔太郎であるとわかるだろうか。もしわかったら歓迎してくれるだろうか。そう願いたい。

不安な時は物事を都合良い方向に考えておく。

希美香はどうなったろう。

まだ気絶しているだろうか。男たちが希美香をどうするかはほぼ確実に想像できる。公衆便所の刑だ。いい気味だ。ざまぁみろ。

刑の執行人が俺でなくて、俺よりはるかに凶悪な連中に変わったのだ。今頃、男どもに突っ込まれながら、こんなことになるなら結城さんの肉奴隷になっておけばよかったと後悔していいるかもしれない。

今更おせえよ、メンヘル下っ端女優が。それとももはや「死にたい」、それしか考えられないような状況かもしれない。それすら通り越して思考停止状態かもしれない。輪姦されるとそうなると聞いたことがある。

で、俺はどうなる。まさかこの年で輪姦はされまい。……本当か？

鼻の入り口辺りにむずがゆさを感じ、指で掻く。

ぬるっとした。指を離してみると、血がついていた。結城はソファの上で飛び上がった。

血の気がざーっとひいていった。

血だ。ただの鼻血じゃない。どんだけすげえんだ、ここの放射線量は！

「……畜生」

落ち着け、と自分に何度も言い聞かせる。他の奴らはああして生きてるじゃないか。鼻血ごときでパニックに陥《おちい》るな。こんなの一時的なものだ。すぐに止まる。それに、このくらいは覚悟していたはずだろ、俺は。

「落ち着けよ」声に出して言う。「ムショよりいいだろ？　え？」

突然役者魂に火がともった。セリフの練習をするみたいに独り言を呟《つぶや》く。

「放射能なんかこわかねえよ、俺はもう四十五なんだしよ。これまで好き勝手、やりたい放題やってきたんだからよ。死ぬなんざこわかねえっての、へっ」

心臓が徐々に落ち着きを取り戻してきた。

「死ぬなんざ、こわかねえ」

このセリフは複数の極小予算ヤクザ映画であてがわれた。脚本家はそれぞれ異なるのになぜか同じセリフがいくつも出てきたものだ。

それはつまり、結城朔太郎という俳優に、死を恐れぬ型破りで筋の一本通った、弱きを助け強きをくじく理想のヤクザ＝男の中の男のイメージが完全に定着していたということだ。

結城はソファから立ちあがり、自分の中のスイッチを押し、一人芝居を始めた。

『広島ヤクザコップ5・鉄砲玉はチンパンジー』のシーン23だ。このVシネシリーズは推理ドラマのテイストもあって自分のキャリア中でベストワークの一本と確信している。

シーン23は自分以外の役者のセリフもすべて暗記している。

「あのねぇおやっさん、あんた本気でチンパンジーにやくざが殺れると思ってるんすか？」

結城のセリフに応えて牧慎太郎《まきしんたろう》演ずる警部の津野田は言う。

（ああ、できるね。訓練すれば優秀な鉄砲玉になれるだろうよ）

「人間の方がよっぽど安上がりでしょうが！　将棋以外のことにもちったぁ頭使ってくださいよ」

（人間は裏切る、チンパンジー裏切らない、ウソつかない）

「あぁあぁもう、おい千夏、お前からもなんか言ってくれよ、色っぽくよぉ」

ＡＶ出身女優・川谷悠美《かわたにゆみ》が無意味にミニスカートで歩き回りつつ言う。

（あたい、公安二課の幡野君が最近気になって仕方ないのよ、彼ったらまだ三十二なのに今まで自分が飼っていたスパイを何人も死に追いやってるのよ、その中には女もたくさんいて……）

「おいおいおい色ボケ！　俺の話を聞いてたのか、今はチンパンジー殺人犯の話してるんだよ、お前まだ俺の相棒だろ、一応！　今度も迷宮入りにしちまったら磯野班は解散、俺は交通課、お前は地域課の風俗班に飛ばされちまうんだよ、もうちっと真剣になれねえのかよ」

鼻血がぽたりと床に垂れた。

この作品の現場は楽しかった。あの頃はシャブ断ちが上手くいっていて体重もベストだったし、共演者たちとも最後まで揉《も》めずに楽しくやれた。

しかし牧慎太郎は去年首吊り自殺し、川谷悠美はＡＶの世界に戻って渋谷のスクランブルの真ん中で男優とファックして逮捕された。

まったくどいつもこいつも破滅に向かいやがる。もっとも他人のバカ見て自分のバカを直せる奴なんか、この世界に飛び込んで来やしないが。

おっといけねぇ、まだ先があるんだ。

「とにかく、あのチンパンジーは無罪だ。それは絶対間違いない、老後の年金を賭けたっていいぜ」

突然リビングのドアが開いた。芝居に夢中になって足音に気づかなかった。

さっきの二人が立っていた。結城は目の奥に力を込めて二人を睨んだ。（眼力光線）だ。しかし眼力光線は生気のない二人の目玉を貫通してどこかから洩《も》れて拡散してしまったようだ。二人の表情には何ら変化がない。

「ついてこい」片方が言った。

「どこへ」結城は訊いた。

「いいからついてこい」

「嫌だと言ったら？」

結城は挑発した。さきほどの芝居が状況を自分でコントロールしようという意思の力を目覚めさせたのだ。

「どうなるか試してえなら、言ってみろ」男が答えた。

「……へっ」

結城は芝居がかった乾いた笑い声を立て、両手をポケットに突っ込んだ。『沖縄頂上決戦　真昼の御嶽《うたき》ガンファイト』のセリフが口をついて出た。

「今日は髪のセットが上手くいった。乱すのはもったいないから従うことにするぜ」

二人が（こいつバッカじゃね？）と言いたげな顔を見合わせた。

家から出て、また前後をはさまれてどこかわからぬ場所に向かう。

結城は歩きながら後ろのナタを持っている男に言った。

「ティッシュ持ってねえか？　また鼻血が出てきてよ」

「向こうに行きゃある」ナタ男は吐き捨てた。

「向こうってどこだ」

「うるっせえんだよ！」いきなりキレ、ナタを振り上げる。「黙って歩けクソがぁ！」

「はいはい、はい」

ここは大人しく引き下がった方がいい。黙って歩く。

どこか人気のないところに連れていかれて撃ち殺されて、セシウム汚染土に埋められるという可能性は何パーセントくらいだろう。十八パーセントくらいか？　最初から殺すつもりなら、家に軟禁したりしない。さっさと殺すまでだ。

でも、町の偉い奴らが会議した結果、やっぱりこいつは殺そうという結論が出たと考えることもできる。それなら会議の間軟禁されたのも筋が通る。

おいマジかよ。ここまで来てバラされるのかよ。

「俺は、始末されんのか？」

答えてはもらえまいとわかっているが、つい訊いてしまう。

二人とも答えない。後ろの奴に訊こうとしたら「こっち向くんじゃねえ！」とナタの先で背中を小突かれた。

男として、ヤクザとして、実力派俳優として、ここは取り乱したくない。威厳を保っていたい。しかしそれは次第に困難となってくる。

俺は時間の流れから切り離されて、俺の魂は永遠に俗世をさまよい続ける。俺の魂はきっと天国にも地獄にもいけない。俺に安住の地はないのだ。ヤクザ俳優の世界だって安住の地とはいえなかった。

道で何人もの男たちとすれ違う。

道の真ん中で全裸の女を立ったままバックで犯している逞《たくま》しい刺青男と、それを見物しながら自分のものをしごいている健康サンダルと汚れた白いブリーフしか身につけていない二人の男に遭遇した時、もはや自分は完全に別世界にいるのだと確信した。

声を上げることもなく静かに犯されている女はわかりやすい豊胸アバズレで、憐《あわ》れみの感情などこれっぽっちもわかなかった。

さんざ殴られて変形した顔は……。

「未奈《みな》？」

なんということか、結城の事務所と業務提携しているセクシータレント系事務所の畠末《はた》奈だった。

二年前に六本木で開かれた事務所親睦《しんぼく》パーティーで会って速攻で口説き、そのひと月後新橋のホテルに呼びつけて二時間ほどひたすらイラマチオさせた女だ。あの時は数種類の違法薬の力を借りてようやく勃起《ぼっき》させることができた。

未奈が顔を上げ、結城を見た。視線がぶつかった瞬間、すべてがはっきりした。だが、未奈は顔をそらせた。結城も立ち止まることはできないので歩き続ける。哀しいのを通り越して暗く滑稽《こっけい》な再会であった。

角を曲がると、おそらくこの辺りでもっとも大きな豪邸が現れた。

この家を捨てて逃げざるを得なかった家主はさぞ無念だったろう。

表札は外されていた。門を開けて中に入ると、左手に庭があり、子供用のブランコが風で小さく揺れていた。三輪車も転がっている。

隅には犬小屋もあり、「北斗《ほくと》」という表札が貼ってある。その北斗の姿はない。と思ったがよく見たら奥の方で白骨化していた。

重厚な玄関の前で止まり、ナタ男が命令した。

「脱げ」

命令が脳味噌《のうみそ》に到達するまで普段より時間がかかった。

「……脱ぐ?」

「さっさと脱げ、全部」

「全部？」

「十五秒で脱がなきゃナタで頭かち割る。いちっ」

ナタ男がカウントを始めた。

つまり、もはや自分は人間とみなされていないというわけだ。家畜なのだ。

「よんっ、ごぉっ……」

結城はシャツのボタンを引き千切って上半身裸になり、次いでズボンのボタンを外して足を引き抜く。踵《かかと》でつかえてあわてる。片足でひょこひょこ飛ぶ。

「じゅう！　じゅういちぃ！」

カウント十四で全裸になった。息切れしていた。

「両腕上げて腋《わき》の下見せろ」

命令された。大人しく従う。

「よし。じゃあ両脚開いて、ケツの穴見せろ」

やるしかなかった。野郎にケツ穴を見られるなんて中学生の修学旅行以来だ。

「尻を掴んで広げて前屈みになるんだよ、このカスっ！」

これは身体検査なのだとわかった。どんな小さな武器さえも持ち込めないようにしているのだ。

結城は言われた通りの体勢になり、己を晒《さら》した。ゴム手袋をはめた手で中まで調べられることを覚悟したが、幸いそれはなかった。

「よし」と男が言った。

それから大型犬用の首輪をはめられ、チェーンで繋がれ、結城は人間犬となった。

そしていよいよ邸内に通される。

靴箱の上に人間の頭蓋骨が飾られていた。頭の三カ所にドリルか錐《きり》で開けたと思しき穴があった。そして磨き方が雑なため、乾燥した皮膚の一部や腱《けん》の一部が貼りついたままであるため、ただのオブジェとして鑑賞するには心理的抵抗が大きい。

「四つん這いになって這ってけ」

ここでブチ切れて暴れて死んじまおうかと一瞬本気で考えた。このナタ男一人くらいは道連れにできるかもしれない。

だが、どうせ道連れにするなら支配者の野郎がいい。

これは撮影だ。撮影だと思え。屈辱的だがギャラの高いメジャーなホラー映画のワンシーンだと思え。

結城は静かに四つん這いになり、ひんやりとした木の床を這い、前の男について奥へ向かった。

一体どんなご大層なバカが「あがりの町」の支配者として君臨しているのか見届けたい。

よそ見せず目の前の床と交互に前に出る自分の手だけを見つめた。

どこからともなくお香の匂いがした。それともマリファナか、これは。そのミックスか？

前の男がドアの前で立ち止まり、四回短くノックした。

「ゆうしろを連れてきました」

ゆうしろ？　結城だバカ野郎！

「入れ」

ドアの向こうから不明瞭《ふめいりょう》な男の声がした。

男がドアノブを摑んでわずかに押し開け、後ろに下がると結城に言った。

「顔を上げろと言われるまで伏せとけ、いいな？」

「わかりました」

「行け！」

尻に踵蹴りをぶちこまれた。結城は額でドアを押し、部屋の中に入った。命令された通り、顔は伏せておく。

調理された肉の匂いが部屋にこもっていた。

結城の脳味噌の一部分は麻痺《まひ》していた。死滅していたと言ったほうがいいだろうか。そうでなければこの場で正気は保てない。

頭のてっぺん辺りに威圧感のある嫌な視線を感じた。

すぐに顔を上げろと言われるかと思ったが、なかなか言われない。

何かを咀嚼《そしゃく》する音が聞こえる。くっちゃくちゃ肉を食いながら俺を見下してやがるんだ。いつまで食ってやがる。俺に用があるんなら食い終えてから呼びやがれ。

「ふっ」

口の中の物を吐きだす音がして、また続く咀嚼音。

てめえの胃袋に俺様の拳骨ブチ込んで食ったもの全部逆流させてやろうか。

「顔をあげろ」

支配者が食いながら命令した。

結城は恐怖で歯が鳴らないよう、しっかりと噛《か》みしめて顔をあげた。いきなり顔は見ずに、下から徐々に視線を上げていく。

青い健康サンダルを履いた男が薄汚れた白いブリーフ一枚だけで、大きく脚を開いて座っていた。脛毛《すねげ》は濃く、縮れている。

臍《へそ》の周囲の毛も密集して黒い集落になっている。よく鍛えられた腹筋は売り出し営業中の若手俳優みたいに割れていた。

赤いマークが結城の目に飛び込んだ。

男は濃い胸毛を剃《そ》り落とし、二つの乳首の上に刃物で皮膚を傷つけて原子力マークを彫っていた。かさぶたがまだ新しく生々しい。

このマークの感想を求められないことを結城は切に願った。

部屋に入るまでは顔をすごく見たかったのに、すっかり気持ちが萎《な》えて今はむしろ見たくなかった。

だが、見ないわけにはいかない。

結城は男の顔を見た。スキンヘッドだ。

ここでまた原子力マークをみるとは思わなかった。男は顔にも強引に原子力マークを彫っていた。鼻や唇や眉骨などの凹凸をものともせず皮膚を切り裂き、大きな、どんなに遠くから見てもわかるアイデンティティーを確立していた。

原子力マークによって男から顔の年齢が消されていたが、およそ四十半ばから五十半ばであろうと思われた。

男の唇の薄い口が、草食動物みたいに左右に動いていた。口は肉の脂で光っていた。

原子力マークの座っている椅子の傍らには肉をよそったサラダボウルが置かれていて、匂いはそこから漂っていた。

男の目蓋《まぶた》は眼球をほぼ覆い尽くしているので目はほとんど一本の線であった。

結城は男の顔は見たが、目線は合わせなかった。

「お前、俳優なんだって?」

原子力マークの男が話しかけた。その声は顔より若い、というか幼かった。間違いなくこいつはまともな教育を受けてない。

「はい」結城は無難にそれだけ答えた。

「なんだっけ、名前」また質問される。

「結城朔太郎です」

「お前ホモ？」

無邪気な感じで訊かれた。

こいつには、今自分が他人の命を握っているという実感など全然ないだろう。きっとそれがもう当たり前になっているのだ。

「いえ、違います」結城は否定した。

「ウソついたらぶら下がってる粗チン切り落とすぞ」

男は言い、それから「ふにゃっ」と笑った。そんな笑い方をする人間に初めて出会った。

誰が粗チンだ。小さくて見せられねえから薄汚えブリーフで隠してるくせに。

「ウソじゃありません」

精一杯誠実に聞こえる声で結城は言った。

「お前が殺した男はなんだよ」

殺した？　竜三、死んだのか？　あいつ……。

「あ……はい……あの……」

死んじまったのかあのバカ……殺人犯かよ、俺は。

どうも実感に乏しい、というか実感がない。死んだ瞬間を見てないからなのか。それとも死んだ竜三が、実は自分にとってどうでもいい人間だからなのか。

俺は撃ったけど殺そうと思ってたわけじゃない。カッとなって撃っちまっただけだ。

あ、そうだ。質問されたんだ。

「あの、私の弟分といいますか……後輩の俳優です」結城は答えた。

「俳優でした、だろ」男が訂正する。

「俳優、でした」結城は言い直した。

あいつ、俺のことを呪《のろ》いながら死んだんだろうな。もしかしたら奴の霊魂がこの部屋で俺のことをじっと見つめているかもしれない。

悪かった。結城は初めてそう思った。殺したという実感は相変わらず湧《わ》いてこないが、罪の意識は多少感じた。

ついカッとなっちまって悪かったよ、竜三。俺ってバカなんだよ、直らねえんだよ、このバカは。だから俺にとりついたりしないでくれ。でも、お前だって悪かったんだぞ。俺の頼みをキッパリ断る勇気がなかったからこんなことに巻き込まれたんだぞ。お前がしっかりしてなかったから……。

「トランクに入れてた女はなんだ」原子力マークの男がまた訊く。

「あれは、女優です」

結城は答え、つけ加えた。

「といっても、全然有名じゃありません。大した作品には出てませんし、しかも端役です。一度共演しましたが、演技は下手で、根本的にセンスがなかったです。周囲への気遣いも足りず、時間巻いてるのにセリフを嚙みまくって十回以上もNGを出しました」

いったん希美香の悪口を話し出すと、結城は止まらなくなった。

「そんな三流どころか五流のくせに現場を離れると自分がセレブであるかのような言動で他人を不愉快にする実にくだらない虚栄心ばかりぶくぶく肥えた空っぽな女でした。私はあれを女優とは認めていませんでした。いまでも認めていません。あいつはただの虚ろな自称女優です」

「どうしてここに連れてきた」

「それは……」

口が渇いてきた。唾を飲み下して続ける。

「あいつに社会の厳しさを教えようと思っていました。あいつは私に多大な恩を受けておきながら私から逃げ出し、隠れたんです。それで私は、他人から受けた恩を返さない人間がどうなるかをあいつに体で教え込むつもりでしたが、なりゆきで……」

そこから先は言うのがためらわれたが、うまい作り話ができるほど今は頭が回っていない。

「……警察に追われまして……」

警察と聞いて男の表情に変化があらわれるかと思ったが、まったくそんなことなかった。変化は皆無だった。

「それで、ここまで逃げてきました」

「まだ済んでないわけか」男が言う。

結城は男の言ったこととの意味がわからなかった。だが少し考えて（他人から受けた恩を返さない人間がどうなるか体で教える）がまだ済んでいないという意味だと悟った。

「はい、済んでおりません」結城は答えた。

「心残りか」

そう訊かれ、返答に迷った。

「はい」と答えても、「いいえ」と答えても、その答えによって自分の身にふりかかることがまったく予想できない。ならば正直に答えるべきかもしれない。

「ええと……はい」

「おい」

原子力マークの男はナタ男を指一本で呼びよせ、ナタ男の耳に何か囁《ささや》いた。ナタ男が頷《うなず》く。

絶対俺に関することだ。俺をどうするか指示したんだ。なのに俺に内緒にしやがる。俺の命にかかわることなのに俺に教えない。

俺をどうするんだ？　どうするつもりなんだ！

ナタ男が静かにドアまで後ずさる。

原子力マークの男が右手を伸ばし、ボウルの中から肉をひと塊取り、結城の顔の前に放った。

肉は生焼けで、ところどころ赤い。何の肉でどこの部分なのか全然わからない。牛のようにも見えるが……豚かもしれない。さすがに人肉ではないと思うが……。

「持って帰れ」原子力マークの男が命令した。

結城はそっと手を伸ばし、肉を手に取った。少しだけ暖かい。すぐに冷たく固くなるだろうが。

「ありがとう、ございます」結城は礼を言い、頭を下げた。

肉をくれたってことはとりあえず今すぐ殺されることはないと考えていいんだろう。すぐ殺す奴に飯は与えない。

「ありがとうございます」

もう一度礼を言った。今度は今日殺さないでいてくれることに対してである。

原子力マークの男は左足をひょいと上げてドアを指した。退出しろという意味らしかった。

鎖が後ろからぐいっと引っ張られた。

さきほどの民家に戻され、また一人になった。

寒い。真っ暗な部屋のソファの上で膝を抱えて縮こまる。

手にはもらった肉がある。肉汁と脂身で手がぬるぬるしている。鼻を近づけてくんくん匂いを嗅《か》ぐ。腐ってはいない。食べられるかもしれない。その気になればの話だが。とにかく、牛肉ではなさそうだ。

今日は殺されなかった。でも明日は？　多分、考えても無駄だろう。考えたら恐ろしくて発狂しそうだ。

耳を澄ませると外で発電機のモーター音が聞こえる。それに混じって男たちが談笑している声も微かに聞こえた。

俺は、あっちの方、談笑する側には入れてもらえないのか？　入れてもらえない理由はなんだ？　俺がしょぼいから？　まさか、俺はしょぼくない。俺が危険人物だから？　冗談じゃない、俺より千倍以上狂ってて危険な野郎が野放しになってるじゃないか。

じゃあなぜだ……新入りだから？　新入りはみんな、最初はこっぴどくいじめられて死ぬほど怖い思いをするというしきたりなのか？　そういった通過儀礼を経ないと「あがりの町」の住民になれないのか？　もしそうなら、なんとか我慢できるかもしれない。他の奴が耐えられたのに、俺が耐えられないわけない。

その考えは他のいくつもの恐ろしい考えよりかなりましだった。今は少しでもましな想像にすがりつきたい。

あの原子力マークも、明日になればもう少し態度が軟化するかもしれない。相変わらずだったとしても何か希望が持てる展開があるかもしれない。ないかもしれないが。いや、あると信じよう。でないと暗闇で発狂してしまう。

暗くて怖くてさびしくて、喉《のど》がひくひくと痙攣《けいれん》した。

二度と戻れない世界が、とてつもなく愛おしく思えた。東京には、光があり、少なくとも仕事があり、自分を慕ってくる人間もまだ少しはいる。

今頃どこかで誰かが俺の出演したヤクザ映画を観ているかもしれない。そして忘れかけていた男気に再び火をともしているかもしれない。

「ひぐっ」嗚咽《おえつ》が洩《も》れた。

結城は口を掌で覆い、耐えた。ドアの外か、窓の外で見張りが聞き耳を立てているかもしれない。そんな気がしたのだ。

「ひぐぅっ！」

目に涙がじわりと滲《にじ》み、眼球の奥が痛かった。鼻の中がまたぬるっとした。

ぎくりとして鼻の中に指を入れて感触を確かめる。

よかった、血じゃない。ただの鼻水だ。だって俺は、泣いてるから！　泣いてるから鼻水が出るんだ。

「ひっ……ひん……ひん……」

結城は体を小刻みに痙攣させ、五歳の子供のように泣いた。そして糊《のり》でくっつけて増量した眉毛も全部こぼれ落ちた。

◆

ハマーを放射能汚染地帯サヴァイバル仕様にしている間も、間中たちは休んでいたわけではない。現地の情報収集と武器やさまざまな装備品の調達に奔走した。

今は江東区の倉庫街に去年できた大型軍用品店にリムジンで向かっている。モールのようにいくつかの店舗が集まっていて、そこにいけば今回の任務で必要なものがほぼ揃《そろ》うと思われる。

一方、警視正と矢島は都心のホテルでしっかり休んでいる。

「マシンガンの調達は無理そうだ」

電話を切った助手席の塚本が胃の痛そうな顔で間中に言った。

「こだわるのよしましょうよ。塚本さんて武器マニアなんですか?」

「そんなことない。でもマシンガン持ってりゃ誰も手出ししようなんて思わないだろ」

塚本は言い、いきなり車内でグロックを抜いた。そしてあらためてしげしげと見入る。

「トイガンショップで、本物のカスタムパーツをたくさん売ってる。大人買いしてチューンナップしよう」

「やっぱりマニアじゃないですか。それより『あがりの町』に関する情報はどうなってます?」

「知り合いの暴対デカがヤクザに聞きまわってるよ。ある程度確かな情報がまとまったら、教えてくれる。もう少し時間がかかるだろう。しかしいいもんだな」

「なにが?」

「他人の金で思い切りショッピングができる」

「税金ですよ」間中は一応、確認のため言った。

「警視正のポケットマネーだろ?」

「警視正のポケットマネーは警視正の給料から出ていて、それは税金から警視正に支払われてるんです」

「つまり最終的には個人の金だろ?」

間中は議論するのも馬鹿馬鹿しいのでそれ以上言うのは止した。

「これって、本物のグロックに装着できるのか？」

「ええ勿論」店員は自慢げに答えた。「アメリカで売られている、実物用のパーツですから」

それは銃のフレームにネジで固定するＬＥＤライトであった。

「これなら暗いところでもずっと両手で銃を持っていられる」塚本が言った。

間中は想像してみた。夜、街灯もない場所で、敵がどこに潜んでいるかわからないがいることは確かで、そいつらは手製の武器を持って殺る気まんまんである。そんな極度に緊張した状況において、右手に拳銃、左手にライトというのはいただけない。拳銃とは基本的に両手で保持するものだ。緊迫した状況であればあるほど。

「これを二つくれ」間中は言った。

「支払い頼む、俺は向こうの店を見てる」

肩をぽんと叩き、塚本は離れていった。

次の店にはあらゆる用途の軍服があらゆるサイズ揃っていた。店内はちょっとした迷路だ。

レインコートを買っておいた方がいいかもしれない。「あがりの町」に乗り込んだら雨に降られるという事態は大いに考えられる。

塚本が、チェコ軍の黒いラバーレインコートが気にいったらしい。

「間中、着てみろ」

塚本がハンガーから一着外して間中の背中に強引に覆いかぶせた。仕方なく袖《そで》に腕を通して着用する。

「暑いよ」

「店の中だからだ。ちょと両手を動かしてみろよ」

間中は両手を前後に動かしてみる。

「もっと大きく。振りまわしてみろ」

「恥ずかしいよ。他の客がいるのに」

「俺たちの命がかかってるんだぞ！」

「なら自分でやればいいでしょ」

「ホルスターから拳銃を抜く動作をしてみろ」

「やです」

「前を開けてホルスターの位置に手を当てるだけでいい」

間中はため息をつき、両手をだらりとたらした状態からコートの裾《すそ》を左で払い、右手を内側に差しいれた。

「どうだ？　動きやすいか」

塚本が訊く。物凄《ものすご》く真剣な目に、間中は気圧された。

「まぁまぁ。問題ない」

ナイフが陳列されたケースの前で塚本が訊いた。

「間中、お前ナイフで戦ったことあるか？」

「あるわけないでしょ」

「まずいな。俺が教えてやる。俺の自己流だがな」

「塚本さん、あるんですか」

「何度もある。初めてナイフでやりあったのは中二で相手は隣町のいっこ上の野郎だった。いろいろトラブルが重なって、最終的にタイマンになったんだが、俺は腕と脚と背中と尻とわき腹を刺されて病院に担ぎ込まれた。だがな、首と目だけは最後まで守り通した」

誇らしげに語る塚本に間中はかける言葉などなかった。

「対する俺は、奴の出っ腹を一度掠《かす》っただけ。完全に遊ばれたよ。いつかもう一度勝負してやると心に誓ったんだが、そいつ盗難バイクでトラックに潰されて死んじまった。二人目は……」

「興味深い話ですけど、買い物を急ぎましょう」

間中は話を遮り、急かした。

「そうだな、続きは道中話してやる」

(いえ、結構です)とは言えなかった。


購入した物をリムジンに詰め込んでいる時、塚本のiフォンが鳴った。

「あ、知り合いのデカだ。何か情報を摑んだんだ。荷物を頼む」

塚本はリムジンから離れて建物の中へ入っていった。

間中はむっとして荷物を後部席に積み込んでいく。トランクは既に満杯なのだ。

「四人用テントなんか絶対必要ないよな。ピクニックじゃないんだから」

不満を口に出してポールを車内に放り込む。

放射能汚染地帯での滞在時間は少なければ少ないほどいい。野営なんか真っ平だ。しかし、いざ行ってみなければ何が起きるか、そして何が必要になるかわからない。万全の備えは必要だ。

はっきり言って、行きたくない。果たして生きて帰ってこられるのか。生還できたとしても、元の自分でいられるのか。自分の中の何かが根本的に変質してしまわないのか。考えると憂鬱《ゆううつ》になってくる。

わざとゆっくりやったものの、結局十五分ほどで荷物を積み終えてしまい、間中は運転席で缶コーヒーを飲んで塚本を待った。

十五分もかかるほどたくさんの情報が得られたんだろうか。それとも俺が一人で荷物を積み終えるまでどこかで缶コーヒーでも飲んで時間を潰しているのか？　もしそうだとしたら……。

「許せない」

電話してみよう。ｉフォンを取り出したところで、塚本が建物から出てきた。顔が強張っているように見えた。

助手席に乗りこむなり塚本は言った。

「悪いな、待たせて」

声が少し暗い。

「なにかわかりました？」

「あぁ。警視正たちの泊まっているホテルに行こう。そこで話すよ」

「今、とりあえず俺に話すのは？」

「まとめて全員に話す方がいい。行こう」

間中は仕方なく発進した。

塚本は上着からメモ帳とボールペンを取り出し、何やら書き始めた。

◆

警視正の泊まっているホテルのエグゼクティヴルームに全員が集まった。

矢島は私服の上に白いガウン、警視正はパジャマの上に黒のガウンを羽織って真っ白なタオル地のスリッパを履いている。

そのどこまでもリラックスした雰囲気が間中はやや癪《しゃく》に障った。

「〃あがりの町〃に関して何かわかったか、塚本よ」

警視正に促され、塚本は上着からメモ帳を取り出して開いた。

「ええ、こっちが思っている以上にヤクザは実情を摑んでいます、あの町に関して」

「ほお」

「実を言うと、ヤクザの世界でも我々と同じように、あの町に逃げ込んだ奴を追いかけて行った奴らがいました。先月の頭くらいです。わりとインテリ系の業平《なりひら》組の小倉《おぐら》っていう若頭補佐をしている男の三号だか四号の女が、若くて顔だけはいい三島《みしま》っていうチンピラに孕《はら》まされて、三島はけじめつけさせられるのを恐れて福島の原発近くの町へ逃げたそうです。それを組の若い奴ら四人が連れ戻しに行ったそうです。四トントラックに乗って」

「で、場所わかったんですか？」間中は訊いた。

「その連れ戻し部隊が最後に若頭補佐に連絡を入れたのは、出発して三日目、双熊町の四キロほど手前で、そいつらも一応線量計を持って行ったんですが、電話している間ピーピー鳴りっぱなしだったそうです」

どうも塚本の顔色が良くない。間中は気になっていた。

「その最後の連絡で、部隊の一人が小倉に妙なことを言ったそうです。（人なのか牛なのかよくわからないでかいものが、道路脇に串刺《くしざ》しになってる）と」

部屋がしんと静まり返った。

数秒の沈黙を破ったのは警視正であった。

「牛なら白と黒だろう。角もある。よくわからないなどということはないはずだ」

「頭がなくて、全身の皮を剝《は》がれていたんです」塚本は言った。「それに、まじまじ直視する勇気がなかったんでしょう。連れ戻し部隊の連中は、それをサインだと受け取りました」

「サイン」

「ええ、〝ここから先に入ってくる奴は覚悟しろ〟というサインです」

「それ、もう日本じゃないよ」

矢島が言った。間中も同感だった。

「結局、連中はその串刺しのオブジェを通過してさらに奥に向かい、それきりだそうです」

「連絡なし？」

矢島の不安げな言葉に、塚本が頷いた。

「ミイラ取りがミイラ？」

間中の言葉に塚本はさらに険しい顔になった。

「ミイラ取りが串刺しオブジェだとしても俺は驚かないね。とにかくそれからはどんなに小倉が電話をかけたり、メールを送っても連れ戻し部隊の誰からも返信はなし。第二次連れ戻し部隊を送ることも考えたが、周囲の助言でやめたそう……」

ドアベルが鳴り、間中たちは緊張した。

「ルームサーヴィスがきた。間中、出てくれ」警視正が言った。

「はい」

間中は立ち上がり、相手を確認してからドアを開けた。きっちりと七三に分かれたカツラのような頭の給仕がワゴンを押して静かに入ってきた。

「ご苦労」

警視正は給仕にチップを五千円もくれてやり、さがらせた。

「みんなで飯を食おう」

サンドイッチが配られた。ローストビーフとサーモン&アボカドであった。さきほどの(人なのか牛なのか……)が思い出され、間中はビーフに手をつけなかった。もっと健やかで楽しい状況であれば食いたかった。

矢島と塚本はさっそくビーフサンドから食べ始めた。この辺の神経の太さというか雑さが二人は似ている。

「話が途中だったな、塚本」警視正が促した。

「結局、小倉は第二次連れ戻し部隊を送り込むことはやめ、孕んだ女三号だか四号も捨ててすっかり忘れたそうなんですが、ある日連れ戻し部隊の一人の法田《のりた》という男から突然メールがきたそうです。しかも知らないケータイアドレスから明け方に。そのメッセージの文面は正確ではないんですが、暴対のデカが又聞きしたところでは……」

塚本はメモ帳のページをめくった。

「（小倉さん、法田です。助けてください。ここは独裁国家です。数百人います。女もたくさんいます。連れの吉井《よしい》は殺されました。あとの二人はわかりません。俺はガレージの中で、素っ裸で死体のバラしをやらされています。放射能で鼻血や下痢が止まりません。お願いです、すぐに助けてください。あと何日生きられるかわかりません。次いつメールできるかもわかりません、メールもこれが最後かもしれません）」塚本は言葉を切った。

矢島は口の中のビーフサンドを飲み下すのも忘れている。

「……以上か？」警視正が訊く。

「ええ」

「メッセージが発信された場所は特定できなかったのか」

「無理でした。普通のケータイからの発信なので」

「で、二度目のメールはきたんですか？」

間中の問いに塚本はいっそう顔をこわばらせた。

「きたんですね？」

塚本は、間中の顔をまっすぐ見て答えた。「きた」

「好ましいメールではなかったようだな」

警視正が言う。塚本が警視正に向き直って言う。

「写真が二枚添付されていたそうです。二枚ともどこかの家の台所で撮られた写真で、一枚目はガスコンロの上に乗せられた法田の……生首でした」

間中は周囲の世界がすーっと遠ざかっていくような錯覚に囚われた。

「で、二枚目は」

「ごめんなさい、ちょっと待ってください」

矢島が遮り、深呼吸を二回した。そして言う。

「オーケー。で、二枚目は？」

「コンロでたっぷりと炙《あぶ》られた、同じ生首だった」

間中は額がじいんと痺《しび》れてきた。

「俺も深呼吸する」

鼻からたっぷり息を吸い込み、ゆっくりと吐きだした。

「なかなか、突きぬけているな」

警視正はいつもと変わらぬ口調でコメントした。

「小倉宛《あて》にメッセージもあったそうです」塚本が付け加える。

「それは是非とも聞かねば」

「じゃあ、これも又聞きの文なんですが、読みます。(ハロー小倉っち、オイラこんがり焼けてこんなにいい男になっちったい。ここは放射能さんさん降り注ぐ人類最後の楽園さ。みんな楽しくフルチンフルマンで暮らしてるよ、小倉っちもヤクザ稼業に疲れたら癒されにおいで〜)……以上です」

「その写真は手に入らないのか。生首の」

「小倉の奴、速攻で削除したそうです」

そりゃそうだろうと間中は思った。

警視正は長い人差指を顎《あご》の下に当てて何事か考えていたが、突然口を開いた。

「そろそろ車が仕上がった頃ではないか?」

間中は腕時計に目をやった。

「そうですね。しかし……」

「どうした間中」

「本当に行くんですね? あの町に」

警視正の目を頑張って直視し、間中は確認した。

「恐るべき人権侵害が行われている、狂人が支配している独裁国家ですよ」

「虎穴に入らずば虎子を得ずだ、間中よ。それに独裁国家というが意外に今の日本全体よりも民主主義がまともに機能しているかもしれん」

「もう決めたんだ、行こうぜ」

塚本がサーモンサンドをほおばりつつ言った。そして呟く。

「ハリーの奴がサイレンサーを忘れてなきゃいいが……」

◆

「うわぁっ、すごっ！」

ガレージに入ってハマーを見た矢島が歓声を上げた。

間中も圧倒された。ここに来るまでの憂鬱な気分が、カスタマイズされたハマーを見た瞬間、後ろに飛び去って行った。

くすんだ緑主体の迷彩が施されたハマーは、車というより生き物に見えた。

間中はなぜだか生まれて初めて上野動物園でサイを見た時のことを思い出した。あのサイはライオンよりも大きく重たく、そして速く見えた。実際はぼおっとしているだけだったが、それでもそう思えたのだ。あいつは生き物の大きさの尺度を壊してくれた。

「はっはっは」塚本が笑いだした。「やったなぁ、おい」

まさにこのまま空輸機に積まれてイラクかアフガニスタンに送りこまれてもおかしくな

いウルトラヘビーデューティーな仕様に変身していた。着手前にハリー自身が口にしていた改造がすべて、きっちりと実現している。暴徒がボンネットに飛び乗れないための、おろし金のような表面加工に至るまで。

実際、あそこに手をついたら間違いなく掌が削り取られるだろう。

これなら生還できるかもしれない。むやみにこの車から離れなければ。こいつに乗っている間は何があっても死なないだろうとさえ思えた。

「天才だね、この仕事ぶり」

ハマーの周囲を歩きながら矢島が言う。

矢島が他人をそんなふうに称賛するなんて、間中には驚きだった。絶対に他人をほめない女だと思っていたのに、違った。

「しかも仕事早いし。尊敬しちゃうよ」

尊敬もできるのか。

「他に取り柄もないが、これだけは命賭けてるんでな」

ハリーは静かに言ったが、間中には照れを必死に隠しているように見えた。

「そうだ、はじめに言っておく。これだけは絶対に忘れんなよ」ハリーが宣言した。「給油する時、タンクのキャップを外すには安全装置を解除しなけりゃいけないようにした。ガソリン泥棒防止措置ってやつだ」

「どんなしかけなんだ？」塚本が期待をこめた目で訊いた。

「なぁに、金属キャップの内側にクソ強いばね仕掛けの刃が三枚仕込んであってよ、キャップの側面についてる小さな突起を指先で押して安全装置を解除すりゃいいんだが、それをしないで外そうとすると、その刃がウイング状に飛び出して、指をスパッ！　て切り落とすってわけだ」

「そりゃいいな、最高だ」

塚本は誰かがそれで指を落とすことを本気で期待しているように見えた。

間中はこのまま一時間くらいコーヒーを飲みながらあらゆる角度から鑑賞してもいいくらいの気分だった。

そしてこれを運転するのは自分なのだ。公道に出た時にドライバーたちが感じる威圧感は並大抵ではないだろう。羨望《せんぼう》のまなざしを送る者だってきっといる。

これは下手すると命を落としかねない危険な仕事に就く者だけが動かせる、選ばれたマシンだ。そう考えると優越感を感じた。

塚本が運転席に、矢島は助手席に乗り込む。

間中は警視正の感想が気になった。警視正はさきほどからガレージの一番奥のコーナーに立って、微動だにしていない。

間中は静かに警視正に歩み寄り、顔色をうかがった。わからない。気に入っているのか、そうでないのか。

いつものことだが、視線を送っても何も反応がない。

「あの、星乃神さま」

間中はそっと呼びかけた。反応がない。魂がどこか別の場所に行っているのか。

「いかがでございましょう、車の仕上がりは」

「うむ」

それだけ言ってまた黙る。（うむ）だけか、と思った時、警視正がまた口を開いた。

「今を生きる子供たちが、将来あのような車に、ただレクリエーションのために乗れるように、この国は生まれ変わらなくてはならない」

予想のはるか先を行った警視正の言葉に、間中は立ちつくす他なかった。

「形や色の好みはあれど、職人が奇をてらうことなくクライアントに媚《こび》を売ることもなく、正直に、丹精込めて作った物が私は好きだ」

「……はぁ」

「あれはいい」警視正はそう言ってハマーを指差した。「特に、ヘッドライトを防護する鉄格子が、もろに台所用品の流用であるところが良い。あれはステンレススティールだ」

「そこですか」

「冗談だ」

「矢島、運転席座っていいぞ」

「マジ？　やった」

塚本は車から飛び降り、ハリーに声をかけた。

「なぁ、ついでに頼んだあれだが……」

「サイレンサーだろ？」ハリーが言った。「忘れたと思ってたのか？」

ハリーが口元を歪《ゆが》めた。どうやらにやけたらしい。

「できてるのか？」

「俺はガンの職人じゃないんで車ほどは期待できねえけど、一応作ったぜ。見るか？」

「是非見せてくれ、試し撃ちもしないとな」

「じゃ、オフィスに来な」

「オフィスなんてあったのか？」


「矢島、ちょっと降りてくれ、俺と警視正が乗る」

間中は声をかけ、警視正のために後部席のドアを開けた。不満げな顔で降りた矢島に「悪く思うな」と声をかけるが無視された。

間中もハマーの運転席に乗り込み、まずシートベルトが胸の前で止める四点式のものに変更されているのに気づいた。

　レースをやるわけではないが、やむを得ずそれに近い状況になったり、オフロードで走行することはなきにしもあらずというか充分考えられるので、交換は妥当と思えた。

「間中よ」

　警視正が後部席から呼んだ。

　振り向くと、シートベルトを装着した警視正が不満げな顔をしていた。

「これではまるでＳＭプレイではないか」

「安全を最優先した結果ですよ」間中は言った。

「乳房の大きな女がこれを装着したら視覚的にまずいではないか」

　間中は苦笑した。

「矢島は小さいですよ」

「見たのか？」

「いや、見てはいないですけど。え？」

　間中はある可能性に思い当たり、戦慄《せんりつ》した。

「もしかして、警視正は見たんですか？　矢島の……」

「見てるわけなかろう」

　警視正の冷めた言葉に間中は安堵《あんど》した。

「そうですよね、すみません。おかしな想像してしまい……」

視線を感じたので外を見ると矢島がこっちをじっと見ていた。

間中はごまかし笑顔を作って軽く手を振った。

矢島は返さなかった。

奥から塚本とハリーが出てきた。塚本の目がやたらときらきらしていたので間中は不安になった。

塚本は手に持ったグロックを間中に向けて掲げた。大きくて不格好な筒が装着されている。

間中はシートベルトを外して車から降り、言った。

「それ……」

「サイレンサーだ」塚本は自慢げに言った。「今から試し撃ちする」

「ここで?」

「勿論」

「あそこに立てかけてあるソファなら撃っていいぜ」

ハリーが言って指差した。ガレージの隅の薄暗いところに、ところどころ破れた合皮張りの二人がけソファが立てかけてあった。

「こないだ朝早く起きて公園に不法投棄したらよ、昼過ぎに町内会のおやじが三人で担いで持ってきてよ。あいつら監視してやがったんだ」忌々しげに言う。「あれ、屋根に積んで原発の近くに捨ててきてくんねえか？」

「断る」塚本は即座に答えた。

「冗談だ」

ハリーが口元を歪め、黄色い歯を見せた。

塚本はひょいとグロックを持ち上げてソファに向けた。

「撃つの？」

間中の心拍数が急に上がった。

「二、三発な」

塚本は答え、両手で保持すると引き金を引いた。

綺麗《きれい》に決まった張り手のような音がガレージに反響した。

おどろいた。まさかここまで効果があるとは。勿論、密閉された空間で間近で聞けばかなり大きいし、耳を刺す。しかし、それがない時とは比べものにならない。

「おい、すごいじゃないかよ、これ」

塚本自身も驚いている。

ハリーは黙ったまま、肩をすくめた。

塚本はもう一度ソファを狙う。その射撃姿勢は間中よりも銃を顔の方にやや引きつけたものである。間中はできるだけ顔から銃を離すが、塚本は逆だ。肘《ひじ》に余裕を持たせた方が反動を吸収させやすいからだろう。

また、爪の先が白くなるほどグリップを強く握りこんでいる。

間中はむしろ軽く握って引き金に神経を集中させる。だから発射した瞬間、手の中で銃が躍るように跳ね上がる。

張り手のような銃声が二度、続けざまに響いた。薬莢《やっきょう》のひとつが、間中の足元に転がってきた。

「気にいった」

銃を下ろし、塚本はハリーに言った。

「ねえ、あたしにも撃たせて」

矢島が塚本に近づいて言った。

「お前は一般人だろ」

間中は言ったが、塚本が「ほら」とあっさり矢島に銃を渡してしまった。

「へっ」

矢島は意味不明な笑いを漏らして、拳銃でソファを狙った。

顔を傾けて腕の付け根に枕のように乗せる。一時期、間中もそうしていたが、なんとなくなじめないのでやめた。

体のどこも緊張しているようには見えず、反動を全身で受け流すような姿勢だった。矢島は六発も撃った。初めの二発をゆっくり、あとの四発は二秒ほどで撃った。着弾点がほぼ十センチの円内にまとまっていることに間中は驚いた。並はずれた視力が貢献していることは間違いない。

「お前けっこうやるなぁ」

塚本が誉めた。間中は何も言わなかった。

「急いで出発だ」

いつの間にか真後ろに立っていた警視正に言われ、間中の心臓はまた飛び上がった。

「死地に乗り込むぞ」

◆

一睡もできず震えている内にいつのまにか朝になり、放射能などまるで関係ないとばかりに鳥たちがさえずり始めた。鳥は飛べる。そのことがこれほど羨ましく思えたことはなかった。

延々と交互に訪れる発狂寸前の恐怖とそれより少しましな小康状態の、小康状態の方に戻りかけた矢先にドアが蹴り開けられ、ナタ男と初めて見る若造が踏みこんできた。

「仕事だっ」

ナタ男が言い、もう一人が結城に犬の首輪をはめた。そして思い切り引っ張られる。頼むからほっといてくれと思ったところでそうもいかない。外に連れ出された。今が何時なのかわからないが、太陽光がカッと目を焼いた。忌々しいほどの快晴である。

外には大勢の人間がいた。勿論、友人になりたいと思える奴などいない。異様に肌の露出度が高い。その内ヌーディスト村になりそうだ。

縄を持った男は結城の体調などまったく構わずぐいぐいひっぱる。急いでいるらしい。

「走れ！」

怒鳴られた。結城は足を引きずるようにして小走りになった。何をしに、どこへ行くというのか。まさか朝のジョギングではあるまい。すぐに息が上がる。頭が万力で締められているように痛みだす。

朝っぱらから放射能浴びながら全裸でジョギング。なんてすげえところにきちまったんだ、俺は。

そんなに首ひっぱるな！　倒れたらもう二度と起きれないかもしれないんだぞ、今の俺は。

それにしてもパンツがないと股間のものがぶらぶらして邪魔でしかたない。パンツを発明した奴は本当に偉い。

見通しのよい住宅街のなんとのんびりとして見えることか。全壊した家はないものの、外壁が大きくひび割れた家や、土台が沈んで傾いた家を何軒か見た。傾いたものの危うくバランスを保ってなんとかまだ立っている電柱もあった。

死ぬほどの恐怖に追いつめられ、おそらく着の身着のままでここを捨てて逃げだした普通の人々は、今どこでどうしているのか……。

角を曲がらされたところで、前方にある集団を発見した。

そして牛。

結城と同じように三人の男が、黒い牛を引っ張ったり押したりしていた。その少し後ろを、昨日出会った左右違う色の長靴を履いた片目白濁ハンターがぶらぶらとした足取りで歩いている。脱いだネルシャツを腰に巻きつけている。

牛は体の左側から血を流していた。三人の男が力を貸さなければ倒れてしまいそうだ。重心は左に傾き、男の一人が肩で牛を押し返してやっとバランスを取っている。その男の体は全身牛の血にまみれていた。

角に括りつけた縄を引っ張っている男は牛がやたらと頭を振るので難儀している。

ふいに首輪が外され、ナタ男が結城の尻をブーツの先で刺すように蹴った。

「手伝えっ」

結城はしかたなくよろよろと、牛と男たちに向かっていく。

目の前をところどころ毛の抜け落ちたブチ猫が横切る。

果たして自分はどこを支えたり、押したりすればいいのか。戸惑っていると、

「ケツ押せ、ケツ！」ハンターが怒鳴った。

結城は牛の尻に回り、尻を押し始めた。

牛のしっぽが、それ自体別の生き物のように激しく動き、結城の顔をぱしぱしと打つ。

ふいに牛の尻の割れ目からこの世のものとも思えない凄まじい臭いが放出されていて、
結城の鼻から入って脳をおかす。

結城は咳き込み、目を潤ませた。

一体何をやってんだ俺は、どんな世界に迷いこんじまったんだ。

牛がぐらっと傾いた。このまま倒れてしまいそうだ。

「ケツ押し！　左支えろ！」

ハンターに命令され、結城は牛の左側に移動して、肩で押し返す。撃たれた傷から漏れでる血でたちまち半身が血まみれになった。

結城の脳がじいんと痺れ、意識が遠くなりかけた。

なぜ牛をここで死なせてやらないんだ。

「ほら歩け、歩けぇ！」

ハンターはわめくだけで手を貸さない。

一緒に支えている丸剃《まるぞ》り頭の男の背中には、いびつな原子力マークが焼き印されていた。

もしかしたら俺もいずれ……。

牛の姿勢が安定してきた。

「おい俳優、もういい、ケツ押しに戻れ！」

ハンターは一応自分のことを覚えていたらしい。

結城は持ち場に戻り、また牛の尻を押す。

すると、目の前にある牛のまっ黒な尻の割れ目の奥が突然むりむりと盛り上がった。結城が目を見張ったその瞬間、ありえないほど大量の牛の糞がどばっと噴出して結城の胸と腹に飛び散った。顔にもへばりついた。

「ひいいい！」

糞にまみれた結城は細い悲鳴を上げて牛からとびのいた。

ハンターが猟銃の銃身で結城の頭をゴン！　と殴りつけた。手加減なしである。

「手ぇ離すなバカ野郎おっ！」

頭を押さえて振り返ると、銃口で顔を突かれた。

「押せ！　休むな！」

ハンターの指は引き金にかかっている。あと何グラムかの力で俺の首から上が吹き飛ぶ。

映画じゃない、現実だ。

結城は牛のケツに向き直り、再び押す。

まだ糞がひり出され、結城の足にぼたぼたと落ちる。結城は自分の胸元に吐いた。しかし牛を押すのはやめない。

俺は地獄に来たんだ。いまごろわかった。

サツの追跡を逃れて、最後に残された自由の地を求めてやってきた。普通の人間社会ではもうダメだとしても、ここならもう一度のし上がれるんじゃないかと思っていた。なにせやくざ映画界では知らぬ者のいない有名人だし、華があって喧嘩も強い。ハッタリも上手い。そんな自分なら歓迎されて充分いい思いができるんじゃないかと思っていた。

それがこのざまだ。畜生以下じゃねえか。

さきほどの角を曲がり、来たのとは違う方に向かう。その先に何があるというのか。そもそも牛をどうするんだ。バラして食うのか？　この糞牛がどれだけ放射能で汚れてるかわかってるのか？　それでも食うんだろうな、放射能なんか誰も気にしやしねえ、この町の奴らは。みんな頭がいっちまっている。とっくにメーターが振り切れてる。

突然、前方で野蛮な歓声が上がった。

結城は牛の尻で前が見えないので顔をずらして前方を見た。

公園があった。その公園におよそ二百人が集まっていた。半裸が七割、全裸が三割で、きちんと上下服を着ている者など一人もいなかった。まるで上下着るのが法律で禁止されているかのようだ。

奴らはこの糞牛を見て歓声を上げたのだ。あいつら、待ってやがったのか？

「おらもうひと息じゃあ！」

背後でハンターが叫び、次の瞬間結城の尻が何かでぶたれた。

ムチかと思ったら金属製の長い靴べらだった。どこに隠してやがったんだこいつ。

「押せええ！」

またぶたれた。俺だけをぶちやがる。

こいつを殺して猟銃を奪って頭吹っ飛ばしてやる。俺ならやれる。やれないわけない。

でもその後は？

結局、瞬間的な妄想に終わった。

牛が公園に入っていくと、ついこないだ直立二足歩行を覚えたかのような見事な猿顔の男が、手に持った二本の棒でドラム缶を打ち鳴らした。

雀たちが一斉に空へ飛び立った。結城もついていきたかった。

群衆が全員上目遣いになり、歯を剥いて低くうなりだした。

結城は恐怖で漏らしそうになった。いや、少量漏らした。もう正気をたもつのは無理だ。

そもそも、既に俺は狂ってしまってるんじゃないのか？

公園の中央には幹の太い大きな木があって、幹には原子力マークが彫られ、全裸の男が二人、両手両足を縛られて太い枝から吊るされていた。

二人とも頭と鼻と口から大量に出血し、正視に堪えぬほど血まみれだ。鞭《むち》で打たれた痣が数十もある。煙草を押しつけられた痕《あと》もたくさんついている。

その男たちが何者であるか、結城にはすぐわかった。

なぜなら二人の男の首には段ボール紙で作られたプレートが針金で吊るされてあり、プレートにはマジックで大きくこう書いてあったのだ。

原発推進テレビディレクター・はちやよしかず・41

これが結城から見て右側の男、左側の男は、

AD・にいみさとる・29

この二人捕まったのか。あとのスタッフはどうなった？　カメラマンや音声は？　とっくに嬲《なぶ》り殺されたのか？

ドラムが盛り上がる。

どうもこれから儀式めいたことが始まるらしいと結城には感じられた。儀式でもなんでも勝手にやってくれ、俺は自分が嬲り殺されなきゃなんだっていい。

「止まれ、牛はここだ！」

ハンターが命じ、結城たち奴隷は牛が動き出さないよう押さえつける。

この牛、どのくらい状況を把握できているんだろうか。牛だから把握なんてできるわけないか、いや、自分の命が残り少ないことくらいは感じているんじゃないのか、牛とはいえ。

「アトミックパーンク！」誰かが絶叫した。

「アトミックパンクーッ！」「アトミックパーンク！」「アトミックパンクううう！」

男どもも、縄で繋《つな》がれた女たちも口々に叫ぶ。

一緒に牛をここに連れてきた奴隷の男たちも絶叫する。

「てめえもだ！」

ハンターが靴べらで結城の顔を打った。唇が裂けて血が飛んだ。

てめえ、俳優の顔を！　この時ばかりは恐怖を忘れ、ハンターを睨《にら》んだ。だが、ハンターも結城の三倍くらい狂った目で睨みかえし、眼力で負けてしまった。

この俺が眼力で負けるなんて……。銃さえ持ってなければこんな奴なんかに……。

「呼ぶんだよ！」

ハンターが結城の口の中に靴べらをねじ込み、こじ開ける。

「アトミックパンク様を呼ぶんだよオラ！」

なんだよそれ、誰だよ。わからないが、きっと偉い人間なのだ。もしかして、昨日の乳首原子力マークか？　あいつがアトミックパンクなのか？

「アトミックパ〜ンク！」

普段の五分の一くらいしか声が出ない。ろくに食ってないし死ぬほど怖いのだから当たり前だ。

「アトミック、パンク〜」

そして、ついに奴が現れた。ドラムと叫び声のテンションが最高潮に達した。

アトミックパンクはやはり昨日の原子力マーク男だった。

どこかの家から剝《は》がした重厚なドアを流用してつくった平たい神輿《みこし》の上にパイプ椅子《いす》を据え、そこにふんぞりかえっていた。

神輿は四人の全裸奴隷によって担がれていた。

結城は、今この瞬間がテレビ中継されたら全世界が蒼白《そうはく》になるだろうと思った。だが誰も伝えない。この狂い過ぎた現実を、この町の人間以外誰も知ることはない。

案外そんなものなのかもしれない、ガザ地区の虐殺だって、ルワンダやウガンダの虐殺だって、報道されるのはそれが起こって死体があらかた片づけられた後だ。

全員が両手を高く上げ、上体を倒し、起こし、また倒す。それを繰り返す。崇拝のジェスチャーらしい。わかりやすい。

殴られたくないので結城は自主的に皆に倣《なら》った。

アトミックパンクは右手にハンディマイクを、左手に杖《つえ》を持っていた。その過剰に装飾された柄はどうやら動物の骨、もしかしたら人骨を、複雑に組み合わせたもののようだ。

アトミックパンクがその杖を水平に持ち上げ、左から右に動かすとドラムと群衆の野蛮な歓声がすーっと引いていった。

大した大物ぶりだ。あんなつまらない貫禄《かんろく》もない顔で。

俺もあの神輿に担がれたいと結城は思った。生来の激しい嫉妬《しっと》心と立場が上の人間に対する憎悪がそう思わせた。嫉妬と憎悪こそが芸能界を生き抜く原動力なのだ。

大体、なんでお前なんかが支配者なんだ？　お前にカリスマ性なんてないじゃないか。この町に一番乗りしたからか？　顔に似合わず指導力でもあるのか？　わからないことだらけだ。

ドア神輿の上でアトミックパンクが立ち上がった。

群衆がそれを目で追う。数人が鼻血を出しているが、拭《ぬぐ》おうともしない。あこがれと恐怖の混じった目で支配者を見つめている。

「お前たちに訊《き》く」

アトミックパンクがハンディマイクで呼びかけた。

役者の結城から見ると、声が全然通っていないし、悪い意味で芝居がかっていた。俺なら何百倍もうまくできるのに。ハンディマイクも使わずに地声で。

群衆は固唾《かたず》を飲んで次の言葉を待つ。

「お前たちが憎んでいるものはなんだ。警察か？」

うおおおお！

無数の声が上がった。

「借金取りか？」

またうおおお！　と叫び声が上がる。

つまりイエスということか。

「言いたいことが言えない社会か？」

うおおおおおお！

「一握りのエリートと呼ばれる虚ろな人間どもの利益のために真実が握りつぶされる、腐った日本社会か！」

うおおおおおおおおおおおおおおおお！

今度のはひときわ大きく長かった。地面さえも震えた。

「そのエリートどもから金を恵んでもらい、国民の目から真実を覆い隠すことにのみ懸命になる殺人マスゴミメディアか！」

うおおおおおおおおおおおおおおおおおお！

なるほど、そうきたか。

牛の後ろ脚を押さえつつ結城は納得した。

「あそこの木の枝に吊るされている、目の死んだ人間どもはなんだ！」

アトミックパンクが杖の先で差す。

「メディアだあああ！」「クソメディアだあああ！」「マスゴミだあっ！」「テレビ屋

だーっ！」「人殺しメディアだああっ」

目が死んでることに関してはお前らも同じだろと結城は思ったが一緒になって叫んだ。

「メディアのクソ犬だああ！」

アトミックパンクが（静まれ）というゼスチャーをすると、一瞬で怒声が消えた。

たっぷりと間を取ってから、次にアトミックパンクは言い放った。

「奴らは畜生に劣る！」

また群衆が一斉に吠《ほ》えた。耳を聾《ろう》せんばかりだ。

「奴らは畜生以下だっ！」

もう一度言う。群衆がそれを繰り返す。

「畜生以下だああ！」「メディアは畜生以下だああ！」

「ひくひょ～いらわあああ！」

呂律の回らぬ者もいた。そいつは左右の目の焦点も合っておらずしかも真性包茎だった。

「怒れる者どもよ、畜生以下の殺人メディアを畜生に突っ込め！」

アトミックパンクのその言葉で、なぜ自分たちが苦労してこの牛をここまで引っ張ってきたのかわかった。

「メディアの糞《くそ》人間を、畜生が糞を出す穴に突っ込むのだ！」

それは結城がこれまでの映画人生で聞いたもっとも下品なセリフを軽く飛び超えていた。

群衆の喜びようといったら、これからまさに町へ繰り出て独裁者の巨大石像を破壊せんとするいじめ抜かれた国民のようであった。

吊るされていたはちやとにいみが木の枝から外され、牛の方へと連れて行かれる。

群衆は牛をぐるっと取り囲むようにして人間の壁を作った。こうなったらもう絶対逃げられない。

「やめてくれえええ！」

「いやだ、いやだぁっ！」

二人のテレビ屋が身をよじって叫ぶ。はちやは蒼白、にいみは真っ赤と対照的だ。二人が嫌がるほど群衆は興奮する。

二人とも数人がかりで担ぎあげられた。二人とも股間《こかん》のものはほとんど見えないくらいに縮こまっている。

「おい、牛をしっかり押さえとけ！」

ナタを持った男が結城たちに向け怒鳴った。

「おい、お前とお前！」

結城ともう一人の奴隷が呼ばれた。

「ケツの穴おっ広げて持ってろ！」

命令されれば嫌ですとは言えない。

結城は後ろ脚から手を離し、牛の尻の右側に立って、肛門を広げる。逆側の尻をもう一人の奴隷が広げる。

せめて嗅覚《きゅうかく》を遮断したい。できれば聴覚も。

鳥になりたい。飛んで逃げたい。

メディアの二人が丸太のように抱えられ、まず年嵩《としかさ》のはちやが頭を牛の尻に向けられた。

「やめて、いやだ、やめてぇ！」

はちやの悲鳴は女のようだった。

「電力会社から汚れた金をもらって国民を被曝《ひばく》させ続けるメディアどもは、畜生の糞に被曝するがよい！」

アトミックパンクがまたも芝居がかった声で言う。

狂った群衆がさらにヒステリックになる。ビジュアル系バンドのライブみたいに興奮のあまり白眼を剝《む》いて倒れてしまう女も出た。

「ぶち込め！」

冷酷すぎる命令が下された。

「せぇ〜の、せぇっ！」

はちやを抱えた男たちが威勢のよい声を上げた。

「やだあああああ！」

はちやが空気を引き裂くような声を上げ、頭を激しく振る。男の一人がはちやの首を肘で挟んで締め、固定する。

「やあああだあああ……」

悲鳴は途中で途切れ「うぼぼぼぼぼ！」と言う変な音に変わった。

頭が深々と牛の肛門に入っていった。

はちやの全身が吊り上げられたカツオかマグロみたいに大きく痙攣《けいれん》する。

楽しく明るい歓声が沸き起こった。

人間はこういうことでも盛り上がれるものなのだと結城は悟った。

もしも巨匠ヤコペッティがまだ生きていて元気だったらこれを撮影したろうか。

ごぼごぼという音とともに肛門の裂け目から牛の糞と血がびたびたと漏れだす。血はともかく、どうしてこんなに糞が途切れなく出てくるんだ。

あと十秒くらいで窒息して死ぬな、と結城が思った時、アトミックパンクが叫んだ。

「抜け！　コマーシャルだ！」

はちやの頭が引き抜かれた。当然糞と血まみれで、まるで頭が糞で溶けてしまったように見える。

はちやが黄色い水のようなゲロを吐いた。鼻水もたっぷりと出て糸を引いた。

笑い声があちこちで弾けた。手を叩いて、指差し、足を踏みならして馬鹿笑いする。

結城の笑いの感覚とはツボが違うとかいう以前に、結城にこれを楽しめるようなツボはなかった。

「放送を再開せよ！」

アトミックパンクの命令が轟《とどろ》いた。

結城はまた気合いを入れて牛の裂けた肛門を広げた。

逆側の尻を受け持った男と一瞬目が合った。とても文明人の目とは思えない。俺もきっとこいつと同じ目をしているんだろう。

「やめでぐでえええ！」はちやが絶叫する。「やめれぐれえええええん！」

その悲痛であると同時にどこか滑稽《こっけい》な叫びは、誰の心に届くこともなかった。

「せぇ～の、せぇっ！」

また無情にも頭がずぶりと突き入れられた。一度目よりも深い。ぐいぐい押しこまれる。

「メ～ディア！　メ～ディア！　メ～ディア！　メ～ディア！」

群衆が手を打ち鳴らしてはやし立てる。

今度の挿入時間は長い。はちやの縮こまったものから茶色じみた濃い小便が漏れだした。

はちやはなかなかくたばらない。しぶとい。

結城は二人ともさっさとくたばってこの状況から解放されることだけを願っていた。他人の命なんかどうだっていい。

腕がつらくて、牛の肛門を押し広げる役目はほとんど放棄している。ゆえに、はちやの頭と首はものすごい圧力で締めつけられているはずだ。しかも暗黒だ。

それがどうした、俺の知ったことか。

突然、押さえつけていた牛が黒い巨体を左右に激しく揺すった。胴体を押さえつけていた男二人が吹っ飛ばされるほどの力だった。

ぼぎっ！

牛の尻の奥で嫌な音がした。と同時にあれほど暴れまくっていたはちやの体が、内部電源が落ちたみたいにぐにゃりとなった。

男たちがあわててはちやの頭を肛門から引き抜いた。

やはりくたばっていた。首がぐにゃりとおかしな角度に捻《ね》じれていて、もはや手の施しようがないのは誰が見ても明らかだった。

結城は、牛の直腸の中で糞にまみれ首を折って死んだ人間を初めて見た。

人はこんな死に方をしてしまったら魂は天国でも地獄でもない変なところに落ちてしまうのではないだろうか。もし俺だったら永遠に地上一メートルくらいを漂いそうだ。

「メディア一号死んじゃいました〜！」

はちやの頭を持っていた男が叫んだ。

「番組打ち切りですう！」

アトミックパンクがハンディマイクのスイッチを入れると、群衆が一斉に注目する。

「不浄なメディアの、汚れきって腐臭を放つ魂は、もはや地獄でも必要とされまい。地獄の門ではねつけられた魂はウンコ色のひとだまとなり、永久にこの一帯をさまよい続けるのだ。俺には見える！　はっきりと見えるのだ！　はちやの魂がそこに浮かんでおのれの糞まみれの亡骸《なきがら》を見下ろしている」

アトミックパンクが突然霊視者になっても誰もツッコミを入れない。

「貴様は来世で蛆虫《うじむし》に生まれ変わることさえも許されぬカスひとだまなのだ。さまよえ！　目的もなく永久にさまよい、無視され続けるがいい！」

適当にまとめられてしまい、残るはＡＤのにいみである。

「俺は辞めたかったんですううう！」

腕をねじり上げられたにいみが声の限りに叫んだ。

アトミックパンクが群衆に静まれというゼスチャーをし、にいみに向かって話しかけた。

「きさま、何か言い分があるのか」

「こんな仕事辞めたかったんですうう、俺は安月給でひたすらこき使われて使い捨てされることがわかってたんですううう！　こんなクソ業界から早く足を洗いたかったのに、今やめたら契約違反で訴えるとか脅されて仕方なく働いてたんですよおおお！」

にいみは必死に訴える。

群衆は前のめりになり、三白眼でにいみを睨んでいる。

「なんでもします！　この町でみなさんのお手伝いするんで、どうか命だけはお助けください！　メディアの奴らをさらってくる手伝いでも死体の処理でも便所掃除でもなんでもするんで、どうか殺さないでぐださいいい！」

「言うことはそれだけか」

アトミックパンクが確認する。

「助けてくれたら、お、俺がみなさんのためにメディアの連中や公務員をたくさんだましてこ、ここここに連れてきます、いっぱい連れてきます！　俺もメディアが憎いですだから奴らをぶち殺すお手伝いを、を、手伝わせてください！　キー局のアナウンサーを連れてきます」

どうせできもしないことを切々と、見苦しく訴える。

「もう黙れ」

アトミックパンクが命じた。にいみのたわごとにいささかも心が動いてないのはその声から明らかだった。

公園には牛の泣き声だけが響く。それが頭の奥の方にまで入ってくる。結城は耳を塞《ふさ》ぎたかった。しかしそれが許されないことは分かっていた。

「貴様を許してやろう」アトミックパンクが言った。

意外だった。こいつに人を許すなんていう高度な芸当ができるとは。

「ありがとうございますううう！」

にいみは顔をくしゃくしゃにして何度も「ありがとうございます」を連発した。殺されずに済んだ感動のあまり頭がおかしくなったとしか思えなかった。

「貴様はこの町でデビューするのだ」

デビュー？　それはいいことなのか？　なぜ「この町で生きるのだ」と言わず「この町でデビューするのだ」なんて言うんだ？　元ヤンキーなのか？

「そいつにナタを渡せ」

アトミックパンクが言うと、結城の傍に立っていたナタ男が、腰にぶらさげている二本の内、長い方のナタを抜いてにいみに渡した。

にいみは物騒なものを渡されてもどうしていいのかわからず途方に暮れている。

「お前の初仕事だ」アトミックパンクが言った。「お前の元上司をここで解体せよ」

群衆が歓喜の声を上げた。

「不浄な魂が間違っても戻れぬよう肉体を徹底的に破壊するのだ！　首を落とし、腕を切り、脚を切り、胴体を二つに割れ」

突然群衆がその場でぴょんぴょんと片足飛びを始めた。右足でぴょんぴょん跳ね、次いで左足でぴょんぴょん跳ねる。

意味不明である。だが結城も倣わないと殺されそうなので、皆を真似してバカみたいにぴょんぴょん跳ねた。

「はらわたを引きずり出して食え。そしたら貴様をこの町の仲間として認めてやろう」

そんなことを言えるのは、完全に他人事だからか、もしくは自分も経験者であるからだ。

「食えええええ！」「上司食え！」「はらわた食えええええ！」「食いやがれ！」「ぐちゃぐちゃ食え！」「ばらして食え！」

とりあえず自分でなくてよかったと結城は心から思った。

そうか？　俺だっていずれ……。

「きいやあああ！」

にいみがか細い雄たけびを上げ、震える両手でナタを振り上げるとはちやの二の腕に振り下ろした。

結城はその音を、一生忘れないだろうと思った。

◆

後部席の警視正が隣に座った矢島に話している。

「……その時、その娘がストーカーに見つかったと言って悲鳴を上げてな、我々はリムジンで柵を壊して園内に突入したのだ。娘が潜んでいたのは……間中、あれはなんといったか、あのアトラクション」

　助手席の間中は目を閉じたまま答えた。

「スワップスウィンガー」

「そうだ。そこに向かったのだ。しかし着いたら誰もいない。間中と佼田と坂井が三手に別れて探しに行ってな。一番早く戻ってきたのは佼田だった」

「あっ」運転している塚本が突然声を上げた。「すげえぞ、これ」

　間中は目を開け、「なんです」と訊いた。

「急に放射線量が上がり始めた」

　塚本の言葉で車内に緊張が生まれた。

　間中はダッシュボードに取り付けてある二台の放射線測量機に目をやった。二つの測定機の値は微妙に異なるが、二台とも線量がぐんぐん上がっていく。

　間中は胸の真ん中あたりに小さな黒い塊が出現したような気がした。それはどんどん大きくなっていきそうだ。

「もう二・六だぞ。まだ上がってる」

　間中は後ろの警視正と矢島に言った。

「二人とも、防護服を着用してください」

　警視正は無言だが、矢島は「うん」と応え、キリンを膝《ひざ》からおろした。

「わ、もう三になった」

「備えは早い方がいいです」

「三・四だ、三・七」

前方からやってきた乗用車とすれ違った。二人はマスクとゴーグルとキャップをつけ、手袋もはめていた。ゆえに歳も性別もわからなかった。

「くそ、四・一になった」塚本が吐き捨てる。

また前方から車がやってきた。二トントラックで、荷台に紫や赤や青のスプレー缶で髑《どく》髏《ろ》マークと「死ぬぞ！」というメッセージが書かれていた。

間中の本能が引き返そうと言っている。

二つのメーターの値が六・〇を超えた。

矢島はてきぱきと黒い防護服を着用する。元は白だったが、スプレーで黒く着色した。白は暗いところで目立ち過ぎるという理由からだ。

警視正はその十分の一くらいの遅さで、防護服に足を通そうとしている。まるで着せてくれる人間がいないことに対する不満を表明しているような緩慢な動きであった。

見かねた矢島が言う。「警視正、手伝いますよ」

「うむ」

警視正が横柄に頷《うなず》く。

視線を警視正から線量計に戻したら二つとも七・六を示していた。

やめてくれ。細胞がどんどん壊れていく。

「一キロほど先に給油所がある。寄ろう」塚本が言った。

「あ、ああ」

「いよいよやばくなってきたな」

塚本がちらっと間中を見て言った。

「ああ……」

間中はそれしか言えなかった。


「これマジ?」

給油所を見た矢島がゴーグルのせいでくぐもった声を上げた。

「『ヒルズ・ハブ・アイズ』みたいじゃん、ね、リンキー」とここまでつれてきたキリンのぬいぐるみに話しかける。

間中はその映画を観たことはないが、給油所は悪質な冗談なのかと思うほど小さく、汚く、ボロく、邪悪さを放っていた。地下のガソリンタンクにネズミや猫の死体が浮いていても不思議ではない。

「ここ、やめません?」

あまりの気味悪さに間中は塚本に提案した。しかし塚本は取り合わなかった。

「給油はできる時にできる所でやらないとな」

「唯比はあのような建物を写真で見るのが好きだ」

同じく防護服を着終えた警視正が言った。

「日本にもあったとはな」

塚本はハマーを止めた。誰も出てこない。クラクションを鳴らす。やっぱり誰も出てこない。

線量計は二台とも九・五前後を示していた。

「店じまいしたのかな?」

できればそうであって欲しいと思いつつ、間中は言った。

ブーーーーーーーーーーーーッ!

塚本はクラクションを押しっぱなしにした。

「潰《つぶ》れてますよ、ここ」

間中が言った時、中から人が出てきた。

背中の曲がった小さな老人で、赤のネルシャツに短パン、裸足にビーチサンダルという恐ろしいほどの軽装であった。肌は死人のようにしろく、老人性の黒いしみが肌の露出部分の四割ほどを覆っていた。

右足をひきずり、鼻血を垂らしていた。

正視に堪えず、間中は目をそらした。

老人はハマーに寄って来て、疲れ果てたように車体によりかかった。

塚本はマイクを取り、ボタンを押して言った。

「満タンだ」

増幅された塚本の声がルーフに取り付けた拡声器から流れた。

老人は半開きの目で頷き、しゃがみこんで咳《せき》をして、また立ち上がってよろよろと給油機に歩み寄ると、さも重たそうにノズルを外し、ホースを引っ張りながら近づいてくる。

疲れたのか途中で立ち止まり、背中を丸める。

「あいつ大丈夫か？」塚本が不安げに言った。「ていうかホントに従業員か？」

「従業員じゃなかったらなんなんです？」間中は言った。「ニセガソリン屋？」

「ああぁっ！」

矢島が突然大声を上げたので間中たちはぎくりとした。

「あいつ、大菅裕牟だ！　思いだした」

「いきなりなんだよ」

「あいつ指名手配犯だよ、強盗殺人の！」

「本当か？」

「あたしは見当たり捜査官だよ！」

「元な」

「間中、矢島の脳には約四千人の指名手配写真がインプットされているのだ。疑るのは失礼だぞ」

警視正に言われてしまった。

「くそっ、あいつ何するつもりだ？」

塚本の声で間中は正面に向き直った。

その瞬間、老人がハマーにノズルを向けてガソリンを噴射した。

「バカ野郎っ、何すんだ！」

塚本が拡声器で怒鳴りつけたが、じじいはガソリンを撒《ま》き散らす。

「くそ、轢《ひ》き殺してやる」

塚本はギアをシフトし、アクセルを踏み込んだ。

その瞬間、非常に耳障りな金属音がしてハマーの車体の下に何かが引っかかって動かなくなった。

間中の全身から血の気が引いていった。

「おりろ！　全員おりろぉ！」

ノズルを捨て、狂った目でじじいが叫んだ。前歯の半分以上がなくなっていた。

「火ぃつけるぞ！　いいのかぁ！」

短パンのポケットから百円ライターを取り出した。

塚本は舌打ちし、シートベルトを解除してグロックを抜くとルーフを開け立ち上がった。頭と肩を外に出し、警告せずにじじいを撃った。

弾は下顎《したあご》をヒットして顔の半分が吹き飛んでなくなった。

ライターが手から落ちた。

じじいの体がぐらっと傾いで倒れるところを塚本はもう一発撃ち込む。今度は首をヒットし、千切れた頸《けい》動脈からガソリンより勢いよく鮮血が噴き出した。

じじいはうつ伏せに倒れ、自分の血のシャワーを浴びながらぴくぴく痙攣した。

間中の頭の中は真っ白になった。とても現実のことと思えなかった。こんなところでバーベキューにされるところだったのだ。

塚本がさらにもう一発撃つ。背中をヒットし、痙攣が止まった。

まだ血が噴き出している。

塚本がルーフを閉め、間中に言った。

「シャーシの下に異物を入れられた。取り除く」

「先に防護服を着ろ、塚本」警視正が落ち着いた声で言った。「相手は死んでいる。あわてる必要はない」

防護服を着用し、間中と塚本はハマーから降りた。

間中は先ほどまったく動けなかった自分が悔しくてならなかった。塚本はすぐ反応したのに、自分は地蔵みたいに固まってしまった。

相手に警告もせず三発も撃ちこんでためらいなく射殺した塚本を頼もしいと思う反面、怖かった。

「間中、こいつの身体検査を頼む。俺はがらくたを取り除くから」

塚本が言った。ちっとも動揺しているように見えない。むしろ生き生きとして見える。

「もう死んでますよ」間中は言った。

「何かわかるかもしれないだろ。ここのオーナーはあいつに殺されたのかもしれないし、あいつが『あがりの町』の住人だって可能性もある。建物の中も調べよう。このぶんじゃ死体が見つかってもおかしくない」

「わかった」

間中は血の池の中に浮かんだような状態の死体に近寄ってしゃがむと、短パンの尻ポケットを調べる。

何も入っていない。

立ち上がってため息をつくと、ブーツの先を体の下に入れ、体を仰向けにひっくり返した。

ゴーグルの中に吐きそうになった。なんとか抑え込み、死体を観察する。

「どうだ？」

作業を終えた塚本が近づいてきた。

「マークが……」

「なに？」

「こいつ、手の甲に原子力マークのタトゥーが……」

間中は指差した。

塚本はしゃがんで男の手を見た。

「これはタトゥーじゃない。焼き印だ」

「なんでそんなものを？」

「さあな、好きなんじゃないのか？　放射能が」

間中はさらに気分が悪くなった。

「こいつ、俺たちを車から降ろしてどうするつもりだったんです？」

間中は訊いた。

「殺して金を奪うつもりだったとか？」

「捕虜にするつもりだったのかも」立ち上がって塚本は言った。「捕虜の行く先は『あがりの町』かもな。建物の中を調べよう」

二人でグロックを手に建物の中にドアを蹴《け》り破って踏みこんだ。机も椅子もなく、がらんとしている。

床には凝固した大きな血だまりがあった。まるで数日前にそこで人間が解体されたような。

部屋の隅に充電器にセットされたケータイを見つけた。水戸黄門の印籠《いんろう》のストラップがくっついている。

「こいつは証拠品だ」

塚本は充電器ごと押収した。

裏に回ると、そこはまさにジャンクヤードであった。事務机や椅子、電化製品やタイヤ、車のドアなどが散乱している。

おまけに蜂《はち》かと思うくらいでかい蠅《はえ》がぶんぶんと飛び回っている。

「なんだこの蠅は、放射能で巨大化したのか？」

塚本が不機嫌な声で言った。

蠅が一匹、間中のゴーグルに体当たりしてきた。

「ここらに死体が埋まっててもおかしくないですね。本物のオーナーの」

「ま、掘れば何かしらでてくるだろうな。でも俺たちは先を急ごう」

塚本は言い、グロックをホルスターにおさめた。

「塚本さん」

「ん？」

「あのおやじの死体、どうするんです？」

「どうするって、どうもしないさ。こっちは忙しいんだから」

「通報は？」

「そんな暇ない」塚本は一蹴《いっしゅう》した。

「後でまずいことになりません？」

「なったら警視正に握りつぶしてもらう。俺は警視正の命を守るためにやったんだからな。さっさと給油してずらかろう。運転替わってくれるか？」

「いいですけど……」

塚本はくるっと背を向けてさっさと歩き出した。

ハマーに戻ると、警視正と矢島が外に出ていた。

矢島が呑気《のんき》にiフォンで警視正の写真を撮っていた。

「なにしてるんです!?」

間中が呼びかけると二人は同時に振り向いた。

「見ての通り、私の写真を撮っている」警視正は答えた。

「なんのために!?」

理解できなかった。

「唯比にメールを送るのに写真があった方がいいと矢島が言うので、それもそうかと思った」警視正はあくまで真顔で言った。

「足元に死体があるじゃないですか！」

「唯比はそんなこと気にしない。仕事柄、かなりひどい死体も見慣れているからな。何か収穫はあったのか」

「ケータイが一台。盗品ぽいです。早くここを出ましょう」

「成仏しろよ」

塚本は死体にほがらかな声をかけ、助手席に乗り込んだ。いささかも良心の呵責《かしゃく》を感じていないようだ。

「矢島、もう一枚だけ頼む」

「一枚だけなんて言わずに何枚でも♪」

「本当に行きますよ、もう！」

間中は声を荒らげ、運転席に乗り込んだ。

線量計は十分ほど前から十二辺りで上下していた。

「げっ」

証拠品の水戸黄門印籠ケータイを調べていた塚本が声を上げた。

「なんです？」

間中は前方から目を離さずに訊いた。

「あのくそじじい、やっぱりオーナーを殺してた。解体してるところをいちいち写真に撮ってやがった」

ここ、もう日本じゃないだろ、と間中は思った。

「僕には見せなくていいですからね、写真」

「しかもその写真をメールに添付して送ってやがる」

「誰にだ」

後ろの警視正が訊いた。

「神様にです」塚本が答えた。

「それは不可能というものだ」警視正が断言した。「自分だけはそれができると考えている輩は多いが」

「いえ、登録名が（神様）なんです」

塚本は説明した。

「それなら可能だ」警視正が認めた。「どんなメールを送っていたのだ、奴は」

「原文のまま読みます。（**オナーをやっときました　つけしたのが写真です　ケータイ**

は自分のにしました　もらったということです　命令されたらいつでもガソリン持ってくます　あまんり車きまんけど　きたら寄るやつおおいとおもいます　ごはんもおねがします)」

車内が静まりかえった。

「つまり、あいつは神様って奴に命令されて、あそこに立ち寄った客たちを襲っては身ぐるみ剝いで『あがりの町』に連れていってたわけですか?」

間中は誰にともなく訊いた。

メール履歴を調べながら塚本が説明する。

「いや、連れて行くのはあいつの仕事じゃない。捕まえたら神様にメールして、神様が手下をよこして、そいつらに引き渡していたようだ。つい最近、給油所に立ち寄ったカップルを襲って身ぐるみ剝いでた。素っ裸に剝いて縛ってる写真がある。ほら」

塚本はケータイを矢島に渡した。矢島はそれを見ると警視正に渡す。

「カップルというから、もっと若いと思っていた。これは世代的にはアベックだ」

警視正はよくわからぬコメントをしてケータイを塚本に返した。

「てことは?」矢島が突然言った。「あたしらがニセのメールを送れば、町から神様の手下が来るってことじゃない?」

「言えてるな。警視正、どう思います?」塚本が訊いた。「手下がくれば、そいつらの口から町の正確なロケーションと詳しい情報が手に入りますよ。やってみる価値はあるんでは？」

警視正は黙っている。

間中は減速し、返事を待った。

あそこに戻るのは不快だが、町に関する情報が欲しいのは確かである。

「間中、戻るのだ」警視正が言った。

「了解」


まずは死体を見えない所に引き摺《ず》って隠さなければならなかった。

間中は塚本と一緒に、なるべく死体を見ないようにして行った。そして大量の血はバケツに汲《く》んだ水を何杯もぶっかけて洗い流す。防護服を着ての作業は余計に体力を消耗した。

それからようやく神様という奴に送る偽メールの作成である。

件名　神様へ
本文　おとこひとりつかまえました　埼玉人です　中年くらいです　刺しましたけどそんなによわってません　しばってます　ごはんもよろしくおねがします

間中が作成した偽のメールを読んだ矢島が言った。

「いいんじゃない？」

今度は塚本が片手でスニッカーズチョコを食いながら読む。

「刺しましたけど、は平仮名でいいんじゃないか？　あとはいいと思う」

ケータイを受け取った間中は（刺しましたけど）を（さしましたけど）と修正した。

「警視正、送りますか？　送ったらもう後戻りできませんが」

「送るがよい」

警視正は目を閉じたまま言った。さきほどから左手の親指と、それ以外の指の腹をリズミカルかつランダムに合わせている。それがヴァイオリンの運指のトレーニングなのか、まったく無意味な動きなのかはわからない。

「じゃ、送ります」

間中は送信した。

「建物の裏に車を隠して待ちましょう」

車を隠して三分後に「神様」から返信があった。
件名　Re　神様へ
本文　待ってろ。めしを持っていく。
それだけだった。捕まえた埼玉人についてあれこれ訊かれなくてよかった。

じっと待つ。車は一台も通らない。

黄色い西日が長い影を落とし、地震と津波と放射能に蹂躙《じゅうりん》し尽くされた世界をわびしくかつ不穏に見せる。

間中はグロックを何度も点検したが、それにも飽きた。あとはもう敵が現れるまでやることはない。待つしかない。運転席には塚本が座っている。

「何台で来ますかね」間中は訊いた。

「一台だろ。捕虜一人なんだし」

塚本はそれ以外ありえないという口調で答えた。

「二台以上できたら厄介ですね」

「それはないな」

「何人乗ってきますかね」

訊かずにいられなかった。

「お前は何人でくると思う?」

塚本に訊き返された。

「二人ですかね、捕虜一人だから」

「俺もそう思う」

塚本は言って、ビーフジャーキーを齧《かじ》った。輸入ものだ。

「銃は持ってますかね？」

「刃物だけだろ、多分。それよりお前、何も食わなくて平気なのか？」

「食欲なくて……」

「食った方がいい」

塚本は未開封のビーフジャーキーを間中に差し出した。

間中は一応受け取った。


メールの返信がきてからもうすぐ三十分が経つという時、北の方角から車の音が近づいてきた。緩みかけていた車内の空気がピンと張りつめた。

「奴らだ」

塚本は自信ありげだった。

間中はもう一度グロックを抜き、弾が薬室に装塡《そうてん》されていることを確認した。もう二十回以上も確認したが、そうせずにいられなかった。

「手順は？」間中は塚本に訊いた。

「手順？　奴らが車から降りたら襲う。それだけだ。矢島、運転席にきてくれ」

「え？」矢島が戸惑った。

「何もしなくていい、万一に備えてだ」

「……わかった」

「エンジンをかけておいてくれ」

「うん」

「じゃ、行こう」

塚本は間中に言い、ハマーから降りた。間中も後に続く。

「気をつけて」矢島が声をかけた。

「なんかあったら助けてくれよな。お前なりに」間中は真顔で言った。

「勿論《もちろん》」

矢島も真顔で応え、エンジンをスタートさせた。

塚本と間中は建物の右側面から回った。先に立った塚本が顔を出して、正面を伺う。

「白いステーションワゴンがきた」

間中も顔を半分出して見る。

結構飛ばしている。これでステーションワゴンが通過したらまるで馬鹿みたいだが、そうはならないだろうと本能で確信していた。

「一応分担を決めておこう。お前は運転手を頼む。それ以外は俺だ」塚本が言った。「もしもドライバーが降りて来なかったら?」

間中は訊いた。

「撃つぞと脅して降ろさせろ。逃げようとしたら射殺すればいい」

「……了解」

ステーションワゴンが止まった。車体に工務店の名が記してある。

クラクションをプププ、と短く三度鳴らした。

「二人だ」塚本が間中に囁《ささや》いた。

プーッ！　さらに長く一度鳴った。

相手が降りるまで待つしかない。数秒後、助手席のドアが開いて、長い茶髪の男が出てきた。

上半身裸で、短パンの上から締めた幅の広い革ベルトに日本刀を差していた。

運転手は降りない。そいつは白いV字ネックのおやじシャツを着ていた。顔はよく見えない。

「大菅ああっ！」

茶髪日本刀が怒鳴った。くたばった男は「おいバカ」とか「おいサル」とか呼ばれていたろうと思っていた間中には、ちゃんと名前で呼んだことが意外だった。

「大菅こらああっ！」

「ゴーッ！」

いきなり塚本が飛び出した。間中も慌てて飛び出した。

「警察だ！　両手を高くあげて膝をつけ！」

塚本が茶髪日本刀に命じた。

間中も運転手に怒鳴った
「掌をこっちに見せて動くな！　動いたら撃つ！」

間中の本気はドライバーに伝わったらしく、運転手は顔の前で両の掌を間中の方に向けて凍りついた。

地面に膝をついた茶髪日本刀に近づきながら塚本が命じる。

「両手を頭の後ろに！」

言うとおりにすると、塚本は背中を思い切り蹴って地面に倒し、背骨を踏みつけて言った。

「手錠をかける。両手を背中に回せ」

一方間中は、運転手に「左手だけでドアを開けてゆっくりと出ろ。出たら腹這《はらば》いになって両手を背中に回せ」と命じた。

運転手が言われた通りスローモーションのようにゆっくりと出てきた。白シャツの下は白ブリーフに健康サンダルという格好だった。

手錠をかけ終えた塚本が声をかけた。

「そっちはどうだ？」

「大丈夫」

間中は応え、ブリーフ男に手錠をかませた。異臭が鼻をツンと突いた。

「お前らいったい何週間風呂に入ってないんだ？　臭すぎるぞ！」

塚本が茶髪の男をブーツの先で仰向けにひっくり返し、日本刀を取り上げて言う。

「貴様らに訊くことがある。いろいろとな。俺らは普通の警察とは違うから黙秘はできないぞ。拷問してでも聞き出す」

茶髪男は虚ろな目で塚本を見返す。

「どうします？　こいつら並べますか？」間中は訊いた。

「そうしよう」

塚本は答え、グロックをホルスターにおさめて、日本刀を抜いた。

「なんだ模造刀かよ。ま、これでも殴れば殺せるけどな」

間中がブリーフの男を連れてきて、茶髪の隣に腹這いにさせた。

塚本が刀を納めると、茶髪がなにか言った。

「……は……」

聞こえなかった。

「なに？」

「実は……」

「塚本さーん！　大丈夫!?」

クロスボウを手にした矢島が突如出てきた。

「心配で……」

「大丈夫だ、車に戻っててくれ」

その時、突然ワゴン車が急発進した。

信じられないが、人が乗っていた。

間中も塚本も撥《は》ね飛ばされる寸前で地面を蹴って飛び、転がった。

ワゴン車はブリーフ男と茶髪男の背中にガクンと乗り上げ、茶髪の頭をスイカみたいにぱかりと潰した。

そしてバックする。もう一度頭を潰す。腐った豆腐みたいな色の脳味噌が割れた頭蓋骨《ずがいこつ》からむりっと溢《あふ》れた。

矢島がクロスボウの引き金を引き、矢が飛び出した。アルミの矢はフロントガラスを易々と貫通し、ドライバーの左肩を貫いた。

それでもワゴン車は止まらずにバックしてノーズを急転換させ、元来た道を逃げ始めた。

塚本も間中もタイヤと運転席を狙《ねら》ってそれぞれ数発撃ったがワゴン車は遠ざかっていく。

「荷台に隠れてやがったんだ！」立ち上がった塚本が言った。

エンジンの唸《うな》りが聞こえ、ハマーが飛び出してきた。猛然とワゴン車を追いかける。

「矢島っ、無茶すんな！」

間中は怒鳴ったが、ハマーはあっという間に小さくなっていく。

「警視正が乗ってるんだぞお！」

「私はここだ」

警視正が真後ろに立っていた。

「警視正……」

間中の膝からへなへなと力が漏れた。

「降りてくださいと言われた」警視正が言った。「ついでに拳銃を貸した」

「そんな……」

それ以上言葉が出てこなかった。

矢島は一気に時速八十キロまで加速し、ワゴン車に追いついたが、ワゴン車はさらに加速した。

いつ果てるともわからない一本道で、左右の風景はくすんだ緑の液体のように流れていく。やがてその色は広大なひまわり地帯を通過したことで黄色に変わった。

勿論、こんなに飛ばしたのは生まれて初めてだ。ちょっとでもハンドルを余計に切ったら横転して死ぬかもしれない状況である。

だが、やはりハマーはハマーであった。加速するほどに地面に吸いつくようなどっしりとした抜群の安定感があり、さほど恐怖は感じない。むしろ頼もしさを感じた。

だがワゴン車はもう限界に近い。何度も尻が流れそうになる。ドライバーも死ぬほどの恐怖に駆られているだろう。

こいつを帰すわけにはいかない。

相手が死ぬかもしれないが、矢島はさらにグンと加速して、ワゴンの尻にハマーで体当たりを食らわせた。

一発で決まった。

ワゴン車がスピンして片輪が地面から離れた。持ち直すかと思いきや、ひっくり返ってルーフで二十メートルほど滑る。

矢島は急ブレーキをかけた。物凄《ものすご》い力で前方に持って行かれるが、胸の前で止めた四点シートベルトがしっかりと体を受け止めてくれた。

しかし脳味噌が頭蓋骨のなかで乱れるのを目眩《めまい》とともに感じた。

助手席に置いた警視正の拳銃はiフォンと一緒に床に落ちていた。シートベルトを解除して拳銃を拾い、「リンキー、そこでじっとしてな」とぬいぐるみに声をかけてから外に飛び出す。目眩は気合いで無視する。

警視正がまだ一度も撃ったことがないと言ったその拳銃はドイツ製のヘッケラー&コックＰ７で、間中や塚本のグロックより全長が短くてグリップも細身だ。グリップを握りこむと解除される独特の安全装置を備えている。

ガソリンは漏れていないので爆発の心配はなさそうだった。

走って運転席の側に回り込む。

ハゲ頭のドライバーはシートベルトをしていなかったのでルーフに這いつくばるような格好になっていた。シートベルトもしないで飛ばすからだ。

ハゲの男は水色のTシャツに紺のジャージ下という格好であった。

こいつ、裸足で運転してたんだ。

「おい、こら！」矢島は呼びかけた。「生きてたら出てこい！」

反応がないのでドアに一発撃ち込んだ。

男がわずかに身じろぎする。死んではいない。

「這って出てこい！」

命じたが、どうも動けないらしい。

男から目を離さずにハマーに戻り、助手席のドアを開けてiフォンを手に取る。iフォンが鳴っていた。間中だ。乗り込んでドアを閉め、ゴーグルを外してから応答する。

「はい……つかまえたよ。ワゴン車ひっくり返してやった。……あたしはなんともないよ……しょうがないでしょ、誰かが捕まえなきゃいけないんだから！……一発撃ったよ。威嚇で。それよりドライバーが怪我してて、自力で出てこられないんだ。引っ張り出してく

れる?……そうだね、二キロちょい先、いや、三キロかな、凄い飛ばしたから……じゃあ
あたしが迎えに行くよ。どうせドライバーは動けないし、車が爆発する心配もないから
……オッケー。じゃ迎えに行くよ。あ、二人はどうなったの?……死体はどうするの?
……だよね。じゃあもうあそこには戻らないね」

間中と塚本と警視正は道路の真ん中を歩いている。

「……くそっ」間中は悪態をついた。「荷物室も確認したんだ。汚い毛布しかなかった。

毛布の下に寝てやがったんだ、あいつ」

気づかなかった自分の迂闊《うかつ》さを呪《のろ》いたい。

「気にすんな」塚本が言った。

「俺たち危うく轢かれて死ぬとこだったんですよ! 気にしますよ」

「今こうやって生きて歩いてんだからいいだろ。次気をつければいい」

「次なんてごめんですよ」

「俺もだ」

「二人とも、見ろ」

警視正の呼びかけに二人は振り返った。

「今、トンボが飛んでいたぞ。放射能で汚染されていても飛べるらしい。見えなくなった

が、確かにいたぞ」

ハマーが猛スピードでやってきた。

三人は道路の端に寄って待った。

「あいつがいて良かった」塚本がぽつりと言った。

「……今回はね」間中も言った。

ハマーがクラクションを鳴らす。塚本が手を高く挙げて振る。


「警視正、拳銃をお返しします」

矢島がＰ７のグリップを警視正の方に差し出して言った。

「それは任務が終わるまでお前が持っているがよい」

警視正は、足元のガラス片を爪先で弄《もてあそ》びながら言った。

「お前が持っていた方が役に立つ」

「でも護身用に持っていらした方が……」

「私の身は間中が守る」警視正は言い切った。

「そうですか……ではお言葉に甘えて」

矢島はＰ７をホルスターにおさめた。

「このひまわり畑、なかなか壮観だな」警視正が唐突に言った。「黄色すぎて目がちかちかしてきた」

間中はひっくり返った車の中からケータイを見つけた。男たちは三人で一台のケータイしか持っていなかった。

しかもそのケータイはいかにも若い女向けのピンク色の代物だった。それを押収してウエストポーチにしまう。

「ハゲを積み込む前に車を道路からどかそう。他の車が迷惑する」

塚本が言ってハマーに乗り込み、エンジンをかけた。

「どうやって？」

間中の問いには答えず、塚本は裏返しになったワゴン車にハマーをぶつけた。そのままぐいぐい押していく。

ワゴン車は道の外側まで押しだされた。

「楽勝だ！」塚本が楽しそうに言った。

給油所から八キロ先で、放射能からの避難によって放棄されたパチンコ屋に遭遇した。その駐車場の隅にハマーを止め、間中がハゲ男の怪我の具合を見た。

頭蓋骨の損傷はなかった。中の脳味噌はどうかわからないが。右肩が脱臼《だっきゅう》し、左脚の脛骨《けいこつ》が折れていた。前歯も何本か折れ、上唇が裂けている。

だが、最大の難問は左肩に深く刺さったクロスボウの矢だった。

「矢はそのままにしといてくれ」

塚本の注文に間中は眉《まゆ》をひそめた。

「尋問の時に必要かもしれないだろ？」

何か恐ろしいことを考えているようだ。間中も矢を抜くとどの程度出血するかわからないため、できればそこはノータッチでいたい。

結局素人の自分がしてやれることはほとんどないという結論に達した。

「おい、あの自販機は生きているか？」

警視正が唐突に間中に訊いた。

「明かりが点いてますので生きていると思いますが……」

「缶コーヒーは嫌いだが、こういう状況では仕方ない。買ってきてくれ。ブラックを」

「……はい」


「では容疑者の尋問を開始するとしよう」

缶コーヒーを飲み終えた警視正が宣言した。

「あたしは運転席で見張りをしてます」

矢島が言うと警視正は黙って頷いた。

塚本が荷台に乗り込み、ハゲ男の隣にあぐらをかく。

「とりあえずシャッキリしてもらわないとな」

そう言うと、ポーチの中から百ミリリットル入りのアンモニア水の瓶を取り出し、キャップを外すと口を男の鼻の穴にずぶっと突っ込んだ。

すぐに反応があった。ハゲ男の体が電気に触れたように痙攣する。

「あはははは」

塚本が笑った。間中は笑えなかった。

ハゲ男はまるで起こされたせいで激痛が蘇《よみがえ》ったことを恨むかのように呻《うめ》き出した。

「痛いか？」塚本が訊く。

男は呻き声で答える。次第に泣き声に変わる。

「痛み止めの注射打ってやろうか？」塚本が訊く。「ただってわけにはいかないが」

「そんなものあるんですか？」

間中には初耳だった。

「ああ、持ってきてる」塚本が平然と答えた。

「塚本さん、医者でもないのに注射なんかできるんですか？」

「俺は今まで百回くらい自分に注射してるぞ」

間中は呆気《あっけ》にとられた。

「百回？」

「おい、勘違いするなよ。変なヤクじゃないぞ。ブドウ糖とかニンニクエキスとか、痛み止めだ。一係のデカやってて特捜本部に配属されちまうと、疲れたからって休めないし具合が悪くても医者に行ってるヒマもないからな、先輩刑事に教わったんだ」

トイレの個室やパトカーの後部席でこっそり自分の腕や腿《もも》に注射している塚本を思い浮かべてしまい、間中は頭を振った。

それに関し、警視正は何も言わない。彫像のように黙って微動だにしない。

「……帰りたい……」

ハゲ男が初めて口をきいた。喋《しゃべ》れるのはいいことだ。尋問する意味があるから。

「どこへ帰るってんだよ」塚本が笑いながら訊く。

「帰るとこがなくなったから福島原発の近くに逃げ込んだんだろ？　お前、『あがりの町』の住民なんだろ？」

男は答えない。

「貴様に黙秘する権利はないぞ」塚本が声のトーンを落とした。

「……はい」

男が答え、泣きっ洟《ぱな》をすすった。

「まず名前を聞こうか」

「石黒《いしぐろ》です」男がつらそうに答える。

「それは本当の名前か？」

石黒が頷く。

「お前らの誰も身分証も免許証も持ってないな。なぜだ？」

「……没収された」

「誰に」

「町の偉い人に」

「誰だよ」

「アトミックパンクさん」

間中と塚本は顔を見合わせた。お互いの顔に（なんだそりゃ？）と書いてあった。

「アトミックパンクの名前は？」

「知らない」

「塚本よ」警視正が呼びかけた。そして言う。「注射してやるがよい。情報の対価として」

「了解」

塚本はにやりとしてポーチから注射器と薬品の入った小瓶を取り出した。

「石黒、痛いのはどこだ」と石黒に訊く。

「全部痛い」

◆

結城は、七つのパーツに切断されたディレクター・はちやの頭と右腕と左脚を、凝固した血液でパリパリに固くなったエコバッグに入れて持たされていた。かなり重たい。

別のパーツはもう二人の奴隷が運んでいる。しんがりにはナタ男が睨みをきかせている。

公園の群衆は今、牛の解体で盛り上がっている。バラしたら焼くなり生なりで食うのだろう。

食ってもらえるだけ牛の方がリスペクトされている。

それに引き換え、こいつは……。

エコバッグの中からはちやの顔がこちらを見ていて、目が合った。

それにしても蠅がでかい。でかすぎる。俺の親指の第一関節くらいにでかい。放射能で巨大化したのか、こいつら。

死体の捨て場所は儀式の行われた公園から歩いて五分ほどの古い民家だった。

その家が近づくにつれて上空を飛びまわる蠅の数はどんどん増し、ひっきりなしに結城の顔や体に体当たりしてきた。

「そこだ、入れ」

ナタ男が旧くて小さな家を差して言った。

入りたくないが、どうしようもない。家の外までも凄《すさ》まじい死臭がする。

ドアを開けた瞬間、結城の死臭メーターが一気に振り切れた。人体パーツの入ったコンビニ袋やエコバッグやゴミ袋がその辺にゴロゴロと転がっており、床一面蛆虫《うじむし》の動く絨《じゅう》毯《たん》であった。

「ぶえええええ!」

結城は吐き、ついでに涙と鼻水を漏らした。

どうすんだ、これ。

とりあえずここに置いといて一杯になったら家ごと燃やすのか?

結城ははちや入りのエコバッグを投げ捨てた。他の奴隷もそれに倣う。蝿どもが巨大な渦を作って飛びまわる。その羽音は耳を聾せんばかりだった。

結城は絶大なる自信を持って断言できる。まさにここが地獄であると。

結城にはもはやプライヴァシーもなくなった。全裸の奴隷三人と一緒にとある民家の二階の子供部屋をあてがわれた。

小学校の高学年女子のものとおぼしきやたらとピンクの物が多い部屋だった。

原発事故の際によほどあわてて逃げたらしく、ランドセルや勉強道具はすべてそのままで、勉強机の上のフォトフレームには運動会で撮った写真が残されていた。

奴隷の一人が拾ってきた古い「アサヒ芸能」を手にブルマを穿いたロリＡＶ女優の写真で自慰をおっ始めた。信じられない神経の持ち主である。自分の他に三人の男がいるというのに。

「ブルマちゃん……ブルマちゃん」

男の小さな一物が小さく勃起《ぼっき》する。

「ううんブルマちゃん、こっちおいで、ちゅっ、ちゅっ」

「うるせえよ、穴カスが！」

結城は恫喝《どうかつ》した。

「なんなら殺してやってもよかった。

自慰男が睨む。結城はその十倍の眼力で睨みかえす。残りの二人はとばっちりを恐れて部屋の隅に移動してうずくまった。

「俺が勃起するのがくやしいのかよ」

自慰男が意外としっかりした声で話したので結城はちょっと驚いた。

「くやしかったらお前もおったててみろよ」

結城は立ち上がり、男の顔を蹴った。そしてもう一発、腹に踵《かかと》が埋まるまで蹴りを入れた。

そういえば何年も前に、飲み会で酔って馴《な》れ馴れしく絡んできた若手ヤクザ系俳優を、飲み屋の外の路地の暗がりでボコって今みたいに腹蹴りをブチ込んだことがあったっけ。

そいつは腹膜炎でしばらく入院したが、結城のことを訴えなかった。それだけ結城が恐れられていたからだ。

今とえらい違いだ。そう思ったらますます頭に血がのぼり、自慰男の下腹部を狙ってさらに二発キックをブチ込んだ。

目障りな虫けらめ、踏み潰して地面の黒いしみにしてやる！

「やめろっ！」

「やめろぉ！」

二人の男が結城の足に飛びついた。

「喧嘩《けんか》で殺したら連帯責任にされるぞ」

「俺たち全員殺されるぞ！　やめろよぉ」

「もう死んだようなもんじゃねえかぁ！」結城は叫んだ。「こんなんで生きてるって言えんのかよぉ！」

蹴られた男は白眼を剝き、うずくまっている。蹴られた膀胱《ぼうこう》から尿がぴゅっ、ぴゅっと断続的に漏れる。

結城は急に馬鹿らしくなった。

とにかく、勝ったのは自分だ。

「わかったよ、もうやらねえよ。俺は結城だっ」

なぜか突然名乗りたくなった。

「結城朔太郎だ、俳優の。知らねえか?」

一人は首を振った。

だがもう一人の縮れた白髪頭の男は「知ってる」と答えた。

「あんた、本当に結城か?　しょぼいやくざ映画にいっぱい出てた」

「しょぼいは余計だぞ。まぁ、見てねえ奴よりよっぽどいいけどよ」

ちょっとだけ気分が良くなった。

「結城はもっと貫禄あったぞ」

「痩《や》せちまったんだよ」結城はイラッとして答えた。

「シャブか」

「……まぁな」

結城は答え、「お前もか?」と訊いた。

「ああ」男は答え、言った。

「俺は中川《なかがわ》っていうんだ。もっともこの町じゃ名前なんかあっても意味ないけどな」

こいつとなら話しても嫌じゃない気がした。

「この家、微妙に傾いてやがんだよ」中川が吐き捨てた。

「道理でなんか気持ち悪いと思ったぜ。ところでいつここに来たんだ?　あんた」

「ふた月くらい前だ。まだ生きてるのが不思議だよ。ま、さっきあんたが言った通りもう死んでるようなもんだけどよ」

中川は答え、自虐的に笑った。

「信じないだろうけど、これでも家族があったんだぜ。女房と小学生の子供二人」

そんな話に興味はないが、結城は相槌《あいづち》を打った。そして話題を変える。

「なぁ、奴隷にされる奴と、自由に暮らしてる奴と何が違うんだ？　どうしたら奴隷から解放されるんだ？　新入りはみんなしばらく奴隷なのか？」

「まぁ、そういってもいい」

中川は答え、瘦せて余った腹の皮をつまんでひっぱった。

「新しい人間が入ってくれれば、引き上げてくれる見込みがなくもない」

「この町、何人住んでんだ？」

「さぁ、五、六百人てとこじゃねえか？」

中川が興味なさげに答えた。

「いつからこんなに狂った町ができたんだよ」

「原発事故のあと、警戒区域に指定される前後だよ。この町に元から住んでた人間は大慌てで家を捨てて逃げてった。その後にわけありな奴らがやってきて住みついた。それが噂《うわさ》になってますます増えた」

「おい、鼻血出てるぞ」

結城は指摘したが、中川は拭きもせずに話し続ける。

「警察が来たことはないのか？」

「ある」

「あるのか？　いつ？」

「俺がここにきてからまだ十日くらいだった。へっ、あんときは笑えたぜ。つうか笑うしかなかった」

「なんでだ」

「多分、空き巣の見回りに来たんだろうけど、パトが一台来てよ、この辺りをゆっくり流してたんだ。でよ、指令がきて、皆で角曲がったところでパトを待ち構えたんだ。百人以上でよ。そしたら……ぷっ」

中側は思いだし笑いして鼻血を飛ばした。

「そのパトカー、物凄い勢いでバックして逃げ出したんだ。わかるか？　サツが尻尾《しっぽ》巻いて逃げ出したんだぜ」

「その後は？」

「あん？」

「それきりってことはねえだろ、応援連れて来たんじゃねえのかよ」

「そんなもん、来なかった。それきりだ」

「……マジかよ」

「ま、サツの上の方の奴らが、この町に首を突っ込むのはよそうってことにしたんだろうよ。ほっときゃその内放射能か仲間割れでみんなくたばるだろうって思ったのかもしれない」

警察に助け出してもらうのは無理ということか。それならば、せめてここでもう少しまし な暮らしがしたい。

「俺らも、いつか自由に外へ出て、女に首輪はめて連れ歩けるようになるかな」

結城の言葉に中川は小さく首を振って「さあな」と答えた。

「アトミックパンクさんの気持ちひとつだ」

本人が傍にいるわけでもないのにさんづけで呼ぶとは。どれだけ恐れられているかわか ろうというものだ。

「あの人は頭がいい」

恐れるだけじゃなくて、誉めまでするのか。

「自分だけがいい思いしていたらいつか殺される。だからいい思いする仲間を作るんだ。そうすりゃ簡単には潰れねえ」

「何人かでうまく仕切ってるってことだな」

「そうでなきゃ、町なんか維持できねえだろ」

「まぁ、確かに……」

ずしん、と下から突き上げるような衝撃が来て、家がゆさゆさと揺れた。一分近くもそれが続いてようやく揺れが収まった。

「くそ、いちいち神経に障るぜ」結城は吐き捨てた。

「そうか？　俺はもうすっかり慣れたよ」中川は言った。

「ところであいつ、何者なんだ？　元ヤクザとかか？」

「知らねえ。それに元がなんだったとしても、どうせもう完全に別人だろ？」

確かにそうだ。両乳首に原子力マークを彫ってしまった時点でもう新しいキャラだ。

沈黙が訪れた。

「もしかしたら……」中川がまた口を開いた。「いや、もしかしたらっつうか、ほぼ確信してるんだけどよ、俺は。俺たちは、歴史が作られる瞬間に参加してると思うぜ」

結城はなんといっていいのかわからなかった。

「こんなイカレた状況って、戦後初めてだろ？」

「……まぁな」

「俺はよ、もういっそのこと楽しんじまおうかと思ってるんだ」

「俺は楽しめねえ」結城はきっぱりと言った。「奴隷から抜けられねえ限りは」

その時、階段を土足でドスドスとのぼってくる足元が聞こえた。

結城と中川は顔を見合わせた。

また変な強制労働なのか、もう嫌だ。死んだ方がましだ。

足音は子供部屋の前で止まり、ナンバーロックキーのキーを合わせる音、それからドアと壁にそれぞれ取り付けられフックの間に渡された鎖を解くじゃらじゃらという音が続いた。

そしてドアが開けられた。

初めて見る顔の男だ。顔の左半分は青い原子力マークが覆っている。この町には刺青師がいるんだろうか。いてもおかしくないが。

男は左手に釘《くぎ》を数本打ちつけた木製バットをだらりとさげていた。釘には髪の毛と干からびた皮膚のようなものが絡みついている。そして右手に紙束を持っていた。

「俳優こらあああ！」

男は話し合いの余地がない声で吠えた。

「はいーっ！」

結城はとにかく元気良く答えた。引き攣《つ》った笑顔さえ浮かべた。

「今夜公園でイベントをやる！」男が言った。

「あはい！」結城はとにかく元気良く答えた。

「そこでヒーローショーをやる！」

「はい？」

思わず声が裏返った。

ヒーローショー?

「お前も出るんだ」

あまりに急な事態で頭がついていけない。

「これが台本だ」

男が紙束をぬっと突き出す。結城はおそるおそるそれを受け取る。

A四の紙が二十枚ほど。右上をホチキスで留めてある。

一番上の紙にタイトルが大きく記されていた。

『あがりの町　創立およそ百日記念特別公演
原発ヒーロー仮面ファッカー・アスホール
アトミックパンク・作』

「てめえが主役だぞ」男が言う。

「ええ?」

表紙をめくると役名と役者の一覧表があり、一番上に確かに「仮面ファッカー・アスホール……結城さくたろう」と書かれていた。

突然降ってわいた主役であった。

「明日の夜が本番だ。完璧《かんぺき》に暗記しとけ。でないと殺す。これはアトミックパンクさまのお言葉だ」

「あ、あの……」

男がぎろっと睨む。

「リハーサルは？」

「しない」男が平然と答える。

「ええ？　しないってそんな……」

「リハーサルなんかできねえんだよ。一回こっきりなんだよ」

意味不明なことを言われた。その一回こっきりの本番のために何度もリハーサルを積むというのが役者である結城の常識なのに。

「とにかく暗記しとけ、やりきったらお前を（市民）に昇格させてやるとのことだ。命がけでやれよ！」

男は出ていった。再び鎖がかけられ、施錠された。

結城はまだ台本を手に呆然《ぼうぜん》としていた。

「おい、いい話じゃねえかよ」

中川に肩を叩かれてようやく我に返る。

「芸は身を助けるってのはまさにこのことじゃねえか」

残る二人の奴隷も興味ありげな目で結城を見ている。

結城はあらためて、キャスト一覧表を見た。そしてぎょっとなった。

「希美香！」

さきほどは自分の名前しか確認しなかったが、一覧表に藍沢希美香の名前があった。あいつもキャスティングされている。しかもその役名は、（原発大好き金槌女）となっている。

いったいどんな内容なんだ、こいつは。

結城はさらに四人も、知っている役者の名前を発見し、さらに驚いた。その中には通りで偶然再会してしまったセクシータレント崩れの畠末奈の名前もあった。

「知ってる役者が何人もいるぞ、どういうことだ。ていってもみんな俺と比べたら全然大した役者じゃねえけど……」

「つまり役者の末路なんてそんなものってこったろ」

中川の言葉に一瞬むかついたが、確かにそんなものなんだろう。だからこの「あがりの町」に何人も流れ着いているのだ。

とにかく、すぐにこいつを読みこんで暗記し、完璧に演じられるようにならないと。なにせ、俺は主役なのだ。シャブで腐っても、放射能にまみれても、俺はやくざ主演俳優結城朔太郎なのだ。

「おい、俺はこれから本を読みこむ。静かにして、邪魔しないでくれ。そっちの二人もな、いいか！」

結城は言い、どっかりとあぐらをかくと首を回し、肩を回し、深呼吸して、「おっしゃ」と読み始めた。

◆

石黒をあがりの町に連れて行くことはできなかった。ウソをついていないことを確認するためにも町を案内させることも考えたが、衰弱が激しく足手まといになるので残していくことを決めた。正確には置き去りだが。

「熊井と結城を逮捕した帰りに、俺たちがこいつのこと忘れてなくてスペースに余裕があって、こいつがまだ生きていたら病院に連れて行ってやろう」塚本は言った。

間中も異論はなかった。

「あいつに、ここに置いていくって言わないと」

「それは俺が言う」塚本が言った。

「置いてかないでくれって泣きつかれるかもしれませんよ」

「そしたら足蹴にしてやるさ」

塚本は平然と言って、ハマーに戻って行った。

間中は手にした大学ノートを開き、石黒の証言をもとに描いた「あがりの町」の地図に目をやった。

熊井と結城が正確にどこにいるかはわからないが、流れ着いたり拉致《らち》されたりしてこの町に来た新入りがまず監禁される場所は決まっていた。それがわかっただけでもありがたい。

男と女は分けて収容されている。それはまさに収容所と呼ぶにふさわしい劣悪な、それこそ悪徳ペットブリーダーの子犬の飼育施設のような環境だそうだ。

石黒もそこに九日間収容されていたが、十日目に変化が訪れた。

死んだ荷物運搬人の代役としてリヤカーを押しつけられ、三人の（市民）と呼ばれる男たちと一緒に町を出て、原発の近くに向かった。そして地震と津波によって壊滅的に破壊された住宅街で、男たちは使えそうなものはなんでも片っ端から拾い、リヤカーに乗せた。歩いているだけで何度も鼻血が出て髪の毛も抜けたが、男たちはそんなことにはまったく頓着《とんちゃく》せず、とにかく歩き、探した。

その日の最大の収穫は、猟銃三丁と弾薬数十発が入ったまま津波に流され、引き波で大木の枝に引っかかったガンロッカーであった。

石黒は木に登らされてロッカーを振り落とした。もともとかなり痛んでいたのに加えて地面に落ちた際に扉が歪んで大きな隙間《すきま》ができたために、男たちが三人がかりで扉をこじ開けたと言う。

猟銃を手に入れたことを町への大いなる貢献と認定されて、石黒の身分は奴隷から下級市民へと格上げされ、仕事がない時は町の中を自由に歩くことを許可されたのだという。自由時間は上級市民がペットの女を他の市民たちが見物する中で公然と犯すところを見物したり、元住んでいた住民たちが捨てていった玩具や本やCDを一カ所に集めたレンタル屋みたいな民家から雑誌を借りて過ごしたという。ちなみにこのレンタル屋の受付は本人曰《いわ》く、元弁護士で学習院大学出身だそうだ。

にわかには信じがたい話だが、町はそれなりの法と秩序をもって維持運営されていた。そして石黒の下級市民としての初仕事が、給油所で捕らえられた人間の引き取りと町への移送だった。

荷台で毛布を被って寝ていたのは本人曰く「放射能のせいで体調が悪かったから」だそうだ。

あがりの町には銃を持った人間が、石黒の知る限り十人以上いるらしい。またトカレフを持った人間も三回ほど見かけたそうだ。

不愉快で胃が痛くなるが、貴重な情報であった。

俺、生きて還れるのかな。こんな危険なこととしてまで熊井や結城を逮捕しに行く必要あるのか？

「間中ーっ！」塚本が呼んだ。「作戦会議をしよう」

間中はため息をついて車に戻った。

「残念ながら町を一望できる場所はない。この辺りの土地は平坦《へいたん》なんだ」

塚本が言い、間中は頷いた。

「多少の危険は冒しても偵察は絶対に必要だが、徒歩で町に入って行く以外に方法がないなら、臨機応変に考えよう。案外、見張りさえ片づけちまえば簡単につれ出せるかもしれないし」

「じゃあ、作戦開始は深夜から明け方にかけてですね」間中は言った。「まさか、ハマーで派手に突入はしませんよね」

「奴隷たちが収容されている民家にできるだけ近くまでハマーで行きたいが、残念ながら収容所は町の中心にある」

「邪魔な連中はガンガン轢き潰して強行突破っていうのは無理？」

矢島が不穏な提案をした。

「いくらハマーでも、大人が二十人以上でかかればひっくり返されるし、火炎瓶を投げつけられるかもしれないし、道路に撒《ま》きビシされる可能性だってある。なにせ数じゃ敵が圧倒的に優位だ」

塚本が丁寧に答えた。そしてつけ加えた。

「戦争になったら、たった百メートルでも平和な時の十キロメートルになる」

「それ、誰の言った言葉？」

「俺の持論だ」

「いっそ戦車でくれればよかったね」

「俺もそう思う。矢島」

矢島が目でなに？　と問う。

「奴隷の収容所で熊井や結城を見つけ出すにはお前が必要になる。あいつらがまともに口をきける状況ならともかく、衰弱して口がきけなかったり舌を切り取られているかもしれない。ボコボコになぐられて顔の見分けがつかないくらい変形してる可能性だってある」

「つまり、見つけるためにあたしも収容所に入って行く必要があるってことでしょ？」

「そういうことだ。勿論、俺と間中だけでもできなくはないが、なにせお前の人間識別能力は特別だからな」

「覚悟はできてるよ」矢島は言った。

塚本は矢島を見つめた。

「平気だよ、警視正に拳銃もらったし」

「貸しただけだ」警視正が訂正した。そして言う。「お前たちは知らないだろうが、私も車の運転はできる」

間中は驚いた。

「初耳ですよ、星乃神さま。たんにゴールド免許を持ってるってことじゃなくてですか?」

「唯比と過ごした休暇中、何度もドライブした」警視正は言った。「唯比は私の運転をほめた」

「それは恋人だからじゃないんですか?」

「違う、唯比は恋人だからこそ物事をはっきり言う。下手だったらはっきりそう言う。だから私の運転は上手い」

間中はそれ以上言い返せなかった。

「三人が収容所に入って行く時は、私が運転席に座ってエンジンをかけて待っていよう」警視正は言った。

「では……お願いします」間中は頼んだ。

「その妙な間はなんなのだ」

◆

結城は頭を抱えてうなだれていた。

この台本、はなから期待はしていなかったがひどすぎる。結局、これは学芸会的エロバカお芝居つきの生板ショーではないか。

まぁ、この町の低レベル野蛮人どもが喜びそうな内容ではあるが。

登場人物が一人登場するたびに自己紹介的な長セリフをしゃべるのがいかにも学芸会的で寒い。

だが、このセリフには各キャラクターでそれぞれに妙なリアリティーがあった。もしかして、役者一人一人を尋問しここに流れ着いた経緯を聞き取ってそれを反映させたのだろうかと思えるほどだ。

たとえば希美香が演じる（原発大好き金槌女）のセリフはこんなだ。

「あたしは女優よ！　誰がなんと言おうと女優なの！　だけどこんなに頑張っているのに世間はあたしを認めようとしない。なぜなの？」

いかん、他人のセリフなどどうでもいい。

そして、陳腐な長セリフなんかとは比較にならない深刻な問題があった。舞台の上で、数人の女とファックしなければならないのだ。仮面ファッカー・アスホールだから。

それが大問題だ。結城は勃起しないのだ。

シャブで体が腐る前だったら何の問題もなかった。実際濡《ぬ》れ場の撮影では、どんなに大勢のスタッフが周囲をぐるっと取り囲んでいてもギンギンに勃起した。むしろギャラリーがいた方が燃えた。相手役のエログラビアから落ちてきた半端女優が泣き出してしまうくらいに本気で絡んだこともある。監督も鬼畜の変態だったからカットをかけずに撮りきった。

そんないい時代もあった。だが、今は無理だ。モノのでかさは相変わらずだが、どうしても勃起しない。

なのに舞台で悪の手先の女にフェラチオさせて勃起ののち、犯さねばならない。

「くそっ、どうすりゃいいんだ」

勃起しなかったら大ブーイング必至、下手すると舞台の上で罰として処刑されかねない。

「なんか、困ったことでもあるのか」

中川は声をかけるが、結城は「ほっとけ」と撥《は》ねつけた。

こうなったら（異物挿入）か？　いや、それは駄目だ。その手は勃起したものをより固くよりでかく見せるための手だから、そもそも勃起しないモノにその手は使えない。

「うぅ……」

額に手を当てて、苦悩の呻きを漏らす。

「おい、どうしちまったんだよ」

中川がまた声をかける。もう撥ねつける元気もなかった。

「具合悪いのか？」

結城は中川の顔を見た。本当に心配している顔だった。

よく考えたら、他人からちゃんと心配されるのは一体どれくらいぶりだろうか。そう思ったらふいに泣きたい気分になった。

駄目だ！　天下の結城朔太郎が泣いては日本のやくざ映画に示しがつかない。

「こんなところにいて具合いいも悪いもねえだろ」

結城は目の奥にぐっと力をこめ、気を張って答えた。

「じゃあなんだよ」

ふと、中川には本当のことを言ってもいいような気がした。なにせこいつが唯一コミュニケーションの成立する人間なのだから。

「中川、お前、男と男の秘密を守れるか？」

まずそれを確認しなくてはならない。

中川はまっすぐに結城の目を見据え、答えた。

「俺は、一旦ダチと認めた人間の秘密は死ぬまで守り通す男だぜ」

結城には、中川の目の中にウソはないと思った。

「お前と俺はダチか？」結城は訊いた。

「ああ、ダチだ」中川はしっかりと答えた。「そうだろ？」

「……そうだな、ダチだ。中川よ」

「なんだ」

「お前をダチと見込んで、聞いて欲しいことがある」

「力になれることがあれば、よろこんで力になるぜ。こんな地獄みたいなところでも、俺は人間らしさを失いたくねえ。あんただってそうだろ？」

こいつ、俺の泣きツボを突いてきやがる！

「ありがてえ」結城は言った。「実はよ、舞台の上で女とやらなきゃなんねえんだ」

「生板かよ。いいじゃねえか」

「よくねえんだ、お……俺は……」

口の中が急速に乾いた。

「俺は？」

「俺は……シャブのせいで……耳貸せ」

中川は耳をよせてきた。その耳に結城は囁いた
「たたねえんだ」

中川はぎろっと結城を睨んだ。

「全然か？」

「全然だ」

「それはまずいな」

ごくまっとうな反応に結城は安堵《あんど》した。そして囁き声で言う。

「たたなかったら、アトミックパンクさまに殺されるぞ」

「やっぱりそう思うか？」

「あの人の機嫌を損ねたら命はねえ」中川は断言した。「下手すると舞台の上で首はねられるぞ」

　切り落とされた自分の首がサッカーボールにされて群衆がそれで遊ぶ画が浮かんでしまい、結城は身震いした。

「どうすりゃいいんだ、俺は。いまさら無理ですって申し出たら……」

「それも殺されるな」中川は断定した。

「それじゃどっちにしろ殺されちまうじゃねえか」

「なぁ、本当にたたねえのか？」

「たたねえよ！　五パーセントもな」

　もはや隅っこにいる二人に聞かれようが、どうでもよくなっていた。

「シャブがあればたつのか？　シャブをキメても駄目なのか？」

　中川が訊く。

「シャブシャブ言うなよ、切なくなっちまうじゃねえか」

　結城の中で「シャブ」という単語は、ウッドストックを体験した本物のヒッピーが「イマジン」とか「ラブ&ピース」という言葉に対して覚えるような、失われてしまった理想の世界を言い表す言葉にまで成長していた。

「シャブがあっても駄目なんだ、完全にチン死状態でたたねえんだ。ギンギンになるのは頭だけだ」

「いつからそうなんだ」

「一年ほど前からだ」

結城にはもはや十万年も昔のことに思える。

「バイアグラは試してみたか？」

「もちろん試した。でも駄目だった」

「じゃあ、この一年ばかり、女とやる時はどうしてたんだよ」

「これだ」

結城は右手で拳を作って、中川に見せた。

「こいつをブチ込んでた。女には、てめえなんかにはこれで充分だと言ってな」

「女はそれで納得してたんか？」

「女の気持ちなんか知ったことか。俺が納得してりゃそれでいいんだ」と結城は言い切った。

「フィストかぁ……」

中川は汚い指先で顎の下をぽりぽりと掻いた。そしてしんみりとした声で言う。

「俺も昔、何をやってもたたない時期があったよ」

「お前もシャブやってたのか」

「いや、俺はシャブはやってねえ。ダウナー系でグデッとするのが好きだったからよ。そのせいかどうか知らねえが、ホントどうしてもたたねえ時期があった。まぁ軽く鬱《うつ》だったのかもしれねえし、とにかくダメだった。たたねえと焦る。焦るとますます立たなくなる。悪循環だ」

「まったくだぜ」

「結城こらあああ！」

いきなり外で怒鳴り声がして二人ともぎくりとした。話に夢中で近づいてくる足音にまったく気づかなかった。

「結城いいい！」

「はいーっ！　いますうう！」結城は大声で応えた。

「出てこいっ！　衣装合わせだ」

「えっ？」

衣装合わせ。役者の自分には聞き慣れた単語だが、この「あがりの町」でこのような状況において聞くと、随分と奇異に聞こえた。

「あ、わかりましたーっ！　おい、中川。なんか考えてくれ、いい方法を。俺はまだ死にたくねえ」

中川はしっかりと頷き、言った。

「考えとくよ」

結城は中川に命を託し、ドアの前に立った。

衣装合わせはまた別の民家の、家財道具がすべて取り払われたリビングで行われた。希美香がいるんじゃないかと期待したが、女優は別の家で衣装合わせしているのか、野郎しかいなかった。

結城はぎょっとした。

制服警官がいたのだ。

「あっ、おまわりさん!」

結城は咄嗟《とっさ》に助けを求めた。しかし警官は腐りきった虚ろな目で結城を見た。そして吐き捨てた。

「バカかてめえ」

そいつは、警官役の役者だった。台本を読んだのにもう忘れていた。

見れば見るほど本物の警官の制服である。汚れて皺《しわ》が多いがどう見ても本物だ。どうやって衣装を手に入れたのか。まさか、いつぞやここにパトロールでやってきた警官を捕らえて殺して制服を奪ったのか。それとも死んだ警察官の死体をどこかで見つけて制服を脱がせたのだろうか。そっちの方が可能性ありそうだ。

他にも、既に衣装を身に着けた俳優が数人いた。

スーパーの店員、宅配便の業者、幽霊、メガネをかけた七三頭のサラリーマン。どいつもそれらしく見える。

でも俺は？

「結城」

背後で名を呼ばれた。

「あはい！」

振り向くと顔に紙袋が投げつけられた。袋は足元に落ちた。

「てめえの衣装だ、着ろ」

手に台本を持った若造が言った。そいつの胸にはマジックで「衣装部」と書かれていた。

結城は頭の中でそいつの頭を百五十度ほど捻ってついでに親指で目玉をほじくりだしたが、「はい」と大人しく紙袋を拾った。

結城は薄汚れた姿見の前に立ち、衣装を身に着けた自分を見た。

安手の素材で縫われた衣装を手にした瞬間から予想はしていた。バカエロ丸出しであると。

だが、身につけた今、バカエロに前衛が加わった。

原発ヒーロー仮面ファッカー・アスホールの衣装は右半身が赤、左半身が黄色の二カラーであった。

そして腋《わき》の下からは、放射能によってただの腋毛からエロエロセンサーへと進化を遂げたという設定の、緑色のごわごわしたナイロン繊維がヒラヒラ垂れていた。

そして背中側は表とは裏腹に三本の赤くて細い紐《ひも》しかない。この紐で表側を止めているのだ。当然尻はTバックである。

変身ベルトのバックルはでっかい原子力マーク。バックルのサイドには紐と輪っかがついている。

輪っかをつまんで引っ張ろうとしたら、後ろからクリップボードで頭をひっぱたかれた。

「それ引っ張んなよ！」

怒りを必死に飲みこみ、結城は訊いた。

「動作テストしなくていいんですか？」

「一発で壊れっから本番の一回しか使えねえんだよ！」

そんな簡単なこともわからねえのかという目で衣装部の男は喚いた。

確かに、みるからにちゃちな作りである。肝心の本番で果たしてちゃんと動くかさえも怪しい。

「……すいません」

仕方なく謝った。

それにしても、これが結城朔太郎の役者人生の行き着いた先か。

これまでも役者としてどん底と思える瞬間は多々あった。だが、これにくらべたら……。

命令され、ヒーローの仮面を頭からかぶった。まともに採寸されていない仮面はきつきつで、無理やり頭を入れたら縫い目がばりっと嫌な音を立てた。

「仮面もつけろ」

それについて衣装部の男は何も言わなかった。

結城は仮面をつけた己の顔を鏡で見た。

……ひどい。

そんなに俺をバカにしたいのか。そんなにおとしめて笑いたいのか。

両側の頬のピンクの円はひょっとこが元ネタであることは容易にわかる。

そしてなんなんだ、この緑色のラメできらきらと光るたらこ唇は。

なんなんだ、この側頭部の無意味かつ不気味な膨らみは。俺は放射能で奇形化した山のきのこか？

なんなんだ、この女の大陰唇を連想されるというかそのものみたいなエラは、俺は両生類か⁉

総じてまったくわけわかんねえじゃねえかコノ野郎。

「似合ってんじゃん」

衣装係がバカにして言った。そして顔を俯《うつむ》ける。

こいつ、笑ってやがる。くすくす笑ってやがる。

「決めゼリフ言ってみろよ」

顔を赤くして衣装係が命令した。

我慢ならない。結城は、殺すぞという目で男を睨んだ。

「ほら早く言えよ！」

言いたくない。だが、どうせ恥はたっぷりかかなきゃならないのだ。今ここで恥を捨てておいた方が、本番でいいパフォーマンスができてアトミックパンクの心証をよくするかもしれない、と結城は考えた。

心証がよくなれば市民に格上げされる可能性大だ。

奴隷はもう嫌だ。

「東に欲求不満の割れ目あれば、行って一年分のザーメンを注ぎ」

結城は腹の底から太い声を出した。

「西に性の喜びを知らぬ三十路のいきおくれあれば、下から突き上げ昇天させる」

「わはははっははははは！」

衣装係が腹を抱えて身をよじり爆笑した。

「あははは、あっははは、ウゲるうう！」

結城を指差してひいひいと喉《のど》を鳴らす。

だが結城は雑音を頭から締めだした。

「北に淫乱《いんらん》の有閑痴女軍団あれば横一列に並べて端から犯す。そして南には、まだ見ぬ極楽の名器ありぃ！」

どうだ、どんなバカげたセリフも、俺の声で言うと威厳があるだろ！　これが俺だ、これが結城朔太郎だ！

衣装係の笑いが徐々にひっこむ。

「誰が呼んだか俺の名は、仮面ファッカー・アスホール！」

両手を腰に当てて、ぐっと胸を張り、観客どもを見下してやる。

そうだとも！

アクションも加える。

「俺と言う男に意味はない！　だが世間は俺のサオをほうってはおかぬ！」

人差指でピシッと天を差し、それから股間を差す。

てめえら俺のことバカにできんのかコラ！　俺みてえにやり切れんのかコラ！　できねえだろ！　メーター振り切ってここまでやって初めて役者って言えるんだぞオラ！

「ならば世のためメスのため、使って見せよう黄金色のマラ！」

衣装係の顔からにやけ笑いが完全に消えていた。そして尊敬の念さえ浮かんでいた。

俺の勝ちだ、ざまあみろ。

「あんた……いいよ」衣装係が言った。「主役にぴったりだ」

「ありがとうよ」

結城はにやりとし、言った。

俺の勝ちだ、ざまあみろ。

「ところで、マンディンゴはどこにいる？」

結城は訊いた。マンディンゴとは、仮面ファッカー・アスホールの身の回りの世話をする従者である。仮面ファッカー・アスホールのことをご主人様と呼ぶ。そして語尾に必ず「ごぜえます」とか「でさぁ」とか「ですだ」とつけるわかりやすい奴隷キャラだ。

「共演者としてひとこと挨拶《あいさつ》しておきたい」

「ああ、えぇっと奴は……二階の部屋にいるかなぁ」

「呼んできてくれないか」

自分から挨拶にはいかない。向こうに挨拶にこさせる。これが主演俳優の権力というものである。

「仮面ファッカー・アスホールはここで待っていよう」

「オーケー、じゃあ連れてくる」

衣装係は素直に応え、部屋を出て行った。

結城は改めて、姿見の前でいくつかの決めポーズを取った。そしてハッとなる。いくらセリフやアクションが完璧《かんぺき》でも、サオがたたねばどうにもならない。そしてその問題は解決していない。解決する見込みもない。

「……くそっ」

結城＝仮面ファッカーは地団駄を踏んだ。

頭を抱えてしゃがみこむ。

シャブ漬けになって勃起力を失ってしまったことを悔んだ場面はこれまで数え切れないほどあったが、今回のように命に直接かかわるような事態は初めてだ。

「あぁ……マジどうしよ……うう……」

「……うぅぅ……」

ガチャリと音がして、結城はあわてて立ち上がった。主役の威厳は絶対に崩してはならない。どんなに壮絶な悩みを抱えていてもそれを観客に絶対悟らせてはならない。それが主役しかやらない俳優・結城朔太郎の鉄の掟《おきて》だ。

衣装係とマンディンゴが入ってきた。

マンディンゴはその名の通り、アメリカ南部の奴隷みたいな汚れたオーバーオールを着ていた。生涯にわたって筋肉とは無縁そうな瘦せこけた胸には大きな原子力マークの焼き印が押されていた。そしてわかりやすいバーコードハゲを丁寧に撫《な》でつけ、昭和のサラリーマン的な太い黒ぶち眼鏡をかけていた。

演技なのか地なのか、首が左に不自然に傾いている。背は結城より十五センチほど低くて見下すのにちょうどよい。まぁまぁ良いキャスティングといえる。

「こいつがマンディンゴ役の小峰だ」衣装係が紹介した。

「どうも」小峰が首を傾けたまま頭を下げた。

「よろしくな、マンディンゴ」

結城は胸を張ったまま笑顔で挨拶した。

「あの、結城朔太郎さんですよね」

小峰マンディンゴが話しかける。

「ああ、いかにも俳優・結城朔太郎だ。俺のことを前から知ってたか?」

「ええ。実を言うと、ここに流れつく前は、あっしも俳優でした」

「今でもそうだろ」

「ええ、まぁ」

「しかし、小峰という俳優に聞き覚えはないな」

「まぁ、エキストラに毛が生えた程度のしがない役者でしたから……年に数回仕事があればいい方で、ほとんど日雇いバイトばかりに明け暮れる生活でした」

小峰マンディンゴは自虐的に言った。

「そうだろうな、活躍していれば俺が知らないはずはない。とにかく、お前にとっては大《だい》抜擢《ばってき》ではないか、俺の従者役とは」

「ええ、はい、ひとつよろしくお願いします」

「俺の足を引っ張らんようにな、はっはっはっ。ところで、首をどうしたんだ。役作りか？」

「あいや、これはその、階段から落ちて……」

「階段落ちか、なかなかやるな。俺でさえ階段落ちはスタントマンに任せていた」

「えへ……はい……」

「ま、本番頑張ろうぜ」

「へぇ」

「さがっていい」

結城は小峰マンディンゴを追い払った。

「ところで本番前に飯はくわせてもらえるんだろうな」

結城は衣装係に訊いた。

「舞台でのエネルギー消費量は、凡人の想像を絶するものだ。たっぷり食わなきゃ最後までもたん」

「心配すんな」

衣装係は意地悪い笑みを浮かべ、言った。

「セシウムたっぷりのビーフステーキが食えるぜ」

◆

町に乗り込むのは深夜二時と決まった。

単純だが、「放火陽動作戦」が採択された。読んで字のごとく、町の複数の場所（互いが離れているほどよい）に火を放ち、なるべく出遭いたくない凶悪住民たちが消火作業にあたっている間に収容所から熊井と結城を連れ出す。見張りは当然しかるべき手段で排除する。

現役警察官が放火という犯罪行為を行うことの是非については誰ひとり口にしなかった。

間中たちは「あがりの町」から北西約二キロの地点にある、地震と津波で大きく傾きひび割れた四階建てのビルに隠れた。

そのビルの一階はガレージで車を隠すのに都合よかったのだ。

「これ、大丈夫ですかね」

外観を見た間中は心配になった。

「絶妙なバランスを保ってるとも言えるな」塚本は呑気であった。

「別の場所探しません？」

「面倒くさい」

矢島が声を上げた。「あ、また揺れてる！」

結構大きい。震源が近いらしい。不気味な地鳴りさえ聞こえ、間中の背中にぽつぽつと鳥肌が立った。

「うわ、勘弁してくれ！」

ビル倒壊の巻き添えを食わぬよう間中はあわててハマーをバックさせた。

四十秒ほど経つと、揺れは収まった。

塚本がビルを指差して言った。

「ほら、大丈夫だったろ？」


ハマーを後ろからガレージに入れ、エンジンを止めると間中はハンドルに突っ伏した。

「どうした」と塚本が訊く。

「だるい……全身が」

「放射線のせいだ。すげえ数値になってるぞ」

「もう知りたくないよ。余計具合悪くなる」

「十・七だって」矢島が言う。「東京の百倍以上だ」

「だから言わなくていいんだよ！」

「全員食事を取って休むのだ。私は起きて見張りをする」

警視正が言った。

「わ、警視正！　鼻血が出てますよ」

矢島がティッシュボックスから数枚を抜いて警視正に渡した。

警視正はいささかも動じることなくティッシュを受け取り、鼻の下を拭いた。

「具合が悪いんじゃ？」

矢島が訊くと警視正は静かに首を振り、答えた。

「絶好調だ」

さらに加える。

「今回の逮捕は、いつになくやり甲斐《がい》がある」

高カロリーだが味気ない保存食で食事を取り、ミネラルウォーターでインスタントコーヒーを淹《い》れて飲んだ。

「間中、具合どうだ？」

塚本が訊いた。

「さっきよりいい。コーヒーのおかげかも」

「すぐ寝たいか？」

「どうして？」

「ビルの二階で射撃の訓練をしないか？　接近戦を想定した実戦的なやつを」

「やる」

間中より先に矢島が答えた。

「いざという時に体が動かないのは情けないから」

二人が射撃の訓練を始めたら、いくら耳栓を詰めようが眠れるはずはない。間中は小さくため息をついて答えた。

「つきあうよ」それから警視正に向かって「警視正、しばらくうるさくなりますが、ご了承ください」

警視正は頷き、言った。

「私も運転の練習をするとしよう」

第三章

こんな緊迫した状況で眠れるものか、と思ったが、放射能に細胞を壊されているせいか、横になったらすぐに眠気が襲ってきた。

間中は物語のない、断片的な夢を次々と見た。

毒々しい色の赤や緑や紫の霧が空を覆い尽くし、空から雨のように人間が降ってきた。

骸骨《がいこつ》のように痩《や》せこけた自分の姿を鏡で見たら、鏡がどんどん大きくなり、鏡の中の自分も大きくなり、間中に倒れかかってきた。

燃え盛るビルの最上階から窓を割って、地面に飛び降りようとしたら、待ち構えていたカラスの大群が襲ってきた。足をもつれさせ、間中は逆さになって落下した。着地するわずかな間にくちばしでつつきまくられ、ほとんどの肉とはらわたを食い千切られた。すっかり軽くなった体は着地せずに宙を漂い始めた。

警視正が黄金の棺桶《かんおけ》におさめられ、これから土に埋められようとしている。棺がゆっくりとおろされていく。

「これからはあなただけよ」

未亡人となった唯比が間中にすがりついてきた。

「頑張ります、あなたを決して失望させません」と間中は言った。「だから、唯比さんも希望を捨てないで」

視線を感じて後ろを振り向くと、初めて会った日と同じだらしないジャージ姿の矢島が、片手で棒アイスを食いながら軽蔑《けいべつ》した目で睨《にら》んでいた。

「だってしょうがないだろ」間中は矢島に向かって言った。そして指摘する。「お前、鼻血くらい拭《ふ》けよ」

間中は目を開けた。反射的に時計を見る。二十時二十二分。塚本も矢島も寝ている。矢島は子供のようにキリンのぬいぐるみを抱きしめている。

だが、警視正がいない。

頭の中の警戒ランプが黄色から濃いオレンジになった。

いや待て、あわてるな。間中は自分に言い聞かせる。

警視正は用を足しに出たのかも。それとも唯比に電話するためかも。

一応の用心としてグロックを抜き、静かに外に降り立った。

暗過ぎて、よく見えない。闇《やみ》に慣れるまでしばらくかかりそうだ。だが、状況が安全なのかわからないためライトをつける気にはなれない。

中腰で、両手でいつでも撃てるようにグロックを構え、じりじりと周囲を捜索する。警視正はいない。

「星乃神さま?」

そっと呼びかけたが、応えはない。

どこ行った?

もしかしてビルの中か? と思ってビルを振り返り、ぎょっとした。

ビルの三階の窓から白い顔がのぞいていた。首だけがぼおっと闇に浮かんでいるように見えた。間中の心臓は飛び上がった。

まっ白い顔は警視正だった。安堵《あんど》すると同時に、なぜあんなところにいるんだと気味が悪くなった。

「星乃神さま!」

恐怖に声がうわずった。

警視正の白過ぎる顔がこちらを向いた。

「そこで何を？」

警視正がのぼってこいというゼスチャーをした。幽霊に手招きされるより無気味であった。

とにかく、間中は拳銃をしまい、ビルに戻って階段を駆け上がった。

警視正のいる部屋は古めかしいオフィスだった。窓際に立って外を見ている警視正に声をかける。

「そんなところで何を……」

警視正が振り返り、異様に長い人差指を唇に当てた。黙れと言う合図だ。

間中は頭を低くして、そっと警視正の隣に行った。

「侵入者ですか？」と小声で訊《き》く。

「聞こえるか？」警視正が言った。

「はい？」

「南東の方角からざわめきが聞こえる」

「え？」

「耳をすますのだ」

言われた通り、窓際から身を乗り出し、耳を澄ます。

穏やかな風とともに、途切れ途切れだが、確かに何か音が聞こえる。

「もしかして……音楽ですか？」

「そうだ、かなりの音量だ。あがりの町で何かが起きている」

間中はもう一度、全身を耳にした。はっと思いつく。

「そういえば、塚本さんの思いつきで、いつ使うかわからないけどパラボラアンテナのついた集音マイクを持ってきたんです」

「持ってくるがよい」警視正は言った。


荷物室で集音マイクを探していたら矢島と塚本も起きてしまった。

三人でビルの三階に行く。

「音を拾うのにコツがいるんだ。まず俺にやらせろ」

塚本が間中の手からマイクを奪うように取り、窓際に立った。間中たちはじっと待つ。

塚本は少しの間、最適なポイントを探してマイクの位置を微調整していたが、あるところでぴたりと止まった。そしてじっと聞き入る。

「聞こえます？」

間中が訊いても応えない。

「……信じられん」

塚本が言って密閉型のヘッドフォンを外し、半ば呆然《ぼうぜん》とした顔で間中たちに向き直った。

「ライヴやってやがる」

「ええっ⁉」

間中にとって予想を超えた言葉であった。

「歌声と歓声が聞こえるんだ。エレキギターの音も」

「大震災復興ライヴ？」間中は顔を歪《ゆが》めた。

「貸して！」

矢島がマイクに飛びついた。

「俺が先だ！」

間中と矢島でマイクの奪い合いになった。

「お前らガキか、じゃんけんで決めろよ」塚本が呆《あき》れ顔で言った。

じゃんけんしたら矢島が勝った。

「わ、本当だ。盛り上がってる。誰の歌だろ。ストーンズ？」

「早く貸せよぉ」

間中は矢島の肩を摑《つか》んで揺すった。

「観客の盛り上がりが半端じゃないよ」

「もういいだろ、俺に聞かせろ！」

「私が先だ」

警視正がぬっと割り込んできた。

矢島がすんなりとマイクとヘッドフォンを渡した。

「マイクはお前が持っているのだ、矢島」

「これは『サティスファクション』だ」

しばらく黙って聞いていた警視正が言った。そしてヘッドフォンを間中に渡した。

「腕疲れた。自分で持って」

矢島が言ってマイクを間中に渡した。

マイクが引き寄せた遠くの音が間中の耳に飛び込んできた。割れた荒いギターサウンドと、音色もリズムキープもだらしないドラム、ダミ声で発音の悪い歌声、そして聴衆の野蛮かつやけくそな歓声に、間中は凍りついた。

原発事故で住民が逃げ出した町に、犯罪者や多重債務者が自然と集まってきて新しい暴力が支配する社会が生まれ、そこで凶悪市民への娯楽として屋外ライヴが催されてストーンズが演奏されている。

まったく人間の歴史とは、なんと予想外の連続であることか。

もし神がいたとしても、神でさえこういう事態は予測できなかっただろう。

肩をぽんと叩《たた》かれ、間中は振り向いた。警視正と塚本と矢島がじっと自分を見ていた。

間中はヘッドフォンを外して言った。「なんです？」

塚本が切り出した。「これはまたとないチャンスだぞ」

「え？」

「あがりの町の人間のほとんどが一カ所に集まって娯楽に夢中だ。てことは他がガラ空きということだ。つまり今ほど町に侵入するのに都合のいいタイミングはない」

「でも放火陽動作戦は……」

「変更だ」警視正が言った。「我々は今すぐ、奴らの娯楽ショーが終わる前に町に乗り込み、熊井と結城を速やかに連れ出し、逮捕するのだ」

「これを逃す手はないよ、間中さん」矢島も言った。「不測の事態を利用するんだよ！」

三人の目は本気だった。

「なるほど……言われてみればそうかも」

「出発だ」塚本が言った。

◆

「ライヴが始まった」中川が嬉《うれ》しそうに言った。「ストーンズだ」

確かに外から荒々しい生演奏の音と、野蛮人たちの歓声が聞こえる。

中川はくぐもって聞こえる音楽に身をゆだね、体でリズムを取り出した。

「悪くねえよな、この町。こんなお楽しみまであるんだから」

「……あぁ」

結城は上の空で応えた。

衣装はずっと着たままであった。

自分はいつ舞台に呼ばれるのだろう。結城はそっちの方が大事だった。勃起《ぼっき》不全問題は何一つ解決していない。なすすべもなく奇蹟《きせき》でも期待するしかない。

放射能で汚染されたビーフステーキが胃の中に重たく残っている。確実に一歩死が近づいたわけだ。

外でジャラジャラという鎖の外される音がして、結城はハッとなった。

「仮面ファッカー！　出番だ」

きた！　ついに！

「はいぃ！」

結城は立ち上がった。そして中川に言った。

「もう二度と会えないかもな」

「会えるさ」

中川は汚い歯を見せ、右手を差し出した。結城はその手をしっかりと握りしめた。

中川が言う。

「地獄でな。会ったら無視するなよ」

その言葉に結城は苦笑いするしかなかった。

外に出ると音楽はさらにやかましくなった。ストーンズの下手糞《へたくそ》コピーバンドのライブは盛況らしい。

青い刺青の彫られた二の腕にスタッフという腕章を、安全ピンでじかに皮膚にとめている男にくっついて会場である公園に向かう。

道に白い紙がたくさん落ちていた。

どうもチラシのようである。一枚拾って見て、びっくりした。

創立およそ百日記念

アトミックパンク　presents

最狂ロッケンロールライヴ&極悪ヒーローショー

ワンナイトファッキンメルトスルー！！！

於　元きたさと児童公園

わざわざチラシまで作るとは、気合いが入っている。

「あ、俺の名前が載ってる！」

結城は思わず声を出してしまった
前を歩く刺青スタッフが振り返って睨んだが、何も言わなかった。

結城は反射的に「すんません」と謝り、改めてチラシを見た。

仮面ファッカー・アスホール……ゆうきさくたろう
わざわざ平仮名表記なのは、漢字の読めない住民への配慮なのか。

自分の名前が載った印刷物を見るのは久しぶりな気がする。こんな状況であっても嬉しい。

希美香の名前も載っているのが気に食わないが、字の大きさはこちらの方がひと回り大きいのでまぁよしとする。

思わず口元が緩んだ。やっぱり俺は生まれついての主演俳優なのだ。

実を言うと、ヒーローショーは今回が初めてではない。

まだ結城朔太郎という芸名が誕生する前、二十歳そこそこ頃に、アルバイトで何度かガキとその親ども相手に田舎のデパートの屋上などでショーをやったことがある。

なぜかウンコとワキガの臭いがする通気性最悪のナイロン製ヒーロースーツの中で汗だくになりながら、一刻も早くこんな仕事しなくてもいいようまともな芸能事務所に入ろうと焦っていた。

ヒーローショーの司会のコンパニオンは、安物女の色気をプンプン撒《ま》き散らしておきながら、俺のアプローチをバカにした目でさらっと流しやがった。

「あたし、そういうことはしないの」女は言った。

そういうこととはどういうことだ。俺がてめえに求めているのはお前ごときのものさしで言うところの（そういうこと）じゃねえんだ。

人格を破壊され、無我の境地に到達するレベルのファックをしたことあるのか、てめえは。ないくせに。なにが（そういうこと）だ。三十路《みそじ》に怯《おび》える下層芸能家畜が。

俳優としてようやく売れ出した頃に、わざわざチープなイベントコンパニオンばかりを口説いて突っ込みまくったのは、その時の怨念《おんねん》があったからだ。

そして俺はまたヒーローショーに戻った。スタート地点だ。振り出しだ。一からやり直しってことだ。いいだろう。やってやるぜ！

なんだか、このまま闘志を持ち続ければ勃起力も戻るような気がした。股間《こかん》の奥に、微かなうずきさえ感じた。

俺、ホントにいけるんじゃねえか？　いけるぞ、きっと。

◆

目標地点をグーグルマップで再確認し、持って行くすべての装備の点検をし、トランシーバーとGPSの動作確認も改めておこない、いよいよ三人は防護服姿でハマーからおりた。間中が左腕に括りつけた小型線量計の値は二十二マイクロシーベルト毎時を超えていた。もはや即刻退去のレベルである。

にもかかわらず、直線距離で二百メートルほどの公園では屋外ライブの真っ只中である。この現実をどう受け止めればいいのか、間中にはわからない。

しかし、今やるべきことは二人の容疑者の確保、そしてそれを邪魔する者の排除。これだけだ。これだけを考えて機械のように無駄なく正確に行動すること。

間中は塚本と矢島の二人と顔を見合わせ、頷《うなず》いた。塚本はサイレンサーのついたグロックをもう右手に持っている。矢島はゴム弾を装填《そうてん》したライオットガンを手にしていた。

間中はトランシーバーで車内の警視正に言った。

「では星乃神さま、いってまいります」

——間中よ、誰一人置き去りにするな。

警視正が言った。

——戻ってくる時は五人だぞ。

「わかっております」

——助けが必要な時はためらうな、すぐに駆けつける。

「ありがたきお言葉、身にしみます。よろしくおねが……」

矢島が間中の肩を拳で突いて言った。

「いくよ！」

三人は町に向かって走り、ついに侵入した。

暗い通りには誰もいない。日本のどこの地方都市にもあるような平凡な住宅街である。今にも犬を連れたおばさんやジョギングするおじさんが現れそうな町並みである。

海岸から近い割には津波の被害は比較的少なかったらしく、全壊や半壊した家はほとんど見られなかった。

しかしここは原発から二十キロ圏内、今後少なくとも数十年は人間が住めないかもしれない場所なのだ。

周囲の民家に明かりはない。そのぶん月光が明るく感じられた。

第一の目標は女奴隷の収容所で、ここから六十メートル先を左折した赤い屋根の民家である。

そこには最低一人奴隷の監視役がいる。何か異変があればケータイで仲間か目上の者に知らせる。それをさせてはならない。

全力疾走しているわけでもないのに、間中はすぐに息があがりそうになり、全身汗だくになった。これほどの緊張と恐怖は経験したことがない。落ち着くためにも思い切り深呼吸したいが、ここはそれさえも許さない場所なのだ。

先頭を行く塚本が左手をあげて止まれの合図をした。

曲がり角まで来た。ここまでは誰にも会わずに済んだ。

ここを左折すれば収容所が見える。

塚本が間中に顔を寄せて言った。「俺が様子を見てくる」

間中は頷いた。

「そこに隠れてるよ」

間中は民家の門を指差して言った。

塚本は頷き、それから矢島に向かってサムアップすると、頭を低くして静かに視界から消えた。

間中は矢島を促し、二人は民家の門の陰に身をひそめた。

警視正への報告はまだいい。

矢島が間中の肩をぽんと叩いた。振り向くと、矢島が顔を寄せてきて言った。

「青森のいとこがさ、二十五で結婚して二十七で家を建てたって自慢するんだよね」

なぜ今そんな話をする⁉

「田舎ってさ、早くに自分の家を持つことがステータスなんだよね。くだらないよね？」

「……まったくだ」間中は答えた。

「五十になった時、住んでる家が築二十三年なんてやだよ、あたしは」

「矢島、お前が緊張してるのはよくわかる。だまっていられないのもよくわかる。でも今は静かに待とう」

矢島は口をつぐみ、頷いた。そして手にしたライオットガンをそっと撫《な》でる。

塚本が戻ってきた。

間中は安堵の息を漏らした。

「どうだった？」矢島が訊く。

「おどろいたぜ」塚本はまず言った。「家の前に二人掛けのソファが出してあって、そこに見張りの野郎がだらしなく座って煙草ふかしてやがった。もしかしたらクサかも」

「そいつ、武器は？」間中は訊いた。

「なんだと思う？　手製の槍《やり》だぜ」塚本が笑いだしそうな顔で言った。「まるでマッドマックスの世界だ。2の方の」

「それだけですか？　ベルトにトカレフ差してたりしませんでした？」

「ベルトはしてない。パンツにガウンをはおって健康サンダル履いてやがるんだ、そいつ」

その画を頭に描くとクラクラしそうだ。

「とにかく、俺が見た限りでは銃はなかった。だが、ソファの隙間《すきま》や尻の下に飛び道具があるって可能性は勿論《もちろん》捨て切れない」

「どうやって片づける?」今度は矢島が訊いた。

「間中、二人で堂々と行こう」塚本が言った。「奴《やつ》がケータイを手に取ったり、何かをこっちに向けたら殺るしかない」

間中は言葉が出てこなかった。

「まぁ、殺るとなったらは俺に任せろ」

「ゴム弾じゃだめなんですか? せっかくライオットガンがあるんだから」

間中の言葉に塚本が一瞬きょとんとした。

「なるべく人は殺したくありません」

塚本は二秒ほど黙り、それから言った。

「ま、それでもいいか」

塚本のその言葉に、間中は安堵した。

「じゃあ俺が野郎の顔にゴム弾を叩きこむ。お前はスパイダーガンで動きを封じてくれ」

「ライブは盛り上がってるし、誰も気づきやしない。行こう」

間中は緊張のあまり石のように固まってしまった首をなんとか動かして頷いた。

「矢島はここにいてくれ。片づけたらこいつで呼ぶ」と塚本は手にしたトランシーバーを見せた。

「オーケー」

矢島はしっかりとした声で応えた。

「でも、実は見張りは二人いてたまたま立ちションしてたとか、ないよね？」

「不測の事態はいつだって起きる。起きたらそれに対処するだけだ」

そしてその時はおそらくグロックが必要になる。多分、死人も出る。

見張りの男のたるみ加減はしょうもなかった。

iフォンでオンラインゲームらしきものに興じて、それに夢中になっていたのだ。

公園でのライブはボーカリストのMCタイムにさしかかっていた。

風に乗ってここまでよく聞こえる。

――なんつうかよ、もう放射能も円高も止まんねえしよ！　国は国民モルモットにして人体実験してよぉ、地球はもう七十億人超えてあと二、三十年したら百億人超えるとか言ってるくせにその七十億の口に入る食いもんなんかあんのかよ、こら！　もう人間が人間を食うしかねえだろ？

うおおおおおお！　と観客が野蛮な歓声を上げる。

――別に共食いしたっていいじゃねえかよなぁ、遺言で死んだら焼いて灰は海に撒いてくださいとか言っても、その灰がセシウムたっぷりで撒けねえんだったら、もう友達が食ってウンコにしてやるしかねえよなぁ。

ジャラララーン、ギュイーン！　とギターがノイズを撒き散らす。

――俺がスズキって野郎を食ったとするじゃん、で、食ってしばらくしてトイレに行ってケツの穴からかつてスズキだったものがムリムリ出てきたらよ、俺は感動しちゃうね、もう！

「くひひひっ」

見張りが笑いを漏らした。ＭＣにウケたのだ。

十メートルにまで近づいたのに、見張りはまだ気づかない。

間中の心臓は今にも破裂しそうなほど大きく脈打った。

塚本が静かに片膝《かたひざ》をつき、ライオットガンを構えた。そして声をかけた。

「おい」

見張りがｉフォンから顔を上げた。

発射されたゴム弾は見張りの顔の真ん中を直撃した。見張りの首が真後ろにかくんと折れ、鼻血が真上に向かってぴゅっと噴き出した。

見張りは肉の塊となって崩れ落ちた。

間中のスパイダーガンは必要なかった。

塚本は見張りに駆け寄ってソファを蹴《け》り倒した。そして見張りにのしかかる。

間中は周囲を警戒しながら塚本のところに行った。

「こいつ、死んじまった」塚本が言った。

「え？」

「頭がのけぞった拍子に首の骨が折れたみたいだ」

塚本の口調にはなんの悔みも感じられなかった。

「まぁいい、矢島を呼ぼう。中に突入するぞ」

塚本は言うと、ライオットガンを置いてグロックを抜いた。左手に持ったトランシーバーで呼びかける。

「矢島、見張りは片づけた。出てきても大丈夫だぞ」

――わかった、すぐ行く。

ほどなくP7を手にした矢島が低い姿勢で駆けてきた。

「よし、いいか」

塚本が二人に言う。

「中にも奴隷を見張る監視役がいる可能性はある。いたらまずそいつを排除しなきゃならない。それから熊井を探す」

間中と矢島は頷いた。

「俺たちは三人しかいないから、二階建てでも二手に別れるのはうまくない。俺と矢島で一緒にまず一階を制圧する。間中は後ろと二階、それから外の動きを注意してくれ」

「わかりました」

「一階で熊井がみつかれば手間が省けてラッキーだ。すぐに警視正に車で迎えに来てもらう」

塚本はトランシーバーで警視正を呼び、作戦を説明した。

――クリスタルクリアーだ。

警視正が言った。

「はい？」

――明快に了解したということだ。合図があれば三分以内に駆けつける。

「ありがとうございます」

――矢島、いよいよお前の出番だ。よろしく頼むぞ。

「おまかせください、警視正」

奴隷収容所の玄関ドアはドア枠とドアを貫通させた穴に太い鎖を何重にも巻いたうえ、四ケタのナンバーロックキーで鎖の端と端をロックしていた。

塚本が肩にたすきがけしたツールホルダーからボルトカッターを取り出す。

「もし中から撃ってきたらドア越しに撃ち返せよ」

間中に言い、カッターの先端に鎖をはさむ。

「撃ったら中にいる奴隷にも当たりますよ」

「こっちが死ぬよりいいだろ。やるぞ。矢島は外を見張っててくれ」

「オッケー」

パチン、と音を立てて鎖があっけなく断ち切られた。カッターを捨て、鎖を引き摺《ず》りだす。ここが一番無防備で危険な瞬間である。

間中はグロックを構えて、息をするのも忘れた。

中からの攻撃はなかった。

「いくぞ！　矢島は俺の後ろにつくんだ」

三人で塊になって家に踏み込んだ。恐れていた弾丸もその他の刃物なども飛んでこなかった。

全裸の女たちが、玄関にまで溢《あふ》れていた。

女たちの体は血と汚物と排泄《はいせつ》物で汚れていた。そして背中や胸や腹に、焼き印されたとおぼしき原子力マークがいくつもあった。

三人とも言葉を失い硬直した。

間中は最初、全員死んでいるのかと思った。だが、数人が顔を上げて間中たちを見てやはり硬直した。あまりに異質な者たちとの出会いだった。

真っ先に立ち直ったのは塚本だった。

「熊井希美はいるか!?」

呼びかけるが、応答はない。

「熊井希美っ！」

やはり応えはない。

「間中、ここを頼む。矢島、一部屋ずつチェックしていこう」

「了解」

塚本と矢島は土足で家に上がった。

間中は一人玄関に残る。一刻も早く熊井が見つかって欲しい。こんな地獄のような場所には一分、いや、十秒だっていたくない。正気を失いそうだ。

ここにいる女たちを助ける余裕もこちらにはない。それにしてもここまでひどいとは。

「ねえ、助けに来てくれたの？」

顔の無残に腫《は》れあがってもはや若いのかそうでないのかもわからない痩せこけた女が間中の脚にすがりついてきた。

こういうのは困る。相手にしていられないのだ。助けてやりたい気持ちはあるが、全員助けるには警察官が最低二百人ほど必要だ。

「違う、女を連れに来ただけだ」

間中は答え、女を押しのけようとしたが女は一層つよく脚に抱きつく。

「あたしじゃダメなの、ねえ」

「お前じゃない。黙っててくれ」

「あたしも助けてよぉ、連れてってよお」

他の女たちもにじり寄ってきた。どいつも目が尋常でない。何かおかしな薬を与えられているのかもしれない。

「塚本さんまでですか！」

間中は思わず声を上げた。

「あ、この女、詐欺罪で指名手配されてる内藤敦子《ないとうあつこ》だよ」

矢島は右手の指がすべてなくなっている太った女を指差して言った。女がぎくりとした顔で矢島を見た。

「ほっとけ、そんなの。熊井を探すんだ」塚本は急かした。

「塚本さんまでですか！」

玄関から恐怖にひきつった間中の声がした。

「今やってる！」

塚本は答え、キッチンの捜索を続ける。十二畳ほどの部屋に二十人ほどの全裸の女が横たわったりうずくまったりしている。テーブルや椅子《いす》などの家具はすべて運び出されていて何もない。床には古新聞やビニールシートが敷かれていた。

「矢島、どうだ。いるか？」

「ここにはいないよ」矢島が言った。「あ、待って、あの女は？」

矢島はうつ伏せになっている一人の女に近寄り、髪の毛を摑んで顔を上げさせた。

突然女が狂ったように手足をじたばたさせて暴れた。その女は歯を全て抜かれ、上下の唇と舌の先を切り取られていた。熊井ではなかった。

矢島は恐怖にあとずさり、別の女につまずいて転倒した。

塚本が手を摑んで助け起こす。

「この部屋にはいないよ」矢島は目を潤ませて言った。

「よし、次の部屋だ」

廊下に出ると間中が「いませんでした⁉」と声をかけた。

「いない！」

塚本は応え、廊下に点在する吐瀉《としゃ》物の塊を踏んで足を滑らせぬよう注意しつつリビングに踏み込んだ。

そこにも魂の抜けた女が十数人いたが、そのうちの一人は歌っていた。完全に別世界に連れていかれた目をしていた。

「♪アイウィルフォローユー　つばさのはえたブーツで　アイウィルフォローユー　ちょっぴり気がよわぁいけれど　すぅてきぃなぁぁぁ　ひぃとだからぁ～」

「いるか？」塚本は訊いた。

「ここにもいない」矢島は応えた。

「くそ」

「塚本さんまでですか!?」間中が怯えた声で言う。

「急かすなよ！」塚本はどなった。

「塚本さん、二手に分かれない？　その方が早いよ」

「駄目だ、危険すぎる。次いくぞ」


「あたしを連れてってくれないんなら、ちくってやる！」

間中の脚にすがりついた女はしつこい。

「あたしは来たくてここにきたんじゃないんだ、騙《だま》されて連れてこられたんだ。ジャズバーでシンガーの仕事があるっていうから、畜生！」

そう訴える女は右脚のアキレス腱《けん》を切断され、傷口には蛆虫《うじむし》がうごめいていた。

「頼むから黙っててくれ。あとで必ず機動隊を連れて戻ってくるからほっといてくれ」

間中は丁重に頼んだ。これが塚本なら、容赦なく殴って気絶させるだろうが、間中にはそれができない。

「あたしがここに連れて来られてまず何されたかわかる？　ねぇわかる？」

「知りたくもない。静かにしててくれ」

女は力尽きたようにうずくまり頭を抱えてぶつぶつ独り言をつぶやき始めた。

「あそこに……死体の目ん玉を三つも押し込まれたんだ……それから犬の腐った死体の上で……」

——間中、応答せよ。

トランシーバーから警視正の声がした。

「あ、はい、間中です」

——熊井はいたか。

「まだ捜索中です。予想を超えて人数が多くて」

二階から女が一人、階段を這《は》って降りてきた。人というより、人に取り憑《つ》いたトカゲみたいなうごきだった。

その女は左脚の膝から下がなかった。また、頭の一部がやけに白いと思ったら頭蓋骨《ずがいこつ》が露出している。顔も酷いやけどによってただれている。

そいつが、虚ろな目で間中の方へと這ってくる。

「ここは地獄です。とんでもない人権侵害が……」

間中は泣きそうな声で言った。

——今は自分の任務に集中するのだ。

「言うのは簡単ですよぉ！」

——私はお前を信じている。心の底から。まずいことがあったら連絡しろ。

そう言って警視正は交信を打ち切った。

「くそっ！　一階にはいない」

二人は戻って来て、塚本が吐き捨てた。

「こいつをなんとかしてください！」

間中は自分の方へ這ってくるトカゲ女を指差して涙目で言った。

「それは熊井じゃないのか」塚本が確認を求める。

「違いますよ！」

「自分でなんとかしろ、俺と矢島は二階を見てくる」

言うやいなや、塚本は階段でうずくまっている女の髪を摑んで顔を確認し、熊井でないとわかると階段から蹴り落とした。

「熊井希美！　いるか！」

二人は二階に消え、間中はまた一人になった。

「たふげ……で……」

今度はトカゲみたいな動きの片足女が間中のブーツにすがりついてきた。

「やめろ！」

間中は女の手を振り払い、肩を蹴った。

しかし女はそれでもすがりついてくる。

「お前に用はないんだ！」

間中はついにトカゲ女の顔を蹴った。

その時二階から矢島の「危ない！」という声と、続いて塚本の叫び声が聞こえた。間中の背筋が凍った。

「いってえこの野郎！」

塚本が喚き、一秒後に二階から小柄な女が降ってきた。女は頭から階段に激突し、転がり落ちた。

「塚本さん大丈夫ですか！」

間中は二階に拳銃を向けて声をかけた。

「大丈夫だ、女が腕に嚙《か》みつきやがったんだ」

せいぜい三分もあれば熊井を見つけて連れ出せると思ったのは甘い見込みだった。

突入してからもう八分が過ぎた。まだ熊井は見つからない。

ドアのレンズから外を覗《のぞ》く。外に動きはないが、いつ誰が様子を見にきたり、見張りの交替にくるかわかったものではない。

「頼む……早く……」

「そんなはずないだろ！」

二階で塚本の怒鳴り声がした。

「いないもんはいないんだからしょうがないじゃん！」

矢島の怒鳴り声もした。

「いないんですか⁉」

間中は二階に向かって言った。

「いないぞ！」「いないよ！」

二人が同時に怒鳴った。

「なんで⁉」

「こっちが訊きたいよ！」塚本が言う。

塚本と矢島が二階から下りてきた。二人とも発狂しそうな目をしている。自分も似たようなものだろうが。

「殺されて捨てられたのかもしれない。とにかくこれ以上ここにいても仕方ない。男の収容所に行こう、結城の確保だ」

間中は、絶対に行きたくなかった。女の収容所でもこんなに危険で手間取ったのだ。男の収容所に踏み込んだら何か致命的にまずいことが起きるに決まっている。

「行きたくありません」間中は弱音を吐いた。

「俺だって嫌だよ！」塚本が怒鳴った。

「とにかく、行くだけ行ってみよう。踏み込むかどうかの判断はそれからでいい」

「ここにいる女たちはどうします？　ほっときます？」

「二階で指名手配犯を三人見つけたよ」矢島が言った。「あたしにはもうどうでもいいけど」

「いっそ檻《おり》を開けて混乱させるか」塚本が言った。「人道的にも正しい処置だしな」

収容所の玄関を開け放ち、外を警戒する。

「クリアーだ」塚本は言った。そして奴隷の女たちに向かって言った。

「お前らもうは自由だ、とどまるなり逃げるなり好きにしろ。間中、矢島、行くぞ」

小走りに男の奴隷が収容されている民家に向かう。

ライヴはまだ続いている。今度は男泣きのギターをフィーチャーしたブルースだ。

「その先を右折したら収容所だぞ」

角に到達すると、呼吸を整える。

「あれ、矢島は？」塚本が訊いた。

いつの間にか矢島が消えていた。てっきり真後ろを走っていると思ったのに。

よしてくれ、急にいなくなるなんて。

「探しに行こう。息が切れて倒れたのかも」

塚本は言い、来た道をまた走って戻る。間中も喉《のど》をひいひい鳴らしながらついていく。

三十メートルほど戻ったところで矢島を見つけた。

矢島は地面に四つん這いになっていた。今にも地面に突っ伏してしまいそうに見える。

「矢島！」「どうした矢島！」

二人は駆けよって声をかけた。

「大丈夫か？」塚本が訊く。

「いないわけだよ、あそこに」矢島が妙なことを言った。

「なに？　どういう意味だ」

「これだよ！」

矢島は右手に何かの紙切れを持っていて、それを間中たちに突きだして言った。

「道に落ちてたんだよ」

塚本がそれを受け取って、LEDライトを掌で覆って紙を照らす。

チラシだった。

創立およそ百日記念
アトミックパンク　presents
最狂ロッケンロールライヴ&極悪ヒーローショー

ワンナイトファッキンメルトスルー！！！

於　元きたさと児童公園

日付は今日だ。つまり、こいつは今熱狂の最中で続いているあのイベントのチラシなのだ。

「極悪ヒーローショーのキャスト欄、見てよ」矢島が言う。

仮面ファッカー・アスホール……ゆうきさくたろう
その二行下にはひと回り小さな文字で「あいざわきみか」の名前もある。熊井希美の芸名だ。

同姓同名の別人だと考えるような楽観人はいなかった。

「信じられん、めまいがしてきた」

塚本はチラシを間中に渡すと、両手を地面についてうなだれた。

「こんなバカなことって……」

「じゃあ、結城も収容所にはいませんね」

その事実は間中にとってありがたいくらいだ。収容所に行かなくて済む。

「とにかく、警視正に報告しましょう」

——すると熊井と結城は今、イベント会場で自分の出番を待っているということか。

「ええ、おそらく」間中は答えた。

会場から聞こえてくる音楽は八〇年代のＬＡメタルのやりきれていないコピーであった。バンドが変わったようだ。

「いわゆる楽屋待ちの状況ではないかと。いかがいたしましょう」

——お前たちの報告を待っている間、調べ物をしていた。

唐突に警視正が言った。

「調べ物ですか？」

——正確に言うと、かつてのこの町の画像をネットで探していた。きたさと児童公園の画像も見つかった。出入り口が二カ所ある。

「そうなんですか」

——東側の出入り口は幅が広くて、このハマーも通れる。

「警視正、一体何を考えていらっしゃるのですか⁉」

——私が考えているのは熊井と結城の逮捕、それだけだ。

「それだけって……どうやってという手段を考えるのも非常に大事だと思いますが……」

——間中、装備の中に梯子《はしご》はあったか？

「ええ、梯子にも脚立にもなるやつを持ってきました」

——登ってもらうぞ。

◆

ステージが暗転し、ＡＫＢ48の歌が流れだすと、会場にはさきほどのメタルバンドの時とは異なる興奮が生まれた。

真ん中にサーチライトの光の輪があらわれ、そこに赤いランドセルを背負った、ツインテールにミニスカートの女があらわれると男たちの絶叫が上がった。

その女、畠未奈は顔が引きつり、目が潤んでいた。

舞台サイドではビデオカメラを持ったスタッフが撮影していて、その映像はプロジェクターによって舞台の上に掲げられている白いシーツを十八枚縫い合わせて作ったスクリーンに投影されている。

音楽がすうっと小さくなる。

女は精一杯のつくり笑顔を浮かべ、言った。

「あたしはジュリ！　十二歳、小学校六年生よ！」

棒読みのセリフにもかかわらず、男たちが嬌声《きょうせい》を上げる。

「ジュリ、毛ぇ見せろー！」「パンツ脱げえええ！」「俺のくわえろー！」

ジュリのセリフが続く。

「あたしはまだバージンなの。でも最近、なんだか胸が張ってきて、ジュリちょっと痛いの」

左手で自分の胸を揉《も》みながら右のそこで掌を見る。そこに極小の文字でセリフが書きこんである。

「おまけに生理が近くてなんだか今日はむしゃくしゃするわ。109で……えっと、ガンガン買い物とかしたい気分だわ。あぁ、でもお金がないわ。ジュリのパパは痴漢で捕まって、刑務所にいるの」

笑い声が起きた。

そこでもう一人が登場した。きっちりと髪を七三に分けたサラリーマンである。

サラリーマンが言う。

「畜生！　毎日毎日無能な上司の顔色窺《うかが》って遅くまでサービス残業させられておまけに安月給は税金と家のローンにあっという間に消えちまう、なんてくだらねえ人生なんだ！」

ジュリ役の女に較べればはるかに芝居になっている。

「決算前は地獄の日々だ。もう嫌だ、こんな気分の時は若い女の子の胸やケツを撫でまわしたくなる。おや？　あんなところに小学生のロリがいるぞ」

サラリーマンがジュリを指差して言う。

「いかん、何を考えてるんだ俺は。あれは小学生だぞ。老け顔とはいえ小学生だぞ」

ジュリとサラリーマンの目が合う。がすぐに目をそらす。

ジュリが言う。

「あのリーマン、あたしのことエロい目で見たわ。そうだ、いいこと考えた、あいつに金を出させてお買い物しまくっちゃおう」

サラリーマンが言う。

「いかん、あのロリ、小学生のくせにやけに発達してる。もしかしてバージンじゃないかもしれない。もしかしたら、お互いに割り切った関係が持てるかもしれないぞ」

ジュリが近づいてきた。

「ねえおじさま。あたしジュリよ」

「ん？　なんだいジュリちゃん、道にでも迷ったのかな」

いつの間にか観客が息をひそめて展開を見守っている。

「そうじゃないの、あのね、ジュリね、とってもとっても恥ずかしいんだけど、胸がね……痛いの」

「なんだってぇ？」

「なんていうかね、ぴりぴりと張っているの」

ジュリがサラリーマンの手を摑んで自分の胸に触らせると、ステージ脇《わき》のスピーカーから「どくん、どくん」という男の声が流れだした。

「わかる？　おじさま」

「よ、よくわからないな」

「どくん、どくん、どくん……」

「もっとぎゅっと握って」

「こ、こうかい？」

「どくんどくんどくんどくん」

「ああ、そうよ、なんだか凝りがほぐれていくみたいだわ、おじさま、上手なのね」

「そ、そりゃあ、僕だってそれなりの女性経験はあるからね。きき、君のおっぱいはとても、弾力があっていいと思うよ」

「どくんどくんどくんどくんどくんどくんどくんどくんどくん……」

「こら、おやじ」ジュリが突然態度を豹変《ひょうへん》させた。

「え、どうしたの？」

「よくも未成年のパイにさわりやがったな、こら」

「き、君が触って欲しいって」

「あたしぃ、あそこに立ってるおまわりさん呼んじゃおっかなぁ」

「こ、困るよぉそれは！」

「せぇ～の、おまわぁりさ……」

「なんでもするからやめてくれええ！」

「ホント？」ジュリが首をかしげて訊く。

「ああ、なんでもするよ。だからサツだけは勘弁してくれ」

「じゃあぁ、十万円ちょうだい、うふ」

「じゅ、十万円だってぇ？」

「がびーん！」効果音の係の男が新たな音を繰り出す。

「そそ、そんなに持ってないよ。僕、貧乏リーマンだから」

「なんだとコラ！」

ジュリがランドセルに差してあった三十センチ定規を抜いてサラリーマンの顔を思い切り打つ。

「あいた！」

「小学生のパイに触っといて十万円出せねえだとこらぁ！」

ジュリが定規で今度は顔を突いた。

豹変してからは演技がやけに自然なジュリであった。

「か、顔はやめてくれ！　女房が不審に思う」

「うっせえんだよくそリーマンが！」

ジュリは定規を捨てて、ぺこりとお辞儀した。ランドセルの蓋《ふた》が開いて、大きなカッターナイフがぽとっと足元に落ちた。ジュリはそれを拾って刃を露出させ、サラリーマンのスーツを切りつけた。

観客席がどっと沸いた。

「ひいい！」

「待てこらぁ！」

ステージの上でくるくると追いかけっこが始まった。

――茶番はそこまでだ！

天から降ってきたような声が轟《とどろ》いた。

「誰だてめえ！」ジュリが辺りを見回す。

「ど、どちらさまでしょう」

サラリーマンもきょろきょろする。

――東に欲求不満の割れ目あれば、行って一年分のザーメンを注ぎ……

観客たちが人差指と中指の間に親指を入れてそれを天に向かって突きだし、叫ぶ。

「待ってましたー！」「日本一ーっ！」

――西に性の喜びを知らぬ三十路のいきおくれあれば、下から突き上げ昇天させる。

「昇天させてーっ！」「ひいひい言わせてーっ！」

女たちもヒステリックに叫ぶ。

――北に淫乱《いんらん》の有閑痴女軍団あれば横一列に並べて端から犯す。そして南には、まだ見ぬ極楽の名器ありぃ！

カンカンカンカン！ と歌舞伎《かぶき》の拍子木が鳴り、続いてマカロニウェスタンでよく使われる「ビシューーン！」と聞こえる独特の銃声が鳴り響き、主役とそのしもべが舞台上手から颯爽《さっそう》と現れた。

マントを翻し、ヒーローが言う。

「誰が呼んだか俺の名は、仮面ファッカー・アスホール！」

「おいらは忠実なるしもべ、マンディンゴ！」としもべが続ける。

地鳴りのような歓声と笑い声が会場を揺るがした。

「アスホール！」「ケツ穴ーっ！」

アスホールは両手を腰に当てて、ぐっと胸を張り、観客どもを見下す。

「俺と言う男に意味はない！ だが世間は俺のサオをほうってはおかぬ！ ならば世のためメスのため、使って見せよう黄金色のマラ！」

観客がまたどっと沸いた。

「やいやいやい！ なんだてめえは、気色わりい色モノ野郎が」

ジュリのセリフは歓声でほとんど聞こえなかった。そこでもう一度、さらに声を張り上げる。

「やいやいやい！ なんだてめえは、気色わりい色モノ野郎が」

仮面ファッカーはジュリをピッと指差し言う。

「ことの次第はすべて見ていたぞ、未成年の皮を被った、男を破滅に導く淫魔め！」

「淫魔め！」マンディンゴも真似する。

「天に代わってせいばいしてくれようぞ」

「うるっせえんだよ、ひっこんでろバーカ！　あたしのカレシは原発グループの社員の息子なんだぞ、あたしが一本電話かければお前らなんか、えっとお前らなんか……脚をコンクリで固めて汚染水プールに放り込んでやるぞ！」

仮面ファッカーがジュリに駆けより、いきなりビンタした。ジュリが頭をのけぞらせ吹っ飛ぶ。

観客は大喜びである。

「いったああ！」

本気でやられると思っていなかったジュリが顔を押さえて目を潤ませる。

「なにすんだよぉ！」

仮面ファッカーは両手でジュリの髪とブラウスをわしづかみにしてぶん回す。

「きゃあああ！」ジュリが本気の悲鳴を上げる。

マカロニウェスタンの勇ましくかつ哀愁あるメロディーが流れる。

仮面ファッカーはジュリを四回転させてからパッと手を離した。ジュリは吹っ飛び、ブラウスが千切れてシリコン乳房がぽろっと露出した。

ジュリは胸と顔で舞台を勢いよく滑った。

観客たちはサルのように飛び跳ねて喜ぶ。

サラリーマンが仮面ファッカーの足にすがりついて言う。

「ありがとうございます！　ありがとうございます！」

「いいってことよ、あんちゃん」

マンディンゴが胸を張り、鼻の下を指で擦る。

「こら、おまえじゃゃないっちゅーの」

仮面ファッカーがマンディンゴの後頭部を平手で叩いてツッコミを入れる。

「失礼、うっかりしやした！」

マンディンゴがペロッと舌を出して卑猥《ひわい》に動かす。

顔と乳房の皮膚が醜くめくれたジュリは泣きながら舞台の上手から逃げようとしたが、
凶暴なスタッフたちに摑まり、もう一度舞台に蹴り出された。

「やられちまえー！」「死ね淫売ーっ！」「ぶっ殺せー！」

観客たちの野次が凄《すさ》まじい。

「リーマンよ。俺がここで見ていてやるから、あのメスを犯せ」

仮面ファッカーのセリフにマンディンゴもサラリーマンもきょとんとした。

「結城さん、セリフ違います」

マンディンゴが顔を寄せて小声で言うが、微妙に観客にも聞こえている。

「いいんだ、これで」

仮面ファッカーが自信たっぷりに言う。

「しかし、台本では結城さんが……」

「台本がなんだぁ！」仮面ファッカーが叫んだ。「こんな小便くさいバカ小学生に、俺様の黄金色のマラなど使えるか。リーマンよ。あいつを公衆の面前でファックして折られた心の牙《きば》をもう一度取り戻すのだ！　男ならもう一度勃《た》て！」

サラリーマンにスポットライトが当たる。

「心の牙……心の牙ああぁ！」

サラリーマンが突然スーツを引き千切るようにして脱ぐ。

「そうだ、それでいいのだ、オスになれ。マンディンゴよ、こっちの展開の方が観客に勇気を与えるだろう？」

「そ、そうですね」

「俺さまの黄金マラは次のステージのために取っておくのだ」

サラリーマンが全裸になった。

モノは大きくないが、勃起している。

「この淫魔め、社会人の制裁を受けろ！」

下手のスタッフから首縄が投げ込まれ、サラリーマンはそれを拾うと逃げるジュリにとび蹴りくらわせてぶっ倒し、首に縄をかけて引っ張った。そして舞台の真ん中まで引き摺っていくと、ジュリの両脚を持って開かせる。

ビデオスタッフが駆けよって、ジュリの股間《こかん》を容赦なく映す。

ステージ上でレイプショーが始まった。

サラリーマンはジュリの髪の毛を摑んで床にガンガン叩きつけながら激しく腰を使う。

ジュリは白眼を剝《む》き、鼻血を噴いている。意識はなさそうだ。

「親分さん、今日もまた困っている人を助けましたね」

マンディンゴが無理やり和やかな雰囲気に持っていく。

「しかし、俺たちの仕事に終わりはありませんね」

「そのとおり。だが明日は明日の風が吹くさ。気楽にいこうぜ」

「どこまでも親分についていきやす！」

トランペットのウエスタンメロディーが流れ、ズンチャカズンチャカというリズムに乗って仮面ファッカーとマンディンゴはステージを練り歩く。

ステージに色とりどりのブリーフやショーツが次々と投げ込まれた。

——第一幕、終わり！

◆

第一幕が終わった。

野外ステージが見下ろせる民家の屋根で矢島は動けなくなっていた。あまりに衝撃的な内容のショーに脱力しきってしまい、トランシーバーを持った右手一本動かすのにも苦労した。

「警視正、物凄いです」矢島はまず報告した。「こんな変態ショー、見た事ありません。衝撃的過ぎます」

――内容に興味はない。

警視正が切り捨てる。

――私の興味は、いつ結城と熊井がともに舞台に上がるか、それだけだ。

「第二幕以降になると思います」

――期待して待つ。

警視正は交信を打ち切った。

男専用の控室に用意されていたヤカンから水をガブ飲みし、ついで頭から水をかぶる。いい気分だ。ここが地獄であることも、今はどうでもいい。

スタッフがタオルを差しだしたので「お、サンキュ」と受け取って顔を拭《ぬぐ》う。タオルが臭かった。数十人の尻を拭いた後ではないかと思えるほど、許しがたい異臭だった。

「おい！」

結城は立ち去ろうとしたスタッフを怒鳴りつけた。振り向いたスタッフの顔にヤカンを投げつける。ヤカンは顔を直撃し、スタッフは顔を押さえてうずくまった。

マンディンゴ小峰が硬直している。

「主演俳優を侮辱するのかてめえコラ！　清潔なタオル持ってこい！」

「す、すいません」

スタッフは蒼白《そうはく》な顔で立ち上がる。

「二枚持ってこい！　マンディンゴの分もだ」

「わかりました」

スタッフは逃げるように消えた。

「すみません、お気づかいありがとうございます」

マンディンゴ小峰がぺこりと頭をさげた。そして結城を指差し言った。

「結城さん、まさに水もしたたるいい男っすよ」

「こいつぅ！」

結城はマンディンゴ小峰に愛のヘッドロックをかけた。

「あ、結城さん」

「ん？」

「あいつ、なんすか？」

「え？」

いつからそこにいたのか、控室の隅に異様な男が立っていた。そいつは頭部を黒のラバーマスクですっぽりと覆い、全身を黒くペイントして腹に白い原子力マークが描いてあった。そして黒のマントをはおっている。

「あんな役の奴いましたっけ？」

「いや、いなかったと思う」

ラバーマスクの男が結城たちに歩み寄ってきた。友好的な雰囲気とは言い難い。

「お前、なに？」結城は訊いた。

黒マスクの男が、結城に向かってゆっくりと右手人差指を突きだした。指には銀色の爪がはめてあり、それはぴかぴかに磨かれている。

「なんだよ」結城はドスをきかせ言った。「挨拶《あいさつ》くらいしろよ、俺は主演俳優だぞ」

「アトミックパンクさまからのメッセージだ。心して聞け」

「え？」

道理で態度がえらそうなわけだ。

「二度とアドリブは許さん」黒マスクの男は宣告した。「どれほど観客にウケようが許さん。再び台本を無視したら、命はない」

「へえ……そうかい。もし次もやったらどうなるんだ？」

結城はあえて訊いた。

「その時は、俺が舞台に出る」黒マスクの男が答えた。「貴様の最期だ」

結城は鼻で「へっ」と笑った。

「なにか？　お前が俺に引導を渡すってか？　てめえみてえなただ黒いだけで面もさらせねえ、華のないガニ股《また》野郎が俺を倒すだとコラ！」

つかみかかろうとすると、黒マスクの男は目にもとまらぬ早さでステップバックし、再び結城を指差した。

「やめておけ、この爪には猛毒が塗ってある。皮膚を軽く引っ掻《か》いただけで貴様は全身が紫色になり、絶叫しつつくたばる」

「……ハッタリだ」

「そう思うならかかってこい」

二人は数秒間睨み合った。先に目をそらしたのは結城だった。

「へっ、わかったよ。台本通りやりゃあいいんだろ、俺もプロだ。きちっと決める時は……」

「結城さん、もういませんよ」

マンディンゴ小峰が言った。

黒マスクの男はどこかにテレポーテーションしたみたいに消え失せていた。

「いつ出てった？」

「普通に歩いて出て行きましたよ」

◆

第二幕の開幕を告げるブザーが鳴り響いた。

舞台上手から赤ん坊の人形を抱いた若い女が出てきた。スポットライトが女を追う。

——おんぎゃあ、おんぎゃあ。

さきほど心臓の音や「ガビーン！」などの効果音を担当した男が今度は赤ん坊の声で泣く。

「おぉ、よしよし。可愛いマイベイビー。お外は放射能がたくさん降り注いで怖い怖いでちゅから、早く車乗っておうちかえりましょうね♥」

——おんぎゃあ、おんぎゃあ。

「ママは今日ね、『被曝《ひばく》から子供を守る勉強会』に参加して、えらい先生からためになることいっぱい聞いて、たくさん勉強しちゃった。質問もしたんだよ。ろくでなしのパパはいなくなっちゃったけど、ママがあなたのこと、しっかりと放射能から守ってあげるから、何も心配しなくていいんだよ、マイベイビー。ちゅっ」

女が人形にキスをする。

観客は不気味なほど静まり返っている。

屋根の上の矢島も息をひそめ、舞台を見守っている。

「この展開って……もしやあれ？」

独り言が漏れた。

舞台が暗転し、今度は青いスポットライトが下手を照らした。その中に、熊井希美が立っていた。しっかりとメイクをし、姉系ファッション誌のモデルみたいな服装だった。そして手には缶コーヒーを握りしめていた。

「あっ！」

矢島はトランシーバーの通話ボタンを押した。

「警視正、出ました！　熊井希美が舞台に登場しました！」

――ついにか。

警視正が呟《つぶや》く。

「しかも舞台の上で、今回の事件みたいなことが展開しそうです。缶コーヒーまでしっかり持ってます」

――ほお。

熊井が手にした缶コーヒーを一気飲みし、ゲップして缶を背後に投げ捨て、そして叫んだ。

「あたしは女優よ！」

よく通る声だった。存在感もある。

「その辺にうようよ湧《わ》いて蠢《うごめ》いている華も才能もないくだらない自己表現者と一緒にしないで！　そんな連中とは根本的に違うの！　なぜそれがわからないの？　そもそもマネージャーがわかっていない、いいえ社長さえわかってないわ！」

もはや台本なのか独白なのかも判別しがたい。

「ええ、わかってるわ。この業界は腐ってる。腐りきってドブ川の臭いをぷんぷん放っている」

「ウンコー！」「おめえのマンコがくせえんだよーっ！」

客席から野次が飛んだが熊井の集中は途切れない。

「だけどそのドブ川から自力で這い上がった向こう岸に、光り輝く丘がある。あたしはそこを目指している。ドブ川を掻き分けて岸に向かっているの！　停滞はしないわ！　してたまるか！　だけど、ドブ川に沈んだ者どもが川底からあたしの足を掴んで引っ張る。引っ張る！」

熊井は見えない者どもと戦うように左右の足をじたばたと動かす。

「ちきしょー！　あたしの足をひっぱるのは、夢追いボケした安物俳優どもだ！　才能もコネもないおたく監督だ！　あたしを抱こうだなんて五十年はええんだこのバカがぁ！」

　突然ピアノの不協和音が轟き、熊井はがくりと膝をつき、うなだれた。

「気がつけば……あたしは三十を超えていた。三十路よ！」

　顔を上げ、遠くを睨む。

「なのにあたしはまだドブ川でもがいている。今までは遠くても見えていた光り輝く丘が、もう見えなくなった。どうして！　こんなに頑張ってきたのになぜ！」

　再び立ち上がり、頭をかきむしる。

「あたしより若い連中があたしのこと、姉さん、姉さんて呼ぶ。うるさいんだよ、慕ってるフリして心の中では馬鹿にしやがって！　演技のイロハも知らない自己中どもが、てめえらなんかが光り輝く丘に登れるわけがない、それどころか遠くに拝むことだってできやしないんだ！　すくなくともあたしは丘を見たんだ、お前らなんかとは違うんだこのバカどもがあっ！」

　舞台全体が明るくなり、さきほどの若い母親はまだ赤ん坊を幸せそうにあやしている。

　熊井はその様子をじっと見入る。鼻息が荒くなってくる。マイクを通してスピーカーから鼻息が増幅され、会場を息苦しくさせる。

「あたしはもう、結婚できない。子供も産めない」

　熊井が呟く。

「夢を追いかけることに無我夢中で、普通の家庭の幸せなんて縁がなかった。一度東電の社員から結婚してくれと言われたことがあったけど、断った。夢をあきらめて家庭に入るなんてあたしには考えられない。あたしの両親も自分の夢ばっかり追っていた。そんなに夢を追いたきゃ、結婚してあたしなんか産まなきゃいいのにって何度も思った。でも口には出さなかった」

若い母親と赤ん坊が少しずつ熊井に近づいてくる。

「畜生……しあわせそうにしやがって」

熊井は吐き捨てた。

「幼い子供の被曝が心配だと？　子供が産めないあたしに対するイヤミか？　そうか、お前もあたしのことバカにしてやがるんだな、いろんなものを失ってそれでも死に物狂いで頑張ってるあたしに、てめえの平凡な幸せ見せつけて優越感にひたろうって魂胆か！」

若い母親が熊井の目の前を通過した。

「てめえなんか、何も考えずに男に生チンいれさせて中出しさせてできちゃったから結婚してとか迫って妻の座を手に入れただけじゃねえか！　ああん？　てめえに何か才能あんのかよ、何かを手に入れるために死に物狂いでたたかったことあんのかよ！」

熊井がスカートの後ろから抜いたのはハンマーだった。

「警視正、まさに熊井が自らの犯行を舞台の上で再現しようとしています」

矢島は報告した。

熊井がハンマーを振り上げ、背後から女に忍び寄り、左手で肩をとんと叩いた。母親が振り向いた瞬間、熊井が母親の顔にハンマーを叩きつけた。

とても演技と思えなかった。

観客たちがその瞬間ぎくりとした。

「いったあああ！」

殴られた母親が赤ん坊の人形を放り出して左目を押さえ、絶叫した。

「このバカ、本気でなぐったあああ！」

指の間から血が滴る。

母親は役を捨て、よろけながら舞台の袖《そで》に逃げ出した。しかし舞台サイドに控えている屈強なスタッフたちが手にした木の槍に腰や肩を突かれ、舞台に押し戻される。

「お前の幸せなんか簡単にぶっ壊せるんだよ！」

熊井が再び襲いかかる。

舞台上で追っかけっこが始まった。脳にダメージを受けた女は当然ながら圧倒的に不利で、すぐに転んでしまった。

熊井は女にのしかかって何度もハンマーを振り下ろす。

「このくだらないメス！　ぽっぽこガキ産むしか能のない二十《はっ》日鼠《かねずみ》！」

「警視正！　舞台の上で殺人が行われようとしています」

――結城はまだ登場せんか。

「まだです」

――待つのだ。

殴られる女も必死だ。捨て身の抵抗で熊井の顔に頭突きを放つ。それがヒットして熊井が頭をのけぞらせた。

そして女は熊井のハンマーを奪い取ろうとする。熊井はそうさせまいとする。引っ張り合いになる。

二人とも歯を剝《む》いて凄《すさ》まじい形相となる。

ビデオスタッフが駆けより、二人の顔を交互にアップで写す。それがスクリーンに投影される。

硬直していた観客たちがここに至って楽しげに野次を飛ばし始めた。

「殺せー！」「レズやれ、絡めえええ！」「ヤンママ頑張れ！」「やっちまえ、ぶっ殺せ！」

「このヒス女！」女が熊井の顔に唾《つば》を吐きかける。「何が女優だ、笑わせんな淫売のメンヘルが！」

「殺してやる！」

熊井が吠《ほ》え、女の右手に嚙みついた。

その様子をビデオカメラがとらえ、スクリーンには破れた肉から湧き出る血が映し出された。観客がさらに沸く。

「いてててて！」

女が叫び、右手をハンマーから離した。そして熊井の腹に蹴りを放つ。

熊井は吹っ飛ばされ、真後ろに転がったがハンマーは離さない。

空気が震えるほど大きな歓声が上がった。

「もう見てらんないよぉ」

屋根の上の矢島はベソ面で呟いた。

熊井は腹を押さえて立ち上がり、勢いよく吐いた。しかし、攻撃をやめない。

「死ねええ！」

女は気迫で負け、再び逃げ出した。またぐるぐると追っかけっこになる。

女が、熊井がぶちまけた吐瀉物に足を滑らせてぶざまにすっ転ぶと、大爆笑が起きた。

熊井が再びのしかかり、女の頭部を狙《ねら》って執拗《しつよう》にハンマー攻撃する。一発が深く鋭く決まり、女はいつ死んでもおかしくない状況になった。

「あたしの勝ちだあ！」

とどめの一発を振りおろそうとしたその時……。

——そこまでだ！

結城の声が轟いた。

「誰だ！」

熊井が我に返ったように演技を再開した。殴られた女はぴくぴくと痙攣《けいれん》している。

――東に欲求不満の割れ目あれば、行って一年分のザーメンを注ぎ……

観客たちが再び人差指と中指の間に親指を入れ、天に向かって突きだして叫ぶ。

「待ってたぜー！」「じらせやがってこのおおお！」「おっせえんだよお！」

――西に性の喜びを知らぬ三十路のいきおくれあれば、下から突き上げ昇天させる。北に淫乱の有閑痴女軍団あれば横一列に並べて端から犯す。そして南には、まだ見ぬ極楽の名器ありぃ！

カンカンカンカン！　と歌舞伎の拍子木が鳴り、「ビシューン！」と銃声が鳴り響き、再び仮面ファッカーとマンディンゴが颯爽と現れた。

二回目にしてすでに黄金のワンパターンが確立されていた。

「出ました！　結城です」

矢島はトランシーバーに向かって怒鳴った。

――了解した。

警視正が落ち着き払った声で言う。

マントを翻し、仮面ファッカーが言う。

「誰が呼んだか俺の名は、仮面ファッカー・アスホール！」

「おいらは忠実なるしもべ、マンディンゴ！」とマンディンゴが続く。

「俺と言う男に意味はない！　だが世間は俺のサオをほうってはおかぬ！　ならば世のためメスのため、使って見せよう黄金色のマラ！」

決めゼリフを消化すると、仮面ファッカーは熊井を指差し言った。

「おい、そこの大部屋メンヘル女優」

その単語に熊井の顔が引きつる。

「きさま、いついっぱしの女優になったのだ。デビュー間もない頃のグラビアイメージビデオ以外に主演作はあるのか？」

熊井は答えず、ハンマーをぶん投げた。

「たあっ！」「はいっ！」

仮面ファッカーとマンディンゴは同時に左右に横っ跳びしてハンマーをよけ、くるんと一回転して起き上がった。

仮面ファッカー＝結城が言い放つ。

「自分が主演女優になる夢をかなえられず、かつ他人を愛することもできないからといって、平凡だがしっかりと幸せをつかみ取った人間に嫉妬《しっと》し暴力でその幸せを破壊するとは、あらゆるゲスの中でも最低最悪のクズだ、貴様は！」

「てめえに人のことをとやかく言えた義理かこらあ！」

熊井が顔を真っ赤にして怒鳴る。

「はっはっはっ」

仮面ファッカーは両手を腰に当て、胸をはって笑う。マンディンゴも「ふぉっふぉっふぉっ」と調子を合わせて笑う。

「なんのことかな？ いったい。はて、私を誰と勘違いしているのかな」

「警視正！ 逮捕するならまさに今です！」矢島はトランシーバーに向かって言った。

──その通りだ。しかし、こちらにちょっとトラブルがあった。

「え⁉ なんです⁉」

──暴徒に囲まれてしまったのだ。

「えええ⁉」

──殺されそうだ。だが、心配するな。すぐそっちに向かう。

◆

初めはたった一人の男だった。

どこから現れたのかわからないが、公園近くの細い路地の暗がりに停めたハマーの方にふらふらと近づいてきて立ち小便を始めた。下着は脱がなかった。なぜなら初めから下着をつけていなかったのだ。しかもそいつは放尿しつつモノを掴《つか》んでやたらと振りまわして遊ぶ馬鹿者だった。

そして暗がりに潜む巨体の車に気づいた。

「ちっ」

ハンドルを握っている塚本が舌打ちした。

その時、舞台では熊井が若い母親に襲いかかっている最中であった。

「どうします？　警視正」

助手席でライオットガンを握りしめた間中は訊いた。

「撃沈せよ」

警視正が命じた。警視正はキリンのぬいぐるみの背中に肘《ひじ》を乗せてよりかかり、かつてないほどくつろいだ姿勢だった。ゴーグルも装着していない。

「了解」

間中は立ち上がってルーフを開け、胸まで外に出た。

男が逃げようと半身を捻《ひね》った瞬間に塚本がヘッドランプを点けた。下半身剝《む》き出しの男の全身が青白い光の中にくっきりと浮かびあがる。

間中は警告せず、ただ狙《ねら》い、引き金を絞った。直径八センチのゴム弾が発射され、男の背中をヒットした。男はその場に崩れ落ちた。

塚本はすぐにランプを消した。そして待つ。男は起き上がらない。

「気絶したみたいです」

間中は警視正と塚本に報告した。

「よろしい」警視正が言う。

ルーフを閉じて中に戻ろうとした時、闇《やみ》の中に鈍く光る小さなものを見た。

間中は目を凝らし、全身を緊張させた。

「誰かいる」

そう言った瞬間、何かが飛んできた。

ガン！　と重たい金属の物体がライオットガンの銃身に当たった。

飛んできた物体はボンネットの上に落ちた。

それは、ナタだった。ナタをぶん投げられたのだ。間中の全身の血が一瞬で冷えた。

「敵襲っ！」

間中はうわずった声を上げてライオットガンを車内に捨てると、サイレンサー付きのグロックを抜いてナタが飛んできた闇めがけて二発撃った。手ごたえがあるとかないとか、そんなことわからない。

今度は槍《やり》が飛んできて防弾ガラスに当たった。

「マジかよ！」

塚本もグロックを抜き、応戦するためにウインドウを下げる。十センチほど下がった時、斜め後方からその隙間《すきま》めがけて日本刀の切っ先が飛びこんできて危うく塚本の顔を切り裂きかけた。

塚本はウインドウの隙間から撃った。サイレンサー付きとはいえ、車内で発砲すると鼓膜が破れそうだ。

弾は日本刀を持った男の首を貫通し、男は仰向けにひっくり返る。

「見つかった！」

間中はルーフを閉じた。

二人の全裸の男がハマーにとびつき、ボンネットによじ登ろうとしたが表面にびっしりと張りつけた突起物に触れ、皮膚が裂けた。

ウインドウを閉めた塚本がハマーを発進させる。

「邪魔だ！」

バンパーに足をかけていた二人は上半身をボンネットに叩《たた》きつけられ、体中が小さな穴だらけになって両脇《りょうわき》に転げ落ちた。

路地から飛び出すと、そこに十人以上の男がいた。

塚本はブレーキを踏むことなく二人撥《は》ね飛ばした。

そして三人目の脚が後輪に巻き込まれて、車体が少し傾く。塚本は強引に乗り越えようとする。

「落ち着け、塚本」警視正が言う。

助手席側のドアに二人が襲いかかり、釘《くぎ》を打ちつけたバットと斧《おの》でサイドウインドウを破壊しようとする。二人の内、斧を持った方の男は笑っていた。

「やめろ！」

間中は、ハリーがドアに取り付けてくれた銃眼の穴にグロックのサイレンサーを突っ込み、笑っている男を撃った。

弾は男の腹に当たり、男は顔をドアに打ちつけて崩れ落ちた。

ウインドウに血がべったりと汚くへばりついた。もう一人は、死んだ男の斧を拾い、逃げていった。

――警視正！　逮捕するならまさに今です！

トランシーバーから矢島の声がした。

「その通りだ。しかし、こちらにちょっとトラブルがあった」

警視正は落ち着いた声で応える。

後ろの方から四人の男が走ってくる。全員が顔や胸や腹に原子力マークのタトゥーを入れていた。片目が空洞になっている男が一人いて、そいつもなぜか笑っている。

――え!?　なんです!?

「暴徒に囲まれてしまったのだ」

間中は再びルーフから頭を出して、走ってくる四人に向け、威嚇なしにいきなり撃った。

四人は左右に散ったが一人しとめた。

――えええ⁉

「殺されそうだ。だが、心配するな。すぐそっちに向かう」

散らばった男三人が左右からまた襲いかかる。その内の一人がハマーの給油蓋《ぶた》を開け、キャップを外そうとした。

残酷職人ハリーによって仕掛けられた刃がキャップ側面から飛び出し、男の指三本が切断されて宙を飛んだ。

「ざまみろ！」間中は思わず叫んだ。

あとからあとから狂った奴らが細い路地の奥から湧《わ》いてくる。きりがない。

町の者はみんな公園でイベントに夢中になっていると考えたのは、楽観が過ぎたようだ。密室で心ゆくまで奴隷を嬲《なぶ》っている方が楽しいと考える奴だっているし、イベント会場で先日女の取り合いで喧嘩《けんか》した奴にばったり出会って刺されるのが怖いから行かないという奴だっているし、そもそも人間嫌いが高じてこの町に来た奴だっているだろうし、単に寝過ごした奴だっているだろう。

警視正が間中に言った。「催涙弾を使ったらどうだ」

「そうします！」

間中は血走った目で応え、ライオットガンにCNガス弾を装塡《そうてん》する。

「塚本、早く公園に突入するのだ」

「努力はしてるんですが、後輪に死体がつかえるらしくて……このやろ！」

突然、車体の下で前進を阻んでいた死体の脚が千切れたか外れたかしたらしく、ハマーは再び勢いよく走り出した。

彼らには見えないが、ハマーは死体を引きずりながら爆走した。死体の背中の皮膚がどんどん削れていく。

「よし！」塚本は吠《ほ》えた。「邪魔するバカはぶっ殺す！　どけえ！」

新聞配達の自転車に乗った白ブリーフしか身につけていない男が怒りに歯を剝き、鼻血を出しながら正面から突っ込んできた。そいつの前歯は何が楽しいのかヤスリで先端を尖《とが》らせていた。あばら骨がくっきりと浮かぶほど瘦《や》せこけている。

「くらえっ！」

塚本は自転車ごと男を軽々と撥ねた。自転車も男の体もぐにゃりと曲がり、男はすくい上げられて顔からフロントグラスに突っ込み、ガラスに血反吐を噴いて転がり落ちた。

「くそ、視界が」

塚本は左手を伸ばしワイパーのスイッチを入れた。水がぴゅっと噴き出してワイパーが血を拭き取る。

路地を左折したら、そこに半裸の男二人と女が待ち構えていた。男たちは小柄な女の髪と腕をそれぞれ摑んでいた。ハマーが危険なほどに近づくと、男たちは女から手を離し、ハマーの正面に女を蹴《け》りだした。

ハマーは容赦なく女を撥ね飛ばし、次いでひき潰《つぶ》し、減速もせずに走り続ける。引きずっている死体の背中はさらに削れ、骨が露出した。

一軒の民家のすぐ傍を通過しようとしたその時、民家の二階のベランダからドアが降ってきた。ドアはハマーのルーフを直撃し、強化プラスチックの天蓋《てんがい》に小さなひびを入れた。次に別の民家の裏を通過した時には、上から手足と頭のない死体が降ってきた。さらにその先の路地では、道の両端で待ち構えていた十数人が、切断され腐敗した人間の手や足や首や、よくわからない塊をハマーに向かって投げつける。

「もうむちゃくちゃだな」警視正が相変わらず落ち着いた声で呟《つぶや》いた。「昔のピーター・ジャクソンのコメディのようだ」

「かかってこい、俺が相手だ！」

仮面ファッカーはそう言って一度しか使えない激安変身ベルトの紐《ひも》を引いて点灯させると、さっと身がまえた。

「おまえがかかってこいよ！」熊井が怒鳴る。「あの時みたいに隠れて襲って来いよ！　なんなんだその安いくるくるベルトは！」

「てめぇ……いいからかかってこい！　主役は俺だぞバカ！」

「こいつはあたしのマンションの前の植え込みに隠れて待ち伏せしてやがったんだあ！」

熊井は仮面ファッカーを指差し、観客に訴えた。

「うるせえ黙れっ！」

カッとなった仮面ファッカーは頭を低くしてダッシュすると右肩から熊井の腹に体当たりを食らわせ吹っ飛ばした。

客席から喝采と笑いが飛んだ。

「この恩知らずの糞《くそ》女優が！」

立ち上がり、熊井の顔を思い切り踏みつけた。何度も踏みつける。

「てめえのせいでこんなことになったんだろうが！」

熊井の鼻がぐしゃっと潰れ、前歯も陥没する。もう女優の顔ではない。ただの潰れた肉である。

「ファックしろおお！」「犯して殺せえええ！」

観客が叫ぶ。

「仮面ファッカーさま、殺してはなりませぬ！」マンディンゴが足にすがりついて言う。

「正義のファックをしないと！」

「わかったよ！」

仮面ファッカーはマンディンゴを振り払った。

そして自分の股間《こかん》を見下ろす。そして呟いた。

「……やっぱ無理だ」

「何言ってるんですか？　もう台本の変更は許されませんよ！」


屋根の上でなりゆきを見守っている矢島は気が気ではなかった。

すぐにそっちに向かうと言った警視正が、来る気配がない。

来てくれないと……。

「あたしがここで孤立しちゃうよ！」

それは絶対に避けたい事態である。

——矢島っ。

警視正の声だ。

「はい！　どうです？　まだですか？」

——入り口まであと五十メートルほどだが非常に抵抗が激しい。観客たちはどうだ？

「夢中で観てます」

——お前のリュックの中には何がある？　食べ物以外に。

「えっと、スタングレネードが何発かと、煙幕弾もあったと思います」

——よし。ではそれを観客の中にどんどん投げ込め。遠投は得意か？

「いえ、全然」

——頑張れ。

「今すぐやるんですか？」

——今すぐだ。

「パニックになりますよ」

——だからやるのだ。

「わかりました！」


「どけこの野郎、どけええ！」

塚本が額に血管を浮かせて吠えた。

半裸もしくは全裸の野蛮人どもがあらゆる物を投げつけてくる。靴、椅子《いす》、乳母車、電子レンジ、電気スタンドそして頭蓋骨《ずがいこつ》やその他の骨。

後ろからも追いかけてきて、ハマーの速度が少しでも落ちると、バンパーに足をかけてよじ登ろうとする。その度に塚本は急ブレーキをかけたりバックしたりして振り払う。きりがない。

公園の出入り口まであと四十メートルもないが、その百倍以上にも遠く感じる。ただひとつのいいことは、さきほどまで後輪で引きずっていた死体がようやく外れたことである。

間中にはマシンガンの入手にこだわった塚本の気持ちがここにいたってようやくわかった。間中が今一番欲しいのはまさにそれだった。

とにかく、タイヤをパンクさせることは絶対に許してはならない。とびついてくる者には容赦なく発砲する。すでに弾倉一本撃ち尽くして二本目である。返り血を浴び、ゴーグルの視界の半分は赤黒い。

呆《ほう》けたような奇妙な笑みを浮かべて襲いかかってくる奴、ベソ面で物を投げつけてくる奴、げらげら笑いながら槍で突いてくる奴、いろいろいるが共通なのは話し合いの余地がまったくないということだ。

こっちは命がけだが、敵は必ずしもそうでなく遊び半分の奴も大勢いるという事実が恐ろしい。もしも捕まって引きずり出されたら遊び半分で嬲り殺されるのは確実だ。

「ああっ！」

前方をリアカーで塞《ふさ》がれた。よけるのにはもう遅い。

塚本はためらうことなく突っ込んでいく。

ハマーはリアカーを力強く撥ね飛ばした。リアカーが横転し、積まれていた汚泥がどばっと路上に溢《あふ》れる。

汚泥の中には人間の白骨死体が数体混じっていた。ハマーの車輪が人骨を轢《ひ》き潰して砕く。

「畜生、なんでこんなとこ来ちまったんだ！」

間中は今更言っても遅いことを喚いた。

「いいぞ、突き進め」警視正が言った。「一歩も退くな」

「だあっ！」

矢島は傾いている屋根の上で危なっかしく踏ん張り、スタングレネードの最初の一発を投げた。

その瞬間右足がずるっと滑りバランスを崩した。股《また》が裂けそうになった。

「いてっ！」

グレネードは目標とした距離の半分くらいしか飛ばなかった。が、会場には届いた。

誰かの頭にかつんと当たり、地面に落ちる。

矢島は小さくうずくまり、自分の目と耳を守った。

約三秒後、爆発した。矢島が屋根から転げ落ちそうなほどの大音響と、目を固く閉じていても目が潰れそうなほどまぶしい閃光《せんこう》が襲った。

致死性はないというが、心臓麻痺《まひ》で死ぬ人間は出るかもしれない。

頭の中はきーんという耳鳴りで満たされ、脳味噌《のうみそ》の血管から血が出そうな気分だ。

しかし、次を投げなくては、一発で終わりにしてはいけないのだ。

リュックから二発目を取り出し、起き上がる。

警視正、早く来てください。

心の中で祈りながら片膝をついて立ち上がり、安全ピンを抜く。

できるだけ高く、遠く！　そして敵に見つからないように！

「はぁっ！」

さっきより遠くに飛ぶ手ごたえを感じた。だがすでに肩は限界に近かった。


ハマーがようやく公園内に突入した瞬間、矢島の投げた二発目が爆発した。

「いいぞもっとやれ！」

矢島に声援を送りつつ、塚本は逃げる者も向かってくる者も蹴散らしていく。

「間中、煙幕弾を使え。攪乱《かくらん》するのだ」

狙いはわかるが、そのためにはルーフを開けなくてはいけない。それが怖い。

「早くするのだ」

急かされた。

その時、目の前に猟銃を構えた男がだしぬけに車の前に立ちはだかった。そいつは左右違う色の長靴を履いていて、目は当然のごとく狂っていた。

間中は反射的に伏せた。いくら防弾とはいえ飛んでくる弾をよけずにいられようか。猟銃が一秒に二度火を噴いた。

塚本がハンドルを鋭く切り、男を撥ね飛ばした。

車体の下で男の体が潰れて転がるのを間中は確かに感じ取った。一生忘れられない嫌な感触がまたひとつ増えてしまった。

「やれ、間中！」

「はいぃ！」

間中は黄色煙幕弾を二発摑むとルーフを開けた。安全ピンを抜き、手首のスナップをきかせて投げた。続いてもう一発。

片手でフラップを閉めようとした時、何者かが両手でつかんだ。

「ぎゃあ！」間中は思わず声を上げた。

「あははっははははは！」

顔の半分が黒いタトゥーで飾られたハゲの男が笑いながら毛むくじゃらの手を伸ばしてきて、間中のゴーグルの口の部分を摑んで引っ張る。

間中は死ぬほどの恐怖に襲われながらダッシュボードに置いたグロックを手に取ろうと

したが、落としてしまった。

男はなおもぐいぐいと引っ張る。

「塚本さぁん！」間中は絶叫した。

塚本がブレーキをかけ、グロックで男の顔を撃った。

弾丸と一緒にサイレンサーが外れて飛び、男の顔に突き刺さった。

男の崩れた脳味噌と潰れた眼球と大量の血が間中の頭と膝の上にこぼれ落ちる。

「畜生、ハリーめ。締めつけが甘いぞ！」

塚本が文句を言い、急発進する。男は転げ落ちて見えなくなった。

地面に落ちた煙幕弾がくるくると回転して黄色い煙を撒《ま》き散らす。

三発目のスタングレネードが爆発した。

「まだ舞台に着かんのか」

警視正が、落ち着いているもののやや苛立《いらだ》ちのこもった声で言った。

「人が多過ぎるんですよ！」塚本が怒鳴る。

「では私が逮捕しにいく」

警視正はいつのまにか手に伸縮式の電気刺股《さすまた》を持っていた。

「え！　やめてください」

「できるだけ早く舞台まで来い」

警視正はそう言うや否や、ドアを開けて外に飛び出した。まるで、彼にしか聞こえぬ声に導かれたかのようであった。

「警視正、駄目です戻って！」

間中が叫んだ時、警視正は既に暴徒の波と煙に紛れて見えなくなっていた。

「せめてマスク被ってください！」


ハマーから誰か飛び出したと思ったら、警視正だった。防護マスクを被っていないからひと目でわかった。

「警視正ってば……」

手の届くところにいたら、襟《えり》を摑んで引き戻したかった。

矢島は双眼鏡で、警視正を追った。一度煙で見失ったが、舞台の近くにまたあらわれた。

警視正は長い足を活かして悠然と、しかし無駄のない動きで暴徒の波をかいくぐって舞台に近づいて行く。まるで優しく導かれるように。

その異様な威圧感と超然ぶりに、手を出す暴徒すらいない。

舞台の上では狂った結城が、右腕を肘が埋まるまで熊井の性器に入れてこねくり回している。

逮捕し損ねたあの時と同じだ。

生暖かいものが矢島の食道をあがってくるがなんとか抑え込む。

「あ、後ろ！」

背後から鉄パイプを振り上げた男が警視正に襲いかかった。

警視正は上半身をくいっと捻《ひね》る。同時に強力なスプリングによって刺股が五十センチほど飛びだすように伸びて見事に男の首に入った。

そして男は刺股のU字放電板から放出された高圧電流に吹っ飛ばされる。痙攣《けいれん》しながら地面を転がる。

そして警視正は何事もなかったように舞台の端に辿《たど》り着き、足をかけてよじ登った。

「この野郎……全部てめえのせいだ、てめえの……」

結城は腕の付け根までぶちこむつもりで熊井の汚らわしい性器に鉄拳を突き入れた。

「おいカメラマン！　ここをアップで撮りやがれ！」

結城は背後に向け怒鳴った。しかしカメラマンが来ない。いつの間にかスタッフどもは逃げ、舞台には自分とマンディンゴと希美しかいなくなっていた。

「チキンどもが！」

子宮の奥に妙な突起を感じたのでそれを三本の指で摑んで思いきり引っ張る。千切れた。

さらに穴の奥へと進む。

「ざまあみろおおお！」

こうなったらマンコから腸を引きずり出してやる！　口から手を出してやる！

突然、股間の奥にうずきを感じた。

もしかして！　やっと、やっと長い眠りからサオが目覚めるのか。

「お前、まさか……たつのか!?」

結城は自分の股間に話しかけた。

その時、結城の首に硬いものががつんとあたり、次いで背中を蹴飛ばされて舞台に押さえつけられた。

「結城朔太郎、本名・佐藤安雄。誘拐殺人未遂銃器不法所持覚せい剤使用強姦公然わいせつおよび公務執行妨害で逮捕する」

頭上から早口で言われた。

なんだこいつ。体を捻って相手の顔を見ようとしたら全身の神経が焼き切れるようなショックが襲った。脳味噌全体に火花が散り、すべての筋肉が役立たずになった。

ようやくかなわぬ相手だと悟ったのか、野蛮人どもは目に見えて人が減った。

「よし抜けるぞ！」

塚本は叫び、ハマーがぐんと前に飛びだした。二人撥ねたが気にしない。

「ブレーキ！　ブレーキ！」間中は叫んだ。

ハマーは舞台の土台に突っ込み、素人たちによる突貫工事で作られたもともと耐久性に問題のある骨組をあっけなく破壊した。

舞台が大きく傾いて、警視正と結城と熊井がずるっと滑り落ちた。

まさかあの星乃神警視正が尻餅《しりもち》をつく瞬間を見ることになろうとは。

間中は右手にグロック、左手にスパイダーガンを持ってハマーから飛びだした。

警視正はいささかも威厳を損なうことなく両手をついて立ち上がると、言った。

「間中、手錠だ」

「は、はい！」

「その前に後ろだ」

「はい？」

「後ろ！」

警視正が背後を指差す。振り向くと二人の男がそれぞれに手にバットとカッターナイフを手にかかってきた。二人とも顔が半笑いだ。

間中は腰だめでスパイダーガンを撃った。白い球が飛びだし、ほぐれ、網となって広がり、暴徒二人を頭からすっぽり包んだ。網に足をもつれさせた二人はぶざまに転がって縛めから逃れようとしてますます網に絡め取られる。

「よろしい」

　警視正は言い、女を指差す。

「これが我々のホシである。すっかりこんな饅頭《まんじゅう》顔になってしまったが熊井希美だ。まだ生きておる」

　間中は正視に堪えず顔をそむけた。まだ電気ショックによりぴくぴく痙攣している結城に背中側で手錠をかけた。

　ようやく逮捕したという感慨はまったくない。ここから生きて出られるかわからないのだから当然だ。

　塚本がハマーから下りて怒鳴る。

「警視正、運転をお願いします！　俺と間中で二人を積みます」

「よかろう」

　警視正は間中からすっと離れて大股《おおまた》でハマーに向かう。

「さっさとやってずらかろう」

　駆けよってきた塚本は言ってしゃがむと、「はぁっ！」と気合いを入れて熊井を担ぎあげた。

「え……」

　間中は唖然《あぜん》とした。俺が結城を担ぐのかよ、無理だって。

「おい、結城起きろ！　自分の足で歩け！」

手錠を摑んで引っ張り上げる。

「これ以上世話焼かせるな！　男ならしゃんとしろ」

その一言が効いたのか、結城は片膝を立てていかにも重たげに自分の体を持ち上げる。

「そうだ、車まで歩くぞ」

「やっぱりたたなかった」結城が呟いた。

「なに？」

「いけるかもって思ったのに」

「何言ってんだ、さっさと歩け」

「結城さん！」

声のした方向を向くと、珍妙な衣装に身を包んだ小柄な男が涙で目を潤ませて立っていた。

「よぉ、マンディンゴ……結構楽しかったぜ」

結城が疲れているが満足げな声で言った。

「結城さん、一緒にやれて楽しかったです。今夜のことは一生忘れません」

マンディンゴと呼ばれた男が、緑色の帽子を取って深く頭を下げた。

「俺もだ。お前のことは一生忘れないぜ」

銃声が一発轟き、結城の首の肉が弾けた。間中のゴーグルに血と肉片と血管の切れ端がこびりついた。

間中は結城と一緒に地面に倒れた。

マンディンゴの背後数メートルに頭部を黒のラバーマスクですっぽりと覆い、全身を黒くペイントして黒のマントをはおった男が、銃を構えて立っていた。銃口がこっちを向いている。

頭の後ろで立て続けに銃声が轟く。

ラバーフェイスの男が体をくの字に折り、ついで右膝をがくりと折り、不自然に首を捻じ曲げ、頭から脳味噌が後方に噴き出した。

塚本は十発も男に撃ちこみ、弾倉を交換しながら駆けよってもう死んでいる男の腹と胸にさら四発ブチ込んだ。

そして男のトカレフを拾い、逃げまどう群衆の斜め上空に向かって適当に数発撃ち、撃ち尽くすと戻ってきて間中に言った。

「行こうぜ」

「結城が首を撃たれました！」

間中はごぼごぼと血が溢れてくる結城の首を押さえた。マンディンゴも手を貸す。

様子を見た塚本が舌打ちする。

「動脈いってんじゃないのか？」

「動脈はそれてると思います」間中は答えた。

結城の目からみるみる命の光が失われていく。

「すぐに病院に連れていかないと。本当は動かすのもまずいくらいですけど」

「結城さん、結城さぁん！」

マンディンゴが泣きながら結城の傷口を押さえる。

「おい、お前も車に乗れ。結城の止血をするんだ」

塚本は命じて車に駆け戻り、荷台から折り畳み式の担架を持ってきた。

「そっちの端を持って引っ張れ。そらっ」

担架が伸び、そこに結城の重たい体をそっと乗せ担ぎあげる。

「結城さあああん！」

マンディンゴは結城の手を握り、名を呼び続ける。

「その調子だ、呼び続けろ」

塚本は言って先に荷台に乗る。続いて足側を持った間中が乗り込む。

「よし、出発だ！　警視正出してください！」塚本が声をかける。

警視正は無言でハマーを発進させた。

「あ、待ってください！　あそこに猟銃が落ちてる」

塚本が声を上げた。

それはさきほどひき殺した長靴の男が持っていた銃であった。

「ちょっと止まってください、拾ってきます」

「行け」警視正はハマーを止め、言った。

塚本は荷台から飛び降り走って猟銃を拾いに行き、その近くの死体の上着をまさぐり、弾も入手した。走って戻ってきて後部席に乗り込むと言った。「こいつは役に立ちます」

警視正が頷《うなず》き、ハマーを発進させる。

塚本はトランシーバーを手にして呼びかける。

「矢島、無事か!?」

──早く来てよもお！　降りたいよお！

矢島が泣きながら訴える。緊張と忍耐の限界を超えたらしい。

「もう少しだ、すぐそっちに行く！　誰にも見つかってないな？」

──多分大丈夫、そっちこそ変な奴ら連れてこないでよ。

「それは保証できないが、とにかく行く」

公園から飛びだすと当然のことながら道には公園から逃げ出した者どもが溢れていた。

憎しみに凝り固まった数百の目線は防弾ガラスも鉛シールドも貫いて心臓をちくちくと刺す力があった。

「道を開けろぉ！」

間中は窓の外の群衆に怒鳴った。

「お互い無益な殺生はやめよう！　楽しみを邪魔して悪かった。もう帰るから道を開けてくれ！」

サンダルや血のついたマグカップや便器の蓋などが投げつけられたが間中は続ける。

「お前ら遊び半分で攻撃するな！　怪我人も死人も出したくない！　帰るから邪魔をしないでくれ！」

「お前の心からの叫びが通じてるらしいぞ」

警視正がぽつりと言う。

少しずつではあるが、群衆が散り始めた。何を思ったか公園に戻る者もいる。

「このまま帰れるといいが……」

塚本が言ったが、それほど期待していないことは口調からわかった。それからマンディンゴに話しかける。

「どうだ、結城の具合は」

「どうだも何も、よくなるわけないでしょう！　それよりこの女の人、股間から凄《すご》い出血してますよ。荷台が血だらけです」

塚本は荷台の方に身を乗り出した。

「くそっ、まずいな二人とも」

「間中、ここからいちばん近い救急病院に電話して事情を話し、受け入れ態勢を整えてもらえ」警視正が言った。

「わかりました。でもその前に、我々自身を除染しないとどこも受け入れてくれませんよ」

「ではそれも」いかにもついでというふうに警視正は言った。

ハマーが右折する。待ち構えていた男が排泄物を入れた電子ジャーを投げつけてきたが、それ以外なにもなかった。

「矢島が屋根の上で手を振っておる」

警視正が言い、家の真ん前でハマーを止めた。

「俺がピックアップします」

塚本が言い、弾をこめた猟銃を手に外へ出た。門を開けて家の中に入る。

「早く降りてこい！　逃げるぞ」

塚本はトランシーバーで矢島に呼びかけた。

――みんな無事？

梯子《はしご》に足をかけ、矢島が訊く。

「俺たちはな。結城と熊井はまずい」

――降りる方が怖いよ、これ。

「あわてるな、慎重にな。ここで落ちて怪我したらバカだぞ」

――わかってるよ、アウト。

矢島はトランシーバーから手を離し、一段一段ゆっくりと足元を確かめつつ降りる。じれったい。だが待つ。

どこかに潜んでいる者がいないか警戒する。

その時、塚本の耳が近づいてくる車の音を捉《とら》えた。それとほぼ同時に矢島が梯子の途中で固まり、「あっ！」声を上げた。

「どうした⁉」

「あっちの方からダンプカーが来る！」

矢島が左手で指した。

「しかもバックで！」


間中も気づいていた。

「警視正っ！」とヒステリックに叫ぶ。

警視正はリバースにシフトし、アクセルを踏み込んだ。ハマーが勢いよくバックする。

錆《さ》びだらけのダンプカーの尻がぐんぐん迫ってくる。

「後ろダメ！　ダメえ！」

荷台のマンディンゴが叫んだ。何事かと後ろを振り返ったら、荷台の窓越しに、軽自動車が見えた。しかもその軽自動車には運転席のドアがなく、誰も乗っておらず、男が数人がかりで押していた。

ハマーが軽自動車にバックで衝突した。弾き飛ばすには勢いが足らなかった。

警視正は強引に押し続ける。

間中は警視正を置き去りにして飛び出したい衝動に駆られた。

死にたくない！　目を固く閉じて頭を抱え、縮こまった。

ダンプカーがハマーに体当たりを食らわせ、軽自動車もろとも三メートルほど後方に弾き飛ばすのを矢島と塚本は見た。

二人とも、言葉など出なかった。

ダンプカーはさらにゆっくりとバックしてハマーにぴったりと接触する。そして軋《きし》み音を立てて荷台が上がり始めた。

蓋が開いて、黒い土がどばどばとハマーに注がれた。みるみるハマーが見えなくなっていく。

塚本は頭上の矢島に向かって早く降りてこいとジェスチャーで伝えた。

矢島は震える足でなんとか残りのステップを降りきって、塚本に抱きとめられた。

「敵は俺たち二人に感づいてない。ダンプカーを奪って警視正たちを助け出す」

矢島は蒼白《そうはく》な顔で頷いた。

塚本はグロックの弾倉を抜いて弾の残りを数えた。十三発。猟銃もある。

「敵が何人いるかわからないが、二人でやろう。やれるか?」

矢島はもう一度頷いた。

「じゃあやっつけよう。スタングレネードは残ってるか」

「あと一発だけ」矢島が答える。

「使い切ろう」塚本は言った。


ダッシュボードに取り付けた二つの線量計の片方は測定不能と表示された。もう片方は
これまでで最高の値を示し、さらに上がっていく。

「警視正、これは汚染土です!」

間中の目から涙が溢れた。

「どうにも動けん」

警視正が不機嫌な声で言った。そしてハンドルから手を離し、天井のライトを点灯させる。

完全に土に埋まってしまった。

「外にいる塚本と矢島に期待しよう」

そう言うと、警視正は腕を組んで目を閉じた。

「待つしかない。長くはかかるまい」

間中はゴーグルを外し、足元に吐いた。

警視正は何も言わなかった。


塚本は頭を低くして門から外をそっと窺《うかが》った。

警視正たちが埋まっている土の山のこちら側には三人いた。

ダンプカーの運転席に坊主頭の男が一人、助手席の脇に立ちケータイで話している上半身裸の男が一人、そしてダンプカーのルーフにのぼってニホンザルみたいなしゃがみ方で土の山を見ている痩せっぽちの小柄な男が一人。

運転手はわからないが、ケータイの男とサルは銃を持っていない。

土の山の向こう側に数人の姿が見えた。こちらの動きに気づいて襲ってくるとしても土の山を乗り越えダンプの側面を通ってこちらにくるまで十秒はかかるだろう。

あの運転手が降りてきてくれたらいいのだが、期待できそうにない。

塚本は矢島を手招きした。そして「お前も見ろ」と促す。

「ケータイで喋《しゃべ》ってる男と運転手は俺がやる。お前はルーフの上のサルを撃って追い払え。撃てば土の山の向こう側にいる連中が気づいて襲ってくるから、お前がグレネードを投げつけるんだ。その間に俺がダンプを奪う。お前は投げたら助手席に飛び乗るんだ」

「うまくいくかな」

「死ぬ気でやるしかないだろ」

「死にたくないよ」

「俺もだ」


「土に埋まっても電波は届くらしいな」

警視正がｉフォンを見て言った。

「塚本にメールを送るか。早く助けろと」

「急かさなくてももう行動してますよ、きっと」

ウェットティッシュで口の周りを拭きながら間中は言った。

銃声が立て続けに轟いた。土のせいでくぐもって聞こえた。

「ほら！」


塚本と矢島は同時に外へ飛び出した。

塚本は猟銃を腰の位置で保持し、銃身の跳ね上がりを防ぐため左手で機関部を下向きに押さえつけながら、ダンプカーの脇にいる男めがけて走りながら撃った。腹に命中し、内臓がどばっと飛び出した。二発目は立ち止まり、頭を狙って撃つ。首から上が吹き飛んだ。

矢島がルーフの上にいた小男を撃った。男は悲鳴を上げて荷台に飛びおり視界から失せた。

予想より早く運転手が反応し、ダンプカーが急発進した。塚本は助手席側のステップに足をかけて左手でミラーにしがみつく。猟銃を捨ててグロックを抜き、あてずっぽうで運転席に向けて二発撃った。しかし振り落とされ、地面を転がった。

ダンプカーは道を左に大きくそれて民家の塀に突っ込み、塀を破壊して止まった。

「矢島、投げろ！」塚本は叫んだ。

しかし矢島は地面に倒れ、身をよじっていた。

「おい！」

塚本は駆け寄って抱き起こした。

「タイヤに足を潰されたぁ！」矢島は泣きながら言った。

見ると、矢島の右足首がありえない角度で捻じれ、骨が防護服を突き破って外に飛び出していた。

塚本は矢島の手からスタングレネードを奪い、安全ピンを抜いた。

最初の一人が土の山の脇から飛び出してきた。手に何か武器を持っている。

塚本がグレネードを土山の向こうめがけたのと、男が塚本に武器を投げつけたのがほぼ同時だった。

硬い物が塚本の肋骨《ろっこつ》に当たり、折れた。大きな裁縫ばさみだった。

矢島がそいつを撃った。脇腹に命中し、男は身を捩《よじ》って倒れる。塚本は頭を狙い、撃ち殺した。

土山の向こうでスタングレネードが炸裂《さくれつ》した。

ダンプを見ると、先ほどから動いていない。

塚本は左手で肋骨を押さえながらダンプめがけて走った。ダンプのノーズは潰れているが、走れないということはなさそうだ。

ドアを開けると、運転手がハンドルに突っ伏していた。

塚本があてずっぽうで撃った二発の内の一発は、運転手の頭頂部を吹き飛ばしていた。脳味噌が一部欠けてもまだ生きているが完全に戦意を喪失している。

塚本は男の肘を摑んで運転席から引きずりおろした。男は頭から地面に落下して脳味噌を地面にこぼし、動かなくなった。

運転席に乗り込み、バックさせる。塀ががらがらと崩れる。

十五メートルほどバックしてから止め、下りて矢島を助け起こし、助手席に乗せる。グレネードをくらった連中が立ち直るにはもう二、三分はかかるだろうから少し余裕ができた。

トランシーバーで警視正に呼びかけた。

「警視正、生きてますか？」

――私はこの程度では死なんし、うろたえもせん。

警視正が応答した。

――だが、間中がパニックを起こしそうだ。

「今助け出します、アウト」交信を切り、矢島に「シートベルトしろよ」と言って運転席に戻る。

「どうやって警視正たちを助けるの？」

「ケツで押しまくって土山を崩すしかない」

塚本は再びバックし、土山に突っ込んだ。てっぺんの土が崩れる。そのまま力技で押し続ける。

「乱暴な男だ」警視正は言った。「しかしうまくいったらしいぞ」

間中は無言で縮こまっている。

「そろそろこちらも動くとするか」

警視正は言ってキーを捻った。

塚本は他の連中がまた駆けつけるのではないかと気が気でなかった。今度は三十人とか、もしかしたら百人以上で襲ってくるかもしれない。

矢島はもう戦える状況ではないし、弾も残り少ない。

「どうした早く出てこい！」

まだ姿の見えないハマーに向かって塚本は怒鳴った。

「あ、ルーフが見えたよ！」矢島が言った。

その時、ハマーのエンジンがかかった。

塚本は停止し、レバーをシフトして前進した。それから暴徒に対して壁を作るべく道を塞ぐようにしてダンプカーを斜めに止め、待った。

「来いっ！」矢島が怒鳴った。「出てこい！」

土の中からハマーが、怒り狂った闘牛のごとく飛びだした。

塚本と矢島は同時に歓声を上げた。

――よくやった塚本、矢島。

「ご無事でなによりです」塚本は言った。「矢島が足を負傷しました。すぐに脱出しましょう」

――ダンプカーの燃料はまだあるか？

「ええ、半分ほど」

――ではこのまま二台で突き進もう。前を邪魔する者は排除してくれ。

「努力します」

――では家に帰ろう。

「了解！」


「間中、行くぞ。弾は残っているか？」

「ええ、そこそこ……」間中は答えた。

「歓迎してくれぬ町から、おさらばしよう」

前方のダンプカーが動き出した。それについていく。

間中は荷台を振り返って呼びかけた。

「マンディンゴ、結城は……」

マンディンゴは亡霊のような白い顔で、ただ間中を見つめた。生きてるとも死んでるとも言わない。

間中もあえて答えを迫らなかった。今は生きてこの町から出るのが優先だ。

ダンプカーとハマーは一方通行やその他あらゆる交通規則を無視して最短の脱出ルートを走る。

牛や人間の白骨死体を轢き潰し、倒された自販機や道路に置かれたダブルベッドを跳ね飛ばし、投石などの嫌がらせもひたすら無視する。

火炎瓶が飛んでくることを危惧《きぐ》したが、よく考えるとこの町でガソリンは貴重だろうから火炎瓶攻撃はあまり心配しなくていいかもしれない。

帰るぞ、俺は必ず生きて帰るぞ。間中はグロックを握りしめ、心の中で唱え続けた。

瞬きもせずに運転していた警視正が言った。

「拡声器のマイクを取ってくれ」

間中は眉《まゆ》をひそめた。が、言うとおりにマイクをフックから外し、警視正に手渡した。

警視正は左手でマイクを握り、いきなり喋り出した。

「『あがりの町』の諸君よ」

その声が拡声器によって大増幅され、周囲に響き渡った。

何を考えてるんだ、この人は！

間中は呆然《ぼうぜん》となった。

「お楽しみを邪魔して悪かった。だが我々の目的は、諸君らが作ったこの町を蹂躙《じゅうりん》することでないことをわかってくれ」

「警視正……」

「だから攻撃をせず、黙って我々を退去させてくれ」

「居場所を知らせるようなものですよ、警視正」

しかし警視正は続ける。

「今、私はこの町に対して畏怖《いふ》の念を抱くと同時に、頼もしく思っている。なぜなら諸君は、放射能で汚くなった東日本の、よりによってもっとも汚れたこの町に新しい歴史と新しい文明を作ろうと奮闘しているからである」

　沿道の群衆は手出ししてこない。不思議な目で見送っている。

「君らの多くが犯罪者や多重債務者であることは知っている。しかし、歴史を振り返れば米国やオーストラリアもかつては列強国の流刑地であった。彼らはそこから新しい国を立ち上げ、文明を作った。ならば君たちにそれができないなどとは言えない」

　驚くべきことに手を振る奴もいた。

「この町はある意味、放射能という恐怖の盾で守られているとも言えよう。大手メディアはもうすぐ原発事故が収束するなどというウソを垂れ流し、国民を洗脳及び被曝《ひばく》させることに躍起だが、この町は今後も立ち入り禁止区域であり続けるだろう。つまり、君たちは少なくとも数十年の間は自由だ。その間にこの町は、日本政府はおろか多国籍軍さえ手出しできない『人類最後の秘境』となるだろう」

　誰かがロケット花火を空に打ち上げた。ぱーんと弾け、火の粉が舞い落ちる。

「どのような時代であっても人類には（行ってはならない恐ろしい場所）が必要なのだ。なぜなら畏れることを忘れ驕った人類が行き着く先には滅亡しかないからだ。私は諸君らがこの町を地球上で最も恐ろしい、あらゆる人間の常識が通用しない禁断の場所にしてくれることを切に願っている。それを作ったのが、他ならぬ原発であることを、国民を始め世界中に思い知らせ、忘れさせないために。頑張ってくれ」

突然、間中は涙腺《るいせん》が緩み、涙が溢れた。

「私からは以上だ。ご静聴感謝する」

◆

ドアを剝がして作った神輿《みこし》に担がれてヒーローショーを見物していたアトミックパンクはどこからともなく飛んできた筒が目の前で炸裂し、神輿から転げ落ちた。

目が見えなくなり、声も出せなかった。

立ち上がろうとしたら何者かが喉《のど》に嚙《か》みついた。女だった。そいつを殺そうと腰のナイフに手をかけたら、真上から別の奴に腹を包丁で刺された。同じところを続けざまに十回も刺されて大きな穴が開いた。

やっと声が出た。死に向かう呻《うめ》き声だ。

突き立てられた包丁が臍《へそ》の方に向かって力強く肉を裂いていく。腸がむりむりと出てくる。派手に失禁脱糞した。

「てめえは王の器じゃねえ！」

顔の傍で聞き覚えのある元医者の側近の声がして、今度は両目に指がずぶりと突き入れられた。

首の血管が食い破られて血が噴き出した。腹の中に二本の手が突っ込まれ、めちゃくちゃに掻《か》き回され、腸を引きずり出された。

そして眼窩《がんか》に突き入った二本の指はどんどん深くへと掘り進んでいく。

「これからは俺がアトミックパンクだあっ！」

元医者は勝ち誇って叫ぶと指を眼窩から抜いて立ち上がり、前アトミックパンクの死体に放尿し始めた。

◆

北茨城の臨時除染施設に連絡して事情を話し、明け方にもかかわらずなんとか緊急除染の受け入れを承諾してもらい、急行した。

結城は施設に辿《たど》り着く前にこの世を去った。

間中がマンディンゴに「結城は最期に何か言ったか」と訊くと、マンディンゴは涙を流しながら答えた。

「俺のマラって……それだけ」

「被疑者死亡で不起訴だな」警視正が言った。

覚悟はしていたものの、間中たちの被曝量は施設職員らも驚くほどだった。

「今後最低三十年は放射能のできるだけ少ない所で暮らした方がいいですよ。あなたがたはもう許容量限界です」

施設のある女性職員は間中に言った。

「検討してみます」

間中はそう答えるしかなかった。

汚染土にまみれたハマーは置いていくしかなかった。ここまでよく持ちこたえてくれた。

熊井と矢島を受け入れてくれる救急病院も見つかったが、矢島が一刻も早く東京に戻りたがっていた。彼女は今、施設が貸し出してくれた車椅子に乗って、毛布を二枚巻きつけてもまだ震えている。その腕にはキリンのリンキーがしっかりと抱かれている。

塚本に彼が持参した鎮痛剤を膝から下に二本注射してもらい、苦痛は少しましになっている。

その塚本はさきほどから廊下で男性職員と立ち話していたが、間中たちの所に走って戻ってきて、言った。

「おい、俺らがあの町ですったもんだしてる間にまた小さい地震が連続できて、原発の四号機の建屋《たてや》がついに倒れたそうだぞ」

「ええ⁉」

「職員が教えてくれた。またものすごい量の放射能が放出されて、風向きがもろにこっちらしい。もうすぐ放射能がくる」

　それを聞いた矢島が声を上げた。

「やだ！　死にたくない」

「で、でも、テレビもラジオもなんにも言ってませんよ」

　間中の唇はわなわなと震え出した。

「当たり前だ、教えてくれるわけないだろ。施設の職員も何人か逃げ出したらしい。もしかしたら風向きが海の方へ変わるかもしれないし風速次第だが、猶予は三時間もないだろうと言っていた。矢島の手術は後にしてとにかく逃げた方がいい」

　女性職員が間中の腕に触れ、言った。

「逃げられる人は逃げた方がいいわ、絶対に」

「おい、車もダメだ」さきほどの男性職員がｉフォンを持ってこちらにやってきた。

「今、ツイッターを見てるんだが、幹線道路も抜け道も、あらゆる道路が大渋滞でまったく動かないそうだ。車を捨てて逃げた奴もいるらしい。きっと死人が大勢出るぞ」

　間中はめまいに襲われ、壁に手をついて体を支えた。

「警視正、ど、どうします？」

　間中は廊下に置かれたソファにゆったりと座って腕と脚を組んで目を閉じている警視正に話しかけた。

「私がなんとかしよう」

警視正が目を閉じたまま答えた。そして立ち上がり、どこへともなく消えた。

「警視正……」

◆

「今夜は赤坂のホテルで警察官僚ＯＢ会があるから、ホテルに泊まる」と老妻の益代（元演歌歌手・シングル三枚とアルバム一枚を出した）に慣れた嘘《うそ》をついて、ホテルのスウィートルームに自称売出し中の新人女優とプロフィールに記されていた六本木の最高級デリヘル女・美優《みゆ》を呼び、したたかに酔いながらバイアグラの力を借り、官僚や医者などの特別なお客様には膣内射精オーケーとのことなので当然二回とも膣内で射精し、後ろから挿入したまま抱きかかえて眠りこけていた大俵警視正は、明け方に尿意によって目覚め、闇の中で自分のｉフォンが明滅していることに気づいた。

メールを開いて心臓が飛び上がった。

福島県警から、以前から倒壊の危険が噂《うわさ》されていた四号機建屋がついに倒壊したらしいという極秘情報が警視庁に入ったのだ。

三月の爆発なんかとは比べ物にならない大規模広範囲な放射能汚染が起きる。東京全土はおろか神奈川までが死の灰を被るというのである。

幸いメールが届いたのはほんの七分前だった。運がいい。いや、日ごろの行いがいいのだ。放射能は風に乗って、こちらに向かってくる。色も形も臭いもない（死）がやってくる。情報はとっくに庁内の上級官僚たちに広まり、おそらくみんな大慌てで逃げ出しているに違いない。

大俵は血相を変えて自宅に電話をかけ、応答した益代に「今すぐ西へ逃げろ！　放射能が来るぞ！」と怒鳴った。「もう東京はおしまいだ！」声が裏返った。

――ちょっとなんなのよあなた、いきなり。

「原発がぶっ壊れたんだ！　急いで心愛《ここぁ》を連れてできるだけ西へ逃げろ！　心愛を絶対に被曝させるな！」

心愛とは現在中学二年の孫娘である。ちなみに心愛はチワワを飼っていて、犬の名前はロックバンドからとった（グリィィイン）である。

――わかりました、そうします。

「あぁ、待て！　俺も覆面パトカーで逃げる。途中で落ち合おう。大規模交通規制が敷かれたらパトカーでないと逃げられん」

――どこで待ち合わせるの!?

「ええと、ええと、とにかくホテルから出てパトカーに乗ったらまた連絡する、早く家を出ろ。荷物なんかまとめるなよ！　そんな時間ないぞ」

――わかりました。

「原発がどうかしたの？」

いきなり声がして大俵はびくんと震えた。

「わあっ！」

美優がとろんとした目で大俵を見ていた。化粧が崩れ、微妙な田舎臭さが露出していた。

「すまん、起こしてしまって」

「壊れたとか言ってませんでした？」

「いや、壊れてなどいないよ、ただ、どこかの反原発市民グループが悪質にして大がかりなデマをネットに流したんだ。私はこれから本庁に行き、公安課長とブリーフィングを行う」

鼻の下に汗を滲《にじ》ませて嘘《うそ》をつく。

「じゃあ、心配ないんですね？」

「ああ、心配ない。原子炉は安定している」

大俵は指で汗を拭い、偽りのやさしい笑顔を作った。

「このホテルのチェックアウトは十一時だから、それまでのんびりしなさい。ここの朝食ビュッフェは豪華だぞ。ルームサーヴィスを頼んでもいい。金を少し置いていくから自由に使いなさい」

「もう、しなくていいんですか？」

美優がそそる声で訊いた。

「したいが、急いでるんでな。おやすみ、美優ちゃん」

美優は「ふわぁ」とあくびし、「おやすみなさぁい」と毛布を被った。

大俵は急いで服を着て、オフの時でも携行しているシグ自動拳銃を収めたホルスターを腰に差し、五万円をテーブルに置いて、思い直して二枚を財布に戻し、静かに部屋を出て廊下をガニ股で走った。

酒と運動不足ですぐに息が上がり、目が回りだした。

頭の中で一オクターブ高い自分の声がする。

逃げろっ！　西へっ！　西へ逃げろっ！　東にケツ向けろっ！

まだ酒が抜け切っていないが、そんなの知ったことか。俺は警察キャリアなのだ。

地下駐車場に降り、心臓を押さえながら愛車の黒いメルセデスまで走り、「はあっ！」と乗り込んだ。

シートベルトを装着し、エンジンをスタートさせてサイレンのスイッチを押すと、ルーフからにょきっとパトランプが突き出して回転を始め、フロントグリルの内側でも赤と青のランプが明滅を始めた。

「さあ逃げるぞ！」

大俵は自分を鼓舞して、アクセルを踏み込んだ。

青山通りに飛び出すと、渋谷方向はいきなり大渋滞であった。追突寸前で急停止した。

「なにいい!?」

庶民どもめ、どこから情報を手に入れた。ツイッターか？　フェイスブックか？　迷惑なSNSだ！

さっさと交通規制を敷かんか、交通課はなにもたもたしとるんだ！

「どけ！　道を開けろ！」

鼻息を荒くして吠えたところで、渋滞はわずかも動かなかった。サイレンも役立たずだ。無数のクラクションと怒声が夜明けの街を狂わせる。

失敗した。美優をホテルでなく、警視庁の自分のオフィスに呼んでいればヘリで逃げられたのに。ついでに機上で続きを楽しむこともできたろうに。

「畜生おおおっ！」

血走った目でふと、反対車線に目をやる。ガラ空きだった。当然だ、放射能に向かっていくバカはいない。

大俵は舌なめずりし、鼻息をさらに荒くし、ハンドルを大きく切って反対車線に飛び出した。

そしてトップギアで逆走する。

「はっはははははは！　ははははっははははは！」

高笑いして飛ばす。

「あははははっはっはっはははは……はあっ！」

真正面から救急車がやってきた。大俵と同じくらい飛ばしていた。

大俵の目玉が飛び出さんばかりにぐわっと開いた。

「あうわあっ！」

考える暇もなくハンドルを左に大きく切る。

目の前に輸入ブランドブティックのショーウインドウが迫ってきた。

水族館の水槽のように淡く光るウインドウにはGoodbye Japan Closing Saleと書かれていた。

「グッバイジャパアァァン！」

大俵はなぜか叫んだ。

◆

それから約十分、どこかに行っていた警視正が大股かつ早足で戻ってきて間中に命じた。

「間中、いますぐ行動だ。私についてこい」

「どこへ行くんですか？」

「説明している暇はない。急がないと最後のチャンスを逃す」

警視正にそう言われたら、信じてどこまでもついていくしかなかった。自分はそういう体質になってしまったのだ。

「あの、結城と熊井は……マンディンゴも」

言いかけたら警視正が長い人差指を間中の心臓に突きつけ、言った。

「忘れるんだ」警視正はぴしゃりと言った。

「ええ？」

「置いていく他ない。それともお前はここに残りたいか？」

間中は激しく首を振った。

「よかった。残るなどと言ったらお前を殴って気絶させ、担いで連れて行かねばならぬところだった。早く塚本と矢島を連れてくるのだ。私は入り口を出たところで待っている」

「ハマーで出るんですね？」

「ハマーには燃料がない」

「そんなはずありません！」つい怒鳴ってしまった。「まだまだ走れますよ」

「ないのだ。何者かがガソリンを抜き取っていった。ハリーが作った仕掛け蓋と一緒に何者かの親指と人差指が落ちていた。指を探して拾う暇も惜しんで逃げたのだ」

警視正の言葉に、間中の頭は白くなった。

「ダンプカーは？」

「とっくに誰かが奪って逃げた。だから徒歩でいくぞ」

警視正はくるりと踵《きびす》を返し、歩き出した。


それから二時間十分後。

警視正、間中、塚本、それに車椅子に乗った矢島は、施設から三キロほど離れたところにある小学校の校庭にいた。

移動中も、ここに着いてからも、警視正は恐ろしい顔で黙り込み、一言も口をきかなかった。ただ彼を信じてついていくしかなかった。

夜明けまでにはあと一時間ほどで、冷気が骨の芯まで侵入してくる。矢島の衰弱が激しい。早くまともな手当てを受けさせないとまずい。

警視正以外はみんな施設から持ち出した薄い毛布にくるまって震えていた。

線量計の値は高いが、小康状態である。だが放射能は風に乗って確実にこちらに向かっている。いつ数値が跳ね上がるか気が気でない。

「よし、間中、塚本。毛布を取れ」

寄り目でiフォンを睨んでいた警視正が唐突に言った。

「集めて燃やすのだ」

「そんな……」間中は泣きそうになった。

「目印が必要なのだ。だからこうして病院から消毒用アルコールの瓶をくすねてきた」

間中が泣く泣く集めた毛布にアルコールをかけ、火をつけた。

盛大に燃えて暖かいが、すぐに消えるだろう。

「これで見えるはずだ」警視正が言った。

「警視正、その助けというのはいつくるんですかぁ！　なんにも教えてくれないじゃ……」

「きたぞ」

警視正が南西の空を指差して言った。

なんと小型の白いヘリコプターが二機あらわれ、こちらに向かって降下してきた。

警察のヘリではなかった。

二機とも機体側面にＪＯＴと記されていた。

「ＪＯＴってなんだ？」

塚本が間中に訊くが、間中にもわからない。

「ジャパンなんとかだと思います」

間中は歯をかちかち鳴らしながら答えた。

とにかく誰かが助けに来てくれた。それが大事だ。

最初に着陸したヘリのドアが開き、血のように赤いレインコートにゴーグルという実に奇妙な格好の人間が下りて、こちらに走ってきた。

警視正は三歩歩み出て、両手を差し出した。

警視正とその人間がひしと抱き合うのを見て、間中たちは唖然とした。

「さぁ、早く乗って！」

ゴーグルの人間は女性で、なんと唯比だった。

ヘリコプターはJOT＝日本臓器移植機構の所有物で、いわば目的外使用であった。

間中は警視正とともに一号機に乗り込んだ。矢島と塚本は二号機である。

ヘリコプターが離陸し、西に旋回する。

「すまない、君と同僚の皆さんに多大な迷惑をかけた」

警視正が唯比とパイロットに向かって言った。

「彼には聞こえてないわ」唯比がパイロットを指差して言った。「あとでたっぷりお礼してね、彼に」

「勿論だ。命の恩人だからな。今回のことで君の立場が悪くならないよう、私は最大限の努力をする。約束するよ」

警視正は唯比に顔を寄せ、彼女の手をしっかりと握りしめ、普段の五倍ほど温かみのある声と表情で言った。

「大丈夫、JOTは役所と違って血の通った人間のいる組織よ。人の命を扱っているんだから！」

唯比は言ってほほ笑んだ。

「ミ、厳重注意は受けるけどね」

当たり前だがヘリコプターは早い。間中にはそれが泣きたくなるほど嬉《うれ》しい。

みるみる福島が、茨城が、遠ざかって行く。

数時間後、あのあがりの町はどうなっているのだろう。間中は思った。

そもそも、あれは現実の出来事だったのか？

間中は頭を振った。

何をバカ言ってるんだ、俺は。あれは百パーセント現実で俺は死ぬほど恐ろしい目に遭ってたっぷり被曝したのだ。だが、それを経験した場所はすでに遠くなった。

結局、結城は死に、熊井もマンディンゴも病院に置き去りにしてきた。最後に見たマンディンゴの、魂が抜けきったような顔が頭から消えない。

俺たちがしたことはなんだったんだ？

やめよう、今そんなことを考えるのは。生きて帰れることに感謝しよう。

眼下には地上に天の川が出現したかのように、車のヘッドライトとテールランプの明かりがどこまでもどこまでも、続いている。そのまま冥界《めいかい》まで通じているかのように。

渋滞の列はここから見る限り、まったく動いてないようだ。

突如、はるか前方で一台の車が爆発炎上した。

これ以上、見ていてもしかたない。塚本は窓から目を離し、矢島に顔を寄せ言った。

「もう大丈夫だぞ」

矢島の手を握ると、しっかりと握り返してきた。

「手術は少し遅れるが、元通り歩けるようになる」

矢島はこくんと頷いた。

「お前には何度も命を助けられた。だから、これからは俺がお前を助ける。何度でもな」

髪を撫《な》で、肩を抱いた。

矢島が弱々しく微笑んだ。


「東京に戻っても無事ではすまないと思うわ、私たち」

唯比が強張った顔で警視正と間中に言った。

「放射能は東京の手前だからって止まってくれないわ。このままもっと、うんと遠くへ逃げるべきだわ。幸い燃料はある」

「都民はこのことを知ってるんですか？」

間中は唯比に訊いた。

「知らないわよ。だってテレビもラジオも何も知らせないんだもの。それに、知らせたら物凄いパニックになるわよ。きっと何十万人も死者が出る」

「間中よ」

警視正が振り向いて言った。

「この国は、いよいよ終わるのかもしれんな」

なぜか口元に小さな笑みが浮かんでいた。

「そしてかつて日本だった島全体が、人類が立ち入ってはならない恐怖の秘境になる。唯比」

「なに？」

警視正は唯比の手を取り、言った。

「私と結婚してくれ。私はもう君なしでは生きられない」

唯比より先に泣き出したのは、間中であった。

この作品は徳間文庫のために書下されました。
なお本作品はフィクションであり実在の個人・団体などとは一切関係がありません。

徳間文庫

迷宮警視正
最後《さいご》の秘境《ひきょう》

2012年6月15日 初刷

著者 戸《と》梶《かじ》圭《けい》太《た》
発行者 岩渕徹
発行所 東京都港区芝大門二—二—一〒105—8055 株式会社徳間書店
電話 編集〇三(五四〇三)四三五〇
販売〇四八(四五一)五九六〇
振替 〇〇一四〇—〇—四四三九二
印刷
製本 株式会社廣済堂

ISBN978-4-19-893549-8 (乱丁、落丁本はお取りかえいたします)